KB043103

행복한 여정

ⓒ2020 유양업

행복한 여정

1판 1쇄 : 인쇄 2020년 02월 11일
1판 1쇄 : 발행 2020년 02월 14일

지은이 : 유양업
펴낸이 : 서동영
펴낸곳 : 서영출판사

출판등록 : 2010년 11월 26일 제 (25100-2010-000011호)
주소 : 서울특별시 마포구 월드컵로31길 62, 1층
전화 : 02-338-0117 팩스 : 02-338-7160
이메일 : sdy5608@hanmail.net

그 림 : 유양업
디자인 : 이원경

ⓒ2020유양업 seo young printed in seoul korea
ISBN 978-89-97180-88-2 03810
ISBN 978-89-97180-62-2(set)

이 도서의 저작권은 저자와의 계약에 의하여 서영출판사에 있으며 일부
혹은 전체 내용을 무단 복사 전제하는 것은 저작권법에 저촉됩니다.
※잘못된 책은 구입하신 서점에서 바꾸어 드립니다.

행복한 여정

2020 · 서영

축시 [유양업]

- 박덕은

여정의 길에서 만난
신비스런 여백

그 안에서
예술 자락이 펄럭인다

때로는
시심의 불꽃으로
활활 타오르다가

때로는
화가의 붓끝으로
폭포 되어 쏟아지다가

때로는
천상의 화음으로
하늘 자락에서 너울대다가

노을녘
지상의 오솔길로 내려와
여정의 파노라마를 지휘하다가

이제는
고결한 감성 이끌며
감동을 뿌리다가

눈물겨운 기도를
가슴 복판에 심는
농부가 되어

한평생
순결의 씨앗 심는
하루 하루를 섬기고 있다.

유양업 수필집 발간을 축하하며

　유양업 작가는 다소곳한 현모양처의 모델 그 자체이다. 성격, 성품, 마음씨, 목소리, 행동, 미소, 배려심, 그 어느 것 하나 아름다움 아닌 게 없다.

　살아온 행적도 아름답다. 그녀는 신학대학과 기독음대 성악과를 거쳐 캘리포니아 유니온 유니버스티 음악 석사 과정을 수료했다. 그리고 목사인 남편과 함께 러시아 모스크바로 날아가 선교사 겸 장신대 교수로 여러 해를 봉사하며 보냈다.

　이어 싱가포르 선교사로 수년간 복음 전파를 하며 지내다가 귀국하여, 지금은 성악가이자 화가로 활약하고 있고, 자살방지 한국협회 광주 본부장이자 전문강사이자 상담사로서, 또 시 부문, 수필 부문, 시조 부문에서 각각 신인문학상을 받아 문단 데뷔한 작가로서, 시인이요 수필가이자 시조 시인으로서, 또 한국문화예술연대 이사, 한국문화해외교류협회 호남지회장, 탐스런 문학회 회장, 한빛문학 자문위원, 한실문예창작 회원으로 활약하면서, 집필 활동을 왕성하게 펼쳐 나가고 있다.

　유양업 작가는 첫 시집 〈오늘도 걷는다〉, 첫 수필집 〈바람 따라 구름 따라 별빛 따라〉, 첫 시조화집〈지금도 기다릴까〉를 연달아 펴냈다.

첫 시집〈오늘도 걷는다〉에서는 이미지 구현과 낯설게 하기와 감성의 시적 형상화를 통해 아름다운 시심의 꽃을 피워냈고, 첫 수필집〈바람 따라 구름 따라 별빛 따라〉에서는 작가 내면의 여러 색깔과 감성과 인생관을 마치 고백하듯 써 내려간 서술과 대화와 묘사를 통해 아름다운 문장을 선보여 독자들의 사랑을 듬뿍 받았다. 그리고, 첫 시조화집〈지금도 기다릴까〉에서는 품격 높은 전통 정형 시조 율격을 지켜내며 그 안에 전통과 향수와 다소곳한 여심의 세계를 잘 형상화해 놓아, 시조의 전통을 잘 이어가는 멋과 맛을 선물해 주었다.

이번에 출간하게 된 두 번째 수필집〈행복한 여정〉에서는 그동안 각국을 다니며 바라본 각 나라의 문화와 전통, 그리고 신앙인으로서 바라보는 세상과 인물, 내면에 흐르는 감성과 깨달음의 세계 등을 힘 있는 문장으로 꾸려내어 독자들에게 깊은 감동을 주고 있다.

유양업 작가는 이러한 작품 집필의 정성과 꾸준함과 열정으로 그동안 수많은 예술의 열매를 거두고 있다.

문학 분야의 열매로는, 행복 나눔 수필 문학상, 향촌 문학상 수필 부문 대상, 지구사랑 문학상, 용아 박용철 백일장, 한화생명 문학상 등의 문학상을 수상했고, 미술 분야의 열매로는 대한민국 한국화대전 특선, 전국 섬진강대전 한국화 특선, 전국 춘향미술대전 한국화 특선, 대한민국 힐링미술대전 한국화 특선, 한국미술협회 광주광역시 입선, 5.18 전국 휘호대회 서예 입선 등의 수상을 했다.

유양업 작가는 필자와 맨 처음 만날 때부터 시집, 수필집, 시조화집을 연달아 펴내기까지 그 창작 열정이 변함이 없었다. 순진 무구한 마음밭, 차분한 말솜씨, 또박또박 끝맺음하는 목소리, 고음도 부드럽게 처리하는 노래 실력, 항상 자기보다 남부터 배려하는 마음, 말꼬리마다 낭군에 대한 고마움 표시, 택시를 타고서라도 문학 수업에 늦지 않으려는 지극한 정성, 시뿐만 아니라 수필, 시조까지 넘나드는 문학 열정, 옷 패션에도 신경을 쓰는 어여쁜 감성, 이 모든 게 조화롭게 유양업 작가의 멋을 창출해 내는 게 아닌가 싶다.

성실하고 부드럽고 착한 성품의 여인, 성악가 출신답게 노래도 잘 부르는 사람, 오로지 낭군 한 분만을 사랑하는 현모양처, 말 한 마디도 예의에 어긋남이 없는 우아한 여성, 이미지 시를 잘 쓰는 시인, 책 한 권 분량의 기행문을 몇 달 만에 내리 써내는 인내의 수필가, 한국인답게 시조의 율격을 지극히 사랑하고 아끼는 시조 시인, 아주 오랜 세월 기독교 복음을 위해 인생을 바친 선교사, 틈나는 대로 그림을 그리는 화가, 패션 감각이 유달리 섬세한 예술가, 이렇듯 그녀에게 따라붙는 수식구가 한두 가지가 아닐 정도로, 멋쟁이 작가이다.

이번 수필집에서 유양업 작가는 지구 곳곳을 다니며 여행의 싱그러움과 행복, 목회자요 선교사로서 바라보는 시야와 감성을 수필로 이끌어내고 있다. 마치 실제 여행을 하는 듯 아주 실감나게 현장을 서술하고 있다. 그러면서, 만나는 사람들의 인품을 그려가면서 고마움을 표현하고 있다. 그러면서, 복음의 세계화에 대한 방향과 너른 시야를 제시하고 있다.

간혹 만나는 에피소드 속의 감동, 느낌, 따스함 등은 독자들을 살 만한 세상으로 초대하고, 또 어느 곳에선 사색의 공간을 제공해 주어, 아주 마음 편하게 잠시나마 사색의 오솔길로 접어들도록 안내해 주고 있다. 간혹 시심과도 만나게 해주어, 시와도 친숙한 시간을 갖게 해주기도 한다.

수필을 읽어 가는 동안, 이 세상이 얼마나 넓고 다채롭고 아름다운가를 알게 되고, 세계인들의 마음속 여행이 얼마나 즐거운가도 알게 된다. 또, 신앙인으로 살면 만나게 되는 신선한 믿음의 세계가 얼마나 신비로운가도 알게 된다.

이런 수필의 세계로 곱고도 다소곳하게, 그리고 고즈넉하게, 때로는 흥겹고 들뜨게, 또는 경이롭고도 싱그럽게 안내해 준 유양업 작가에게 고마움을 바치고 싶다.

이렇듯, 찰나의 예술인 시와는 달리, 수필은 사색의 공간에서 만난 깨달음의 샘물이다. 서술을 통해 체험의 세계를 담아 놓고, 대화를 통해 감성과 정보를 전달받고, 묘사를 통해 사색의 공간을 만들어 놓고, 그 안의 찻잔에 깨달음 방울을 맛보게 해주는 장르가 수필이다.

따라서, 수필은 인류 곁에 시와 함께 오래도록 살아남아, 인류의 감성을 아름답게 가꿔 나가는 빗자루요 오솔길이 되리라 믿어 의심치 않는다. 이러한 수필을 지속적으로 써 나가는 유양업 작가가 위대하고, 멋스럽고, 자랑스럽지 않을 수 없다.

언제까지나 유양업 작가가 우리 곁에 남아, 수필의 아름다움, 경이로움, 다채로움, 흥겨움, 깨달음, 사색의 공간이 가져다 주는 향그러움 등을 수시로 선물해 주기를 바란다.

앞으로 전개될 유양업 작가의 문학 열매들이 기대가 된다. 오래 오래 건강하게 살면서, 시집, 수필집, 시조화집 등을 줄기차게 펴내는 열정적인 작가로 우리 독자들을 감동시켜 주길 기도한다.

- 새해 햇살이 남실남실대는 한실 서재에서

한실문예창작 지도 교수 박덕은

(전전남대 교수, 시인, 문학평론가, 수필가, 소설가, 동화작가, 박덕은 예술관 관장)

추천사

가서 보고, 배우고, 남긴 발자취

그동안 기다렸던 유양업 님의 수필 모음이 〈행복한 여정〉이란 이름으로 빛을 보게 되었다. 님은 현재 수필가이며 시인으로 활동하고 있는데, 음악을 전공한 화가라는 아주 특이한 경력도 갖고 있다. 선교사로 활동한 적도 있다.

최근에는 〈2019년 한국문학을 빛낸 100인 선정〉에 뽑혔다고 하니 참 대단하신 분이다.

미국을 비롯하여 유럽 여러 나라와 영국, 중국을 여행하며 지상에 발표했던 글을 한 권의 책으로 읽으며 독자들도 행복한 여행길에 참여하게 되리라.

앞으로도 좋은 글을 기대한다.

- 한숭홍 박사

장로회신학대학교 명예교수, 시인

작가의 말

　수필은 그저 붓 가는 대로 쓰는 글이 아니며, 체험을 그대로 자신의 감정이나 해석을 붙여 놓은 무형식의 글도 아니다.

　문학수필은 심층, 표층, 담론 층으로 이루어진 삼단구조 시학과 체험, 해석, 형상화로 이루어진 삼단구조 시학이 바탕을 이루고, 내용과 형식이 문학 원리에 따라 조화롭게 어우러져 문학성을 가진 작품으로 완성된다.

　수필은 글 속에 나를 드러내고 수필 쓰기를 통해 자신을 고양시키는 가장 가치 있는 행위이기도 하기에 편지글이나 일기, 순간의 감상처럼 수월하게 쓸 수가 없는 것이다. 따라서 내게 있어 수필 쓰기는 온전히 전략적인 행위이다.

　수필은 '삶'의 문학이며 '정'의 문학이다. 삶의 다양한 문제를 다루면서, 문제를 자신만의 방식으로 풀어나가는 글이기에 같은 제목, 같은 제재를 다루더라도 글에서 보이는 작가의 의식은 참으로 개성적이다. 수필의 매력과 묘미가 바로 여기에 있다. 어떤 것을 새롭게 보는 눈, 말하고 싶은 것을 거침없이 말할 수 있는 목소리, 비판받지 않고 보편적으로 인정을 받을 수 있는 인품이나 의지를 갖추기 위해 작가는 철학적이어야 하며 철학하는 마음을 반드시 가져야 한다.

권대근 교수는 수필의 예술적 가치를 높이기 위한 수필 창작의 세 가지 원리로 철학의 원리, 구조의 원리, 서사의 원리를 들었다.

- 송명화, 〈본격수필 창작이론과 적용〉 중에서

필자는 은퇴하여 작가로 등단한 후 시화집으로 〈오늘도 걷는다〉, 수필집으로 〈바람 따라 구름 따라 별빛 따라〉, 시조화집으로 〈지금도 기다릴까〉를 출판한 후 이번에 제2수필집으로 〈행복한 여정〉을 내놓게 되었다. 두 번째 수필집은 첫 번째 나온 2016년 7월 이후에 체험한 글들이다.

이번 수필집에는 삶의 궤적으로 이해한 내 삶의 발자취를 소박하게나마 표현하려고 했다.

제1부는 한국에서 경험하고 이루어진 일들 중에서 썼고, 제2부는 2017년 미국에서 경험하여 쓴 글들이며, 제3부는 2019년 미국을 다시 방문하여 이루어진 글들이다, 제4부는 2019년 영국 방문 중에 경험했던 글들이며, 제5부는 기타 지역에서 이루어진 글들이다.

이 모든 글들은 교계 크리스챤 신문에 실렸고 '잃어버린 핸드폰', '백내장 수술', '혼불 제1권 독후감'은 계간지 〈시와 창작〉에 실린 것이다.

끝으로 문학을 지도해 주시고 추천의 글을 써주신 한실문예창작 박덕은 문학박사님께 감사드리며, 장로회 신학대학교 명예교수이며 시인이신 한숭홍 박사님이 쾌히 추천의 글을 보내주셨음을 감사드립니다. 출판을 맡아주신 서영 출판사 서동영 사장님께도 감사를 드립니다.

월간 文學世界와 계간 詩 世界가 뽑은 2019년 한국문학을 빛낸 100인 선정에 필자인 유양업이 포함된 것을 축하하면서 출판비를 대 준 딸 문은영 목사와 문은진 목사의 효심을 치하하며, 무엇보다도 미력이나마 한국화 화가로, 성악가로, 서예가로, 그리고 〈문학공간〉에서 등단하여 작가로 활동할 수 있도록 성심으로 후원해 준 남편 문전섭 박사님께 고마움을 표합니다.

여기까지 인도해 주신 에벤에셀 하나님께 모든 영광을 돌립니다.

- 2020년 2월 사직공원 자락에서

시인 수필가 시조시인 유양업

차 례

행복한 여정

제1부

유양업 作

잃어버린 핸드폰

　연주회 초대장을 들고 설레는 마음을 안고 빛고을 시민문화회
관으로 향했다. 메조소프라노 강양은 교수의 음악 인생 50년 독창
회에 참석하기 위해서였다.

　2018년 11월 19일 밤 7시 장소에 도착하자, 로비에서 다과를 나
누는 친교의 시간이 연주자의 따스한 마음을 향한 환한 분위기로
한결 고조시켰다.

　관객들도 홀을 가득 메웠다. 무대와 노래에 어울린 지성미 풍
기는 의상으로 우아하게 등장한 연주자의 모습은 복사꽃처럼 아
름다웠다.

　관객의 환호와 갈채를 받으며 평생 갈고 닦은 실력을 유감없이
발휘했다. 풍부한 성량에 음색도 감미롭고 가사 전달도 선명하여
은빛 나래 긴 호흡으로 감동을 담아 끌어갔다.

　원어의 곡들도 수준 넘쳐 매끄럽고 한국 가곡들도 그리움 싣고
정감으로 다가왔다. 앙상블 마주얼 현악팀의 연주와 제자들과 함
께 어울리는 성가곡도 지상의 조화로움과 천상의 하모니가 되어
가슴을 울려 주었다.

감격스런 음악회를 마치고 뿌듯한 마음으로 집에 왔다. 가방을 열고 폰을 찾았다.

"어머, 폰이 없네."

가방 안을 이리저리 뒤져도 보이지 않았다. 남편 폰을 사용해서 울려 보아도 아무런 반응이 없다. 잃어버린 것이다.

어디서 어떻게 잃어버렸나, 가슴이 콩닥거렸다. 모든 전화번호, 자료들, 한국화 작품들, 거기에 모두 담겨 있는데 어떡하나.

흔들리는 마음 멍울져 맴돌았다. 마음을 안정시키고 기억을 더듬어 보았다.

연주회가 끝나고 로비로 나왔다. 많은 관객들은 기쁨 한 아름씩 안고 밖으로 나와 이야기꽃을 피웠다.

꽃다발을 든 강 교수는 긴장을 풀고 제자들과 사진을 찍으려 했다. 남편은 강 교수를 만나고 가야 한다며 찾아가서 악수를 했다. 나도 그렇게 하려고 오른손에 든 핸드폰을 급히 왼손에 든 가방에 넣으려다 급해서 왼쪽 겨드랑이에 끼고 손을 내밀었다. 강 교수는 옆쪽에 서 있는 나와 시선이 마주치지 않아 사진 찍는데 방해를 줄까 봐 포기하고, 군중 속 분위기에 휩싸여서 폰에 대해서는 기억해 두지 않았던 것 같다.

혹 땅에 떨어졌다면 소리와 느낌의 감각이 있었을 텐데 어떻게 되었는지 그 후론 기억이 희미하게 망각 상태였다.

나이 탓일까. 누가 살짝 빼어갔을까.

다만 그 후에는 음악회에서 받은 즐거운 에너지에 휩싸여 집에 온 것으로 기억된다.

분실물은 경비실에 맡길 수도 있다는 기대를 가지고, 폰을 찾으러 빛고을 시민문화관 공연장으로 급히 갔다.

사람들은 모두 다 헤어졌고 조용했다. 경비실 문도 잠겨 있고 경비원도 없었다. 그래도 문을 두드렸다. 조금 후에 경비원이 저쪽에서 나타났다.

"핸드폰을 분실했는데, 혹 누가 맡겨 놓았을까 해서 왔어요."

찾을 수 있는지 여부를 물었다. 폰이 내 시야에서 자꾸만 휘돈다.

"다른 분도 분실해서 전화가 왔어요. 이곳저곳 모두 찾아보고 지금 내려왔는데 핸드폰은 없네요. 분실된 물건은 로비 데스크에서 우리에게 전달해 주는데, 오늘은 그런 물품이 없었어요."

그렇지만 나는 바로 돌아가기란 마음이 허락지 않아 내가 앉았던 자리와 다녔던 곳을 찾아보았으나 없었다. 더구나 핸드폰 커버속에 운전면허증도 끼어 있었다.

허탈한 마음으로 집에 오니 남편이 물었다.

"핸드폰 찾았어요?"

"글쎄요! 잃어버린 장소를 갔는데, 거기에도 없어요. 잃어버렸나 봐요. 어쩌지요."

잃어버렸다는 내 말을 듣고 남편은 핸드폰의 중요성을 알고 마음에 낭패를 느꼈겠지만 그 속상함을 표현하지 않고 이런 말로 위로를 해주었다.

"더 큰일 당한 사람을 생각해요. 며칠 전에 음주운전자가 실수하여 22세 된 윤창호 병사를 치어서 병원에 입원 중 결국 그는 사망했지 않았나요. 윤 병사는 제대 후에 검사가 되겠다는 확고한 목표를 가진 아까운 청년인데, 가족들은 물론, 주변의 친구들도 애통한 마음으로 윤창호 법을 국회에 제출한 상태이지요. 잃어버린 것은 속상하지만 죽는 일은 아니니 염려 말아요."

사실 11년 동안 썼던 폰이 말썽이 많아 금년 8월에 새로 바꾸어서 3개월 정도 사용한 폰이라 남편에게 미안했다.

늘 그랬듯이 어지간한 일에 감정의 기복이 없는 남편은 이번에도 도리어 다독여 주어 고맙게 생각했다.

분실된 물건은 경비실에 맡겨서 주인이 찾아가도록 해야 하는 것이 도리인데, 맡기지 않은 것을 보니 의도적인 요구 조건이 있겠다 싶은 예감도 스쳐갔다.

분실된 전화번호는 신호가 가는데 받지를 않아서 나는 메시지를 남겼다.

"이 전화기를 분실한 본인입니다. 핸드폰을 돌려주시면 후사 하겠습니다. 통화를 하고 어느 장소에서든 만나기를 원합니다. 아니면 다음 주소로 보내주시면 감사하겠습니다."

나는 우리 집 주소도 또박또박 거듭해서 남겼다.

다음날 사용료가 나가는 KT회사에도 폰 분실신고를 해놓고, 양림동 파출소에 가서 운전면허증과 폰 분실신고도 했다.

"면허증은 경찰서 가면 한 1~2주 걸리는데 나주에 있는 자동차 면허시험장으로 가면 바로 해줍니다. 그리고 8일 동안 전화 정지시키지 말고 기다려 보세요."

그들은 친절하게 나의 상황을 분실물 센터에도 신고해 주었다.

이웃에 사는 서인호 화백이 우리 집 일이라면 지성을 다하여 보살펴 주는데 핸드폰이 분실되었음을 알고 밤에 전화를 계속하니 상대와 통화가 되었단다. 그런데 상대는 50만원을 요구하더란다.

남편은 그 말을 듣고 35만원 정도에 절충해서 찾던가, 더 요구하면 찾는 것을 포기하라고 했다.

정말 포기하고 싶은 충동도 일어났지만 전화번호와 자료들이 들어 있어 난감했다.

결국 35만원에 합의를 보고, 만나자는 장소로 서인호 화백이 찾아오겠다며 떠났다. 나는 혹시 무슨 변이라도 당할까 염려되어 무사히 다녀오길 기도했다.

한참 후에 서인호 화백이 집에 왔다. 그쪽에선 기골이 장대한 50대의 남자 세 사람이 나와서 돈을 더 요구하더란다.

그래서 서화백이 지갑을 꺼내 보여 주면서 말했다.

"돈 없어요, 그렇게 꼭 원한다면 계좌 번호를 주세요. 내일 송금해 주겠소."

어쩔 수 없이 그들은 돈을 받고 핸드폰을 주더란다.

서화백은 손에 든 폰을 나에게 주었다.

잃었다 찾는 기쁨, 항상 조심하라는 경고로 받았다. 잃어버린 드라크마(눅15:참조)를 찾는 기분이랄까, 마음이 환히 밝아졌다.

다시 찾는 폰이라 손에 들고 보니 더 소중하여 두 손안에 꼭 쥐었다. 면허증도 끼어 있었다.

나는 면허증이 그대로 있다는 자체가 반가워서 빼내어 자세히 보았다.

"아뿔싸! 이게 웬일이야, 갱신일이 2018. 2. 24일로 기간이 9개월이나 이미 지나가 버렸네, 이걸 어떻게 하지……."

엎친 데 덮친 격으로 나는 또다시 놀랐다.

'이럴 수가!'

황당한 맘을 다독여 경찰서에 갔다.

"여기서는 2주 후에 나옵니다. 그러나 급하면, 사진 1장과 신분증을 가지고 나주 운전면허시험장으로 가면 바로 만들어 줍니다."

사진 1장과 신분증을 가지고 곧바로 나주 운전면허시험장으로 가서, 5년 연장된 2023년 12월 31일까지의 면허증을 받았다.

그제서야 안도의 숨을 쉬었다.

핸드폰을 잃어버리는 일이 없었더라면 운전면허증은 확인도 안 했을 것이고 계속 넣고 다니다가 4개월 후 1년이 경과하면 운전면허증이 바로 취소되었을 것이니 생각만 해도 아찔했다.

화가 복이 되었을까, 잘못이 바뀌어 오히려 좋은 일이 생긴 전화위복(轉禍爲福)이 된 셈이라고 할까.

'우리가 알거니와 하나님을 사랑하는 자 곧 그의 뜻대로 부르심

을 입은 자들에게는 모든 것이 합력하여 선을 이루느니라.'

롬 8:28의 말씀이 뇌리를 스쳐 맘속에 안기었다.

[제3회 전국섬진강 미술대전 입선] 유양업 作

백내장 수술

눈이 침침하고 물체가 선명하게 잘 보이지 않았다. 때로는 물체가 둘로 나뉘어 보일 때도 있었다. 책을 보면 구름 같은 것이 글자 위에 두둥실 떠다니는 현상이 일어났다.

컴퓨터도 한 시간 이상 사용하기가 어려웠다. 안과병원을 찾아 여러 가지 검사를 받았다.

"백내장이 진행되어 수술을 해야겠습니다. 한가한 시기에 날짜를 잡아 수술을 하는 것이 좋겠네요."

"백내장은 무슨 병이며 왜 생기나요?"

"백내장이란 눈 안의 렌즈 역할을 해주는 수정체가 뿌옇게 혼탁해 지면서 시력이 떨어지고 물체가 이중으로 보이는 현상이 나타나는 질병입니다. 일반적으로 백내장 원인은 노화와 관련이 높은 편에 속한 병으로 나이가 들수록 발병률이 높아집니다. 빠르게는 40대에 발병하는 경우도 있어요."

내 눈의 상태와 의사 선생의 설명이 비슷했다.

백내장 수술을 해야 한다는 말을 들은 효성스런 딸은 곧 인터넷에 들어가 서울에서 백내장 수술로 유명하다는 병원을 찾아

예약을 해놓았고, 최근에 들어온 수술 장비와 시설도 좋으니 서울에 와서 백내장 수술을 하라고 한다.

우리 내외는 서울 딸네 집으로 가서 딸과 함께 강남에 있는 안과로 갔다. 도심에 위치한 병원은 깨끗하고 손님들도 많고 친절했다.

진찰 진행 하나하나가 신속하게 처리되며, 신뢰가 가도록 설명을 잘해 주어 믿음이 생겼다.

이 병원으로 오길 잘했다 싶었다.

나에게 수술은 처음 있는 일이었다. 나는 수술을 집도할 젊은 의사에게 요구사항을 말했다.

"내 눈 상태가 어떤지는 모르겠지만 가능하면 다초점 인공수정체로 해주면 좋겠는데요?"

오랫동안 안경을 써온 나로서는 안경을 벗고 싶은 환상의 뜨락에서 내심을 꺼냈다.

의사선생님은 난처한 표정으로 진지하게 말을 꺼냈다.

"환자의 경우는 난시도 심하고 복시가 있어서 다초점렌즈를 사용하면 원거리가 혼란스럽게 보일 수 있습니다. 편하게 난시를 교정한 근거리를 볼 수 있는 수술을 하고, 원거리는 수술 2개월 후에 눈에 맞는 안경을 맞춰 사용하는 것이 좋을 것 같습니다. 꼭 원하면 다초점 인공수정체로도 할 수는 있습니다."

난 눈동자를 굴려 보다가 전문의 말을 따라 난시를 교정한 근거리를 볼 수 있는 쪽으로 결정했다.

오른쪽 눈부터 수술하기로 했다. 처방해 준 약들도 미리 눈에 넣었다.

다음날(2018. 12. 18.) 일찍 병원에 갔다.

간호사는 먼저 마취약을 눈에 넣었다. 또 동공을 키우기 위해 네 번째 물약을 넣은 후 보더니 아직도 동공이 커지지 않았다며,

다섯 번째 같은 약을 또 넣었다.

얼마 후 다시 체크를 한 간호사는 동공이 확장되었는지 수술해도 되겠다며 혈압과 당 검사를 했다.

정상으로 수치가 나와 수술실로 안내를 받았다.

여의사가 파란색 캡을 머리에 씌어 주고 파란색 가운도 입혀 주었다. 왼쪽 눈을 덮고 왼쪽 머리 부분으로부터 이마 위를 거쳐 무언가를 붙였다. 궁금했다.

"선생님, 그게 무엇인데 그렇게 정성스럽게 붙이는가요?"

"수술할 때 물이 들어가지 않게 하기 위해 테이프를 붙입니다."

TV에서만 보았던 수술의 의상을 내가 직접 입으니 어쩐지 두려움의 공포가 엄습했다.

이미 당하는 이 과정 잘 극복해야지, 안정을 찾으려고 애썼다.

수술 복장을 한 여의사는 수술실로 안내를 했다.

수술실은 몇 룸을 지나 깊은 곳에 있었다. 침대 위에는 파란색 넓은 천이 일자로 깔려 있었고 주위에 수술 도구들이 놓여 있었다. 옆에 놓여 있는 침대 위로 올라가 반듯하게 누우라는 지시에 따라 조심스럽게 누웠다.

오른쪽 검지 손톱 중심을 집게가 꼭 눌렀다. 압박감이 왔다.

"손톱을 누른 것은 무엇 때문인가요?"

"심박 체크기입니다. 수술하는 동안 심박을 체크해야 하니까요."

파란색 수술복을 입은 우직한 남자 의사 선생님이 머리에 파란색 캡을 쓰고 마스크를 착용하고 들어왔다.

기계 소리가 찰깍찰깍 들렸다. 눈을 감으려고 했으나 수술 장비가 부착되어 있어서 눈은 감아지지 않았다. 파랗고 동그란 불빛만 보였다.

"눈 수술 들어갑니다. 편안한 마음으로 중심에 있는 파란색 불빛만 바라보세요. 수술 시간은 상황에 따라 다르지만 대개 20~40분 정도 걸립니다."

집도한 의사 선생님의 말이었다.

수술 과정은 어떻게 진행이 되는지 볼 수 없으나 가위가 스치고 자주 물을 넣고 기계 소리만 찰깍거렸다.

난 파란색 동그란 불빛만, 오직 그 불빛만 집중해서 쳐다봤다. 눈이 부시고 많이 시렸지만 견디면서 주님만을 생각하며 기도했다.

'집도하는 의사 선생님 손길, 주님께서 친히 잡아 주셔서 수술 잘 되게 해주소서……'

그 순간은 오직 주님 한 분밖에 아무도 없었다. 주님 십자가의 고통에 비하면 이것은 아무것도 아니었다.

맘속으로 위안을 갖기 위해 마음 속으로 '어메이징 그레이스'와 '유 레이즈 미 업' 찬양을 계속 부르며 20~40분이 걸린다는 시간이 지나가기를 기다렸다.

얼마나 지났을까. 녹내장 수술을 했던 엄마 생각이 불현듯 떠올랐다.

엄마는 내가 첫아들을 낳자, 외손자(현 문은배 목사)를 보고 싶다고 우리 집에 오셨다. 그때 아이를 업고 흰 수건으로 머리를 동이고 계셨던 엄마 모습이 선했다.

당시에는 머리가 아프고 소화가 안 된다 하여 내과를 다녔는데, 그것이 녹내장 시초인 줄 모르고 그냥 고향 집으로 돌아가셨다.

얼마 후 시력이 나빠져 급히 서둘러 두 눈을 수술했으나 때가 늦어 밝은 세상 보지 못하고 결국 실명이 되어 고생했던 엄마!

얼마나 답답했을까. 늘 곁에서 돌봐 주고, 자주 찾아보려 했으나, 내 살겠다고 그리하지 못했던 불효가 마음을 후벼, 한없이 눈물이 나왔다.

수술에 지장이 될까 봐 눈물을 그치려 해도 그 눈물은 수술하는 물과 섞여 주르르 주르르 계속 흘러내렸다.

그때, 의사 선생님이 말했다.

"놀라지 마세요, 수술 잘 되어가고 있습니다. 백내장이 심해서 시간이 좀 지연됩니다. 잠깐 동안 캄캄할 테니 놀라지 마세요."

중간 중간 변화가 있을 때마다 의사 선생님이 이렇게 말해 주니 안심도 되었다.

가여운 눈알은, 베어지고, 깎이고, 물을 맞으면서도 아무런 저항도 이렇다 할 반항도 없이 아픔과 고통을 참고 그대로 받아들였다.

그동안 잘 살 수 있도록 만물을 보게 해주었던 것도 고마웠다.

35분쯤 지났을까, 붕대로 눈을 덮고 안대를 부착해 준 느낌이 왔다.

"수술은 잘 끝났습니다. 고생하셨어요. 일어나서 회복실로 가시지요."

눈은 민감하여 약간 불편했으나 회복실에서 한 시간 정도 안정을 취하고 점심식사 후 약을 먹고 나니 약간의 통증은 없어지고 눈은 편안했다.

하얀 플라스틱의 단단한 안대가 눈을 보호하고 있었다.

수술 후 2주 동안은 필히 눈을 다치거나 눌리지 않도록 꼭 안대를 착용하고 잠을 자야 한다고 주의를 주었다.

비가목스(항생제), 프레드포르테(소염제), 브로낙(항염제) 세 가지 물약을 처방해 주면서 5분 간격으로 이 세 가지 약을 하루 3~4회 눈에 넣으라고 했다.

삼일 분의 먹을 약도 처방해 주었다.

수술 후 주의 사항을 가르쳐 주었다.

"세안, 머리 감기, 샤워는 5일 후부터 가능합니다. 눈 주위를 다치거나 절대로 비비지 마세요. 화장이나 파마, 사우나, 활동적인 운동은 1달 후부터 가능합니다."

수술 다음 날은 눈 상태를 체크하고 안대도 벗어야 해서 꼭 내원(來院)해야 한단다.

다음날 눈이 어느 정도 잘 보일까, 기대를 안고 병원으로 향했다. 안대를 벗겨내고 눈을 체크했다.

"눈 상태는 좋습니다."

안대 벗긴 눈을 껌벅이며 위로, 아래로, 가까이, 멀리 주위를 둘러보았다. 너무 밝고 환했다.

심봉사가 눈을 떴을 때 이렇게 밝았을까 하는 생각이 스쳤다. 오른쪽 눈꼬리 부분에서 번뜩이는 불빛이 새어 나왔다. 눈이 너무 밝고 부셔서 밝은 빛을 제대로 볼 수 없었다.

딸의 차 안에 있던 선글라스를 썼더니 훨씬 부드러웠다.

2일 후에 왼쪽 눈도 오른쪽 눈과 같은 절차를 밟고 같은 방법으로 수술을 했다.

수술 후에 나타날 수 있는 증상은 빛 번짐, 뿌옇게 보임, 이물감, 충혈, 건조증 등이 더러 나타난다고 했는데, 내 경우는 빛 번짐과 시야가 너무 밝아 눈이 부시고 뿌옇게 보였다.

밖에 나갈 때는 선글라스를 써야만 했고 컴퓨터나 독서는 엄두도 못 냈다. 문의 결과, 환자의 상태에 따라 2~3개월 걸릴 수도 있고 오래 갈 수도 있단다.

수술 후 현재는 안경을 착용하지 않아도 안경 끼었던 상태보다도 오히려 더 밝고 선명하게 보이며, 단거리뿐만 아니라 원거리도 어느 정도 잘 보였다.

　집안 실내에 먼지가 잘 보여서 깔끔하게 청소를 할 수 있어 좋았다.

　백내장 수술을 하고 나니 삼라만상이 새로운 세상을 본 것처럼 밝고 깨끗했다. 내 마음도 이렇게 밝고 청결하면 얼마나 좋을까 싶었다.

　오직 하나님 말씀으로 수술하고 정화되면 이렇게 마음도 깨끗하고 밝아질 것이라는 생각이 뇌리를 스쳤다.

드맹 50주년

무더위가 한풀 꺾인 팔월 하순, '드맹(불어-내일)' 의상실에 들렀다.

예나 다름없이 우아한 고객들은 둥근 원탁에 둘러앉아 정담을 나누고 있었고, 어떤 고객은 진열대에 걸려 있는 옷을 매만지며 취향에 맞는 옷을 고르고 있었다.

기품 있고 수준 높은 중년 여성들의 환한 옷맵시와 오가는 고상한 대화의 모습들이 화원의 다양한 꽃들 색깔처럼 아름답게 보였다.

옆 테이블 위에는 하얀 예쁜 꽃무늬 레이스가 듬뿍 놓여 있었다.

"이 레이스는 트리 위에 얹을 장식처럼 참 아름답네요."

"네, 50주년 행사 때 의상에 사용할 장식품이에요."

'어머, 벌써 50년을 맞이했네.'

혼자 속으로 되뇌었다.

'드맹'의 문광자 디자이너는 수십 년이 넘도록 이렇게 많은 고객들에게 사랑받으며 한결같이 인정받고 존중받는데 그 비결은 무엇일까, 생각해 보았다.

그녀는 무슨 일이든지 긍정적인 마인드였다. 관대한 성품, 아 낌없는 후한 손길, 받는 것보다 주는 것에 더 익숙하고, 가슴엔 사랑이 가득했다.

패션, 예술, 종교, 생활 상담에 신중히 대화를 나누며, 말보다 실천이 앞서고 따스한 표정과 몸가짐의 지혜가 백 마디 말보다 진실함이 가득하기 때문이리라.

문 디자이너를 향해 한마디로 말한다면 '지상의 천사'라고 부 른다.

문 디자이너는 대학 의상과를 마치고 국제 의상 연구소에서 공부한 후 20대 초반부터 디자이너로 활약했다.

1992년부터 사라져 가는 한국의 전통 직물, 무명을 자신의 디 자인에 접목시켜 국내외적으로 활동했다.

백의민족이란 표현도 있듯이 우리 민족을 상징하는 대표적인 옷감, 한국 땅에서 흰 꽃봉오리로 자라 여인네들의 손에서 한 올 한 올 엮어 태어난 소재, 소박한 서민의 옷으로만 기억되고 역사 속에서 사라져 갈 운명의 무명이, 문광자 한 디자이너를 만나 다 시 세상에 밝은 조명을 받았다.

무명을 부단히 연구하고 작품을 만들고 무명의 장점을 살려 디자인과 디테일들을 찾아냈다. 그렇게 태어난 무명옷들은 세상 에 단 하나뿐인 아트 웨어(art wear)로서 국내외 패션쇼 무대와 전 시에서 호평이 대단했다.

문 디자이너는 둘째 아들 이성수 화가와 국내외는 물론, 특히 미국 하와이에서 엄마는 패션쇼, 아들은 그림 전시회, 두 부분 의 훌륭한 작품들이 한곳에서 조화를 이루어 아름다운 화음으 로 물결쳤다.

〈무명·1〉집의 작품들은 '무명에 최적화된 디자인'을 찾아내는 작품이었으며, 〈무명·2〉집의 작품들은 '무명의 확장'이라고 볼 수 있는데 흰색은 물론 염색되어 있는 색감들을 배색하여 품위 있고 섬세하고 우아한 무명 작품 109점이 수록되어 있다.

러시아, 미국, 싱가포르에 있는 한국대사관에 무명의 귀한 작품들이 배치되어 있다.

나는 때때로 드맹 3층에 자리 잡고 있는 문 디자이너 연구실을 들르게 되었다. 하얀 무명으로 만든 각종 작품들 하나하나 정성과 착상과 혼이 가득 담겨 있고 컬렉션 전체가 독창적이고 회화적이며 고유한 힘을 지니고 있어 어떻게 이렇게 만들 수 있을까 감탄한 나머지 경이로웠다.

문 디자이너는 환한 예쁜 표정 담아 밝은 웃음으로 말했다.

"하얀 무명이 있었기에 그리고 싶은 문양을 그려낼 수 있었고, 색실로 수를 놓는 작업은 온종일 해도 동전 크기를 넘기기 어려웠지만 '세상에 한 벌' 뿐인 옷을 만드는 너무나 행복한 작업이었지요. 무명은 담백하고 고상해서 사람으로 치면 수수하고 믿음직스러운 사람에 비유할 수 있어요. 무명옷은 무게감이 있어요. 여름에는 시원하고 겨울에는 바람을 막아줄 안감만 대면 모직보다 따뜻하죠."

문 디자이너는 예쁜 눈으로 앞에 놓여 있는 찻잔에 응시하다 다시 말을 이었다.

"무명은 제가 쓰는 많은 소재 중에 가장 아끼는 소재입니다. 질감이나 옷을 만들었을 때의 조형미가 아주 뛰어나고 소재 자체가 가진 매력에 점점 더 빠져들게 됩니다. 옷감을 만들어낸 사람의 감성, 그것을 가지고 옷을 디자인한 사람의 생각, 완성한 옷을 몸에 걸친 사람의 감정은 각기 다르겠지만 사람의 향기가 묻어난다는 사실 만큼은 같아요. 드맹의 콘셉트는 '품위, 유니크, 편안함'인데 무명은 이를 위한 모든 조건을 갖춘 훌륭한 소재이지요."

문광자 디자이너는 무명이 우리의 삶 속에서 오래도록 그 가치를 인정받고 사랑받기를 원했다. 성실히 작업을 기록하고 전시, 패션쇼, 작품집을 내는 것 역시, 후대를 위해 전수하기 위함이며 이것 또한 자신의 임무라고 했다.

서울 청담동에 제2 드맹의 대표로 함께한 딸 이에스더와 공동으로 뜻을 펴나가는데 앞으로 이 일을 전수할 계획이라고 했다.

무명 이외에도 다양한 소재로 작품을 만드는데, 문 디자이너의 정성 담긴 작품들을 입고 있는 나 역시 늘 감사해 왔다.

드맹의 옷은 어느 때나 유행을 타지 않고, 특이한 작품들은 질감이 좋고, 편안함이 깃들어 있어 즐긴다. 다른 옷들은 버려도 드맹옷만큼은 간직하고 있다.

45년 전의 옷들도 언제 어디에서나 입어도 기분이 새롭다. 항상 그 따스한 인품이 옷 속에 스며 있어 마음 한쪽에 간직하고 싶은 사랑처럼 여운이 남는 옷들이다.

드맹 문광자 디자이너는 노블레스 9(Noblesse 9)에서 인터뷰 중에 말했다.

"사람과의 소통이야말로 이 시대를 살아가는 원동력입니다. 장인정신과 무명에 대한 우리의 철학을 뿌리 깊은 나무처럼 견고하게 다지고 싶었어요."

문광자 디자이너는 남편인 이무석(전남대 정신과 명예교수)과 2남 1녀를 두었는데, 며칠 전 아내의 생일에 이무석 장로는 생일파티 자리에서 아내에게 쓴 편지를 감명 깊게 낭독해 주었다.

여기에 그 전문을 실어 애틋한 마음을 기린다.

<사랑하는 문광자 권사>
당신의 71회 생신을 축하합니다.

금년이 당신의 패션 인생 50주년이 되었소.

지난 50년간 아름답고 독창적인 당신만의 fashion line을 만들어냈소. 내가 알기로 한국 디자이너 중에 당신처럼 독창적 자기 라인을 가진 사람은 별로 없는 것으로 알고 있소. '무명 1. 2권'은 후학들에게 좋은 교재가 될 것이요.

50주년 행사 준비 중 고객들 사진 찍고 인터뷰한 것이 참 인상적이었소. 고객들이 인터뷰 중 드맹과 당신 얘기하다가 눈물을 흘렸다는 얘기 들었소. 고객과 어떤 수준의 관계를 맺고 있는지 보여주는 장면이었소.

당신은 고객들과 의상을 통한 상업적, 예술적 관계를 맺어옴과 동시에 인간적 만남과 관계를 맺고 있었소….

당신의 이번 생일에 기쁜 일 중 하나는 인수와 내가 책을 낸 것이요. 인수와 나는 한국 최초의 부자(父子) 정신 분석가요. 부자 국제 정신 분석가가 공저로 책을 낸 것이요. 인정중독증을 치유하는 책이요.

제목은 '누구의 인정도 아닌'(위즈덤 하우스 출판사)이란 책이요. 당신의 후원이 없었다면 이런 일은 불가능했을 것이오.

고맙소.

지금까지 지내 온 것은 주의 크신 은혜라….

당신의 무석

야베스가 하나님께, '내게 복을 주시려거든 나의 지경을 넓히시고 주의 손으로 나를 도우소서…. (역대상4:10).' 했던 것처럼, 문광자 디자이너의 이런 야베스의 기도가 드맹 50주년의 역사 속에서 국내외로 넓혀져 가고 있음을 목도하게 되었다.

둥글게 둘러앉아 향긋함 음미하며

속삭임 뜨거운 정 올곧게 엮어지고
정담 속 순수한 사랑 싱그럽게 움튼다

무명의 넉넉함을 온몸에 드리우면
향긋한 맑은 눈빛 촘촘히 길을 닦고
휘도는 가슴속 온정 은은 향기 날린다

세월이 흘러가도 밀려든 고운 작품
밝은 빛 손길 담아 아련함 그려 넣고
길고 긴 실 바늘 풀어 하늘 향해 펼친다.

- 졸시조 <드맹 50주년> 전문

독서의 힘

독서를 하는 습관이 몸에 배어 있는 나는 학교 숙제가 끝나면 으레 읽다가 둔 책을 읽었다. 책을 선택하고 내용에 도취되면 끝내고야 마는 성격이어서 줄곧 달린다. 잠을 설쳐 가며 밤늦게까지 독서에 열중하면 시간 가는 줄 몰랐다.

내 방은 안방과 통하는 문이 하나 있다. 창문에 비친 불빛을 보고 염려하신 엄마의 음성은 연분홍빛 색깔이었다.

"내일을 위해서 일찍 자거라."

나는 책의 내용이 눈앞에 아른거리고 다음 내용이 궁금했다. 엄마께 염려를 드리지 않기 위해서 안방으로 불빛이 새어나가지 않도록 순간 연막 치는 작업을 했다.

못을 준비하여 방 문틀 위에 다섯 개의 못을 박고 양 옆 문틀에 두 개를 더 박았다. 그 위에 담요를 펼쳐 창문을 가렸다.

"이 정도면 옆방에 불빛이 새어 나가지 않겠지."

책 내용에 줄곧 도취되어 밤새워 꿀맛으로 읽었던 추억이 새록새록 줄무늬를 이룬다.

책을 읽은 만큼 생각도 달라지며 마음도 새로웠다.

책은 생각의 힘을 길러주고 삶도 성장하게 하고 같은 상황에서도 다르게 생각할 수 있는 힘, 세상을 제대로 바라보고 해석할 수 있는 눈을 갖게 했다.

나 자신을 이기는 기쁨, 나만의 세계도 펼쳐보며 아름다운 희망의 날개를 달고 마음 적신 꿈의 향연도 창공에 비단길을 수놓기도 했다. 공감이 되면 마음이 끌려 밑줄을 긋고 내 생각도 심고 적셨다. 많은 지식을 얻고, 또 다른 삶을 꿈꾸고, 사고력과 실행력을 겸비하고 마음의 부를 갖게 해주었다.

책은 가장 현명한 나의 멘토였다.

나는 남편을 보면서 많은 자극을 받는다. 그의 독서 생활은 주야가 없다. 자신의 개발을 이끌어 주는 하나의 엔진이 독서가 아닌가 싶다.

남편은 오래전 병원에서 눈 수술을 위해 입원 중이었다. 침대에 달려 있는 식사대를 펴놓고 책상 삼아 독서와 번역에 열중하고 있는 것을 보고, 병실에 함께 입원한 환자들은 물론 의사 선생님과 간호사들도 책은 나중에 보고 안정을 취하도록 권유해도 좀처럼 듣지 않았고 독서에 열중했다.

평소에도 여가만 있으면 손에서 책이 떠나지를 않는다. 마치 학생이 시험기간이 되면 긴장 상태에서 잠을 자지 않고 시험공부에 몰입하는 것처럼 독서에 집중한 삶이었다.

그의 독서는 내면으로 몸을 관통해서 자기 속에 있는 광맥을 찾아가는 길이라고 볼 수 있다.

그런데 이제 나이 듦에 따라 지금은 도수 높은 안경을 쓰고 그 위로 확대경을 대고 허리 굽혀 애타게 한자 한자 책을 읽거나 번역하는 모습을 보면 참 안타깝고 안쓰러워 보인다.

책을 읽는다는 것은 단순히 글자를 읽는 것이 아니라 사고하는 행위이고 자기개발을 하기 위한 요긴한 열쇠가 아닌가 싶다.

싱가포르에서 사역할 때였다.

뜻을 같이한 분들과 청소년들을 위한 '생명 전화'를 개설했는데 이 일을 더욱 효과적으로 하기 위하여 참여자들이 필요한 공부를 하게 되었다.

청소년들을 위해 활동할 때에 40여 명의 회원들이 일주일에 한두 번씩 모여 심리 상담에 관한 전문가들의 강의도 듣게 되었고 국제 정신 분석가인 이무석 교수의 '30년 만의 휴식'이란 책을 40권을 구입하여 읽고 메모하고 토론하면서 공부를 했다.

마음을 열고 독후감을 나누는 시간에 오히려 읽은 자신들이 감동을 받고 마음이 치유되는 사례도 있었다.

한국에서 이주해 온 가정의 자녀들, 유학 온 학생들 중에 방황하는 십대의 청소년 문제아들도 있었다.

물론 십대들이 청소년 중기와 후기를 거치면서 여러 위험 요소에 노출되는 시기이기도 하지만, 가정 환경, 인지기능의 발달, 충동성의 증가, 우울증, 약물 남용, 학교 폭력, 집단 따돌림 등 이런 문제들이 주된 요인이기도 했다.

심리적 안정을 찾지 못하여 어두움의 터널 속에서 방황하며 갈등 속에 있는 청소년들이 더러 있어 그들에게 좋은 책도 구입해서 읽도록 선도하고 관심 갖고 전화로 상담도 했다.

그날따라 내 당번이었는데 어떤 여학생의 전화가 걸려 왔다.

"생명의 전화란 간판이 보여 마지막으로 전화를 걸었어요."

'마지막'이란 말에 섬뜩하고 놀란 나는 가슴이 뛰었다. 한참동안 전화로 대화를 나누었다. 학생은 자살을 시도하려고 거리를 방황하며 위험한 찰나였다.

전화보다 직접 만나야 되겠다는 긴박감이 번쩍여서 가까운 장소인 빵집에서 곧 만나자고 약속을 하고 생명 존중에 관한 책을 우선 한 권을 챙기고 약속한 장소로 급히 갔다.

밖은 찌푸린 날씨에 어스름이 깃들고 있었다.

그럴만한 학생이 보이지 않았다. 한 오 분쯤 지나서 들어온 한 학생이 그 학생으로 직감이 되어 다가갔다.

"혹시 방금 전에 전화했던 학생 아닌가요?"

힘없이 축 처진 어깨에 고개를 들지 않고 있더니 한참 후에서야 모기 소리만큼 "네."라고 대답한다.

학생의 등을 쓰다듬으며 손을 잡고 조용한 곳 코너 쪽에 자리를 잡고 음료수와 빵을 시켜 나누면서 대화를 했다.

"참 피부도 곱고 예쁜 학생이네. 만나 주어서 고마워."

고개만 숙이고 있던 학생은 한참 후에 대답한다.

"저도요, 엄마처럼 따스한 음성이어서 만나고 싶었어요."

열너댓 살로 보이는 학생은 점점 긴장이 풀리자 마음을 터놓고 묻는 말에 곧잘 응해 주었다.

문제는 가정의 불화와 학교에서 따돌림을 받아 충격이 심했고 그로 인한 우울증도 있었다.

아버지는 사업가로 음주가 심하여 가정불화가 자주 있고, 두 자매 중 차녀이며, 집도 가까이에 있었다. 먼저 집 전화번호를 알아내는 것이 중요했다.

"학생, 집 전화번호를 줄 수 있나요?"

나는 조심스럽게 물었다. 학생은 나를 힐끔 한번 쳐다보더니 순순히 알려주었다. 나는 가방에서 책을 꺼내어 학생 앞에 놓으며 책 소개를 했고 이 책을 읽고 있으라 했다.

"내 핸드백 잘 갖고 있어요. 잠깐 화장실에 다녀올게요."

학생이 눈치채지 않게 밖으로 나와서 급히 그 집으로 전화를 했다. 마침 학생의 어머니가 전화를 받았다. 학생의 지금 상황과 장소를 알려 주고 급히 데리러 오라고 했다.

나는 뛰어서 그녀 곁으로 다시 왔다. 학생은 계속 책을 보고 있었다.

"이 책 재미있지요. 끝까지 꼭 읽어 봐요."

책 읽을 것을 서로 새끼손가락 걸고 약속도 했다. 내 전화번호도 적어 주면서 무슨 어려운 일이 있으면 전화도 자주 하고 놀러 오라고 했다.

이때 그녀의 어머니가 "경희야!" 하며 급히 뛰어와 딸을 안았다. 마치 성경에 잃었던 드라크마를 찾아 가슴에 안고 기뻐한 여인처럼 보였다.

고맙다는 인사를 하고 딸의 손을 꼭 잡고 떠나가는 모녀의 뒷모습이 아른거린다.

며칠 후에 그녀의 어머니에게서 전화가 왔다.

"지난번 딸을 살려 주어 정말 고마웠어요. 딸이 전화번호를 주었어요. 우리 경희가 지금은 학교에도 잘 다니고 있어요. 학생들의 시비가 힘들지만, 자존심 버리니 참을 수 있다 하네요. 주신 책이 도움이 많이 되었다고 했어요. 열심히 다 읽고 두 번째 읽고 있어요. 저도 읽고 있는데 내 자신이 반성도 하게 되며 도움이 됩니다. 참 좋은 책이네요……."

은방울처럼 동글동글한 음성이 메아리쳐 들려왔다.

세월호

연둣빛 물결이 살랑대는 저녁 무렵, 문학회 대화창에 지인이 올린 메시지를 보았다.

'4월 15일 목포에서 세월호 3주기 추모식이 있는데 참석하고 싶은 분 연락 주세요.'

나는 그 참혹한 세월호가 인양되고 목포신항에 도착되어 내부 수색작업에 들어갔다는 뉴스를 접했고 미수습자 아홉 구의 시신을 찾아야 한다는 일념에 안타깝게 마음 조이며 기다리는 찰나였다. 그 문제 되었던 물체도 직접 보고, 추모식에 참여하고 싶은 충동을 막을 수 없어 즉시 신청했다.

평소에 시간 없다며 여행 가는 것을 번번이 거절해 온 남편도 '즐거워하는 자와 함께 즐거워하고 슬퍼하는 자와 함께 슬퍼하라'라는 성경 말씀대로 엄청난 사건의 현장과 관련된 세월호가 도착했다는 분위기와 그 아픔에 함께 동참해 보려는 심정인지 신청을 부탁하고 함께 약속 장소로 갔다.

광주 광산구 공익활동 지원센터의 주최로 어린이들 포함하여 30여 명이 버스로 함께 가게 되었다.

벚꽃이 만발하고, 철쭉 꽃망울 얼굴 내밀며, 튤립도 화사하게 웃고 있는 도로변을 지나 10시 20분에 출발하여 11시 30분경에 목포신항에 도착했다.

넓은 바닷가 주위에는 갯벌 냄새가 코를 스쳤고 간이 화장실도 준비되어 있었으며, 쉴 수 있는 공간인 파란색 텐트들도 나란히 추모객을 기다리고 있었다. 희생자들의 사진과 함께 추모하는 글들이 주위의 길가로 가득 붙어 있었다. 가장 눈에 띈 장면에 시선이 멈췄다.

'꽃처럼 예쁜 아이들이 꽃같이 예쁠 나이에 별이 되어 버렸다.'라는 타이틀 아래 단원고 희생된 학생들의 수련회 때 찍은 사진들이 각 반별로 줄줄이 붙어 있었다. 이 많은 예쁜 꽃다운 아이들이 정말 수많은 별과 같이 싱싱하게 눈앞에서 반짝였다. 가슴이 미어질 것 같았다.

철조망을 뒤로하고 서너 개의 텐트가 쳐 있는 앞에서 봉사자들은 노란 리본을 참여자들 가슴에 달아 주었다.

식장 옆줄에는 가느다란 노란 헝겊에 염원하는 추모의 메시지들이 이미 줄지어 휘날리고 있었다.

나도 써 올리려고 펜을 들고 허리를 굽혔다. 세월호 참변의 상황과 애타는 유가족들, 남의 일이 아닌 내 일 같아 눈시울이 뜨겁더니 주르르 노란 헝겊 위에 눈물방울이 무늬를 그려 쓸 수가 없었다. 봉사하는 아가씨는 글 쓰면 번질 것이라며 바꾸어 주었다.

"304명 희생자 명복을 빕니다. 꼭 잊지 않고 기억하겠어요. 미수습자 9명도 속히 찾길 기원합니다."

이렇게 써서 가슴 조이며 이미 많은 글이 묶여 있는 줄 사이에 떨어질까 봐 조심스럽게 서러운 마음 담아 꼭꼭 묶어 매달았다.

매달은 기원의 글은 맑은 햇빛 조명받아 불어오는 바람결에 노란 물결로 흩날려 펄럭였다.

제주도까지 가지 못하고 팽목항에서 생의 꿈도 펴보지 못한 채 몽우리째 꺾어 버려진 꽃들, 그 상황을 TV로 목격하고 발을 구르며 애타는 마음 안고 썼던 시, 시집에 있는 그 시가 눈앞을 스쳤다.

불러도 불러도
대답 없는
어여쁜 꽃들아

티 없이 순수한
아름다운 꽃들아

기다리며 울부짖고
허우적거리다
희생당한 아들딸들아

목이 옥조이고
뜨거운 눈물이
뼈를 태우는구나

아까워 어이할꼬
아까워 어이할꼬

-졸시 <어이할꼬> 전문

인양된 세월호는 가까이에서 보지 못했다. 철조망이 가려져 있고 그 안에는 아직 출입금지 구역이 되어서 들어갈 수 없었다. 약 200m쯤 먼발치에서 타원형의 파란색 얼룩진 대형의 둥근 통만 볼 수 있었다. 생각과는 달리 흠집이 많아서 제대로 원인을 규명해낼지 의문스러워 보였다. 형체만 멍하니 바라보았다.

왜 이런 일을 당해야 했나? 사람들의 어떤 허세 때문일까? 아니면 물질적인 것이 개입되는 것일까?

유가족들의 심정은 어떠했을까?

찬찬히 바라보고 있는 순간 의문된 점들이 계속 머리를 스쳤다.

세월호를 인양하기 어렵다고 하면서 왜 방치해 두었을까? 지금 인양과정을 TV 화면을 통해 보니 순조롭게 목포신항까지 운반되어 내부 검사에 임하고 있지 않은가? 왜 그 당시 인양하지 않고 3년이나 칠흑 같은 바닷속에 두었을까?

배가 어려움을 당했을 때 선장이 지혜롭게 제대로 했었으면 모두 구조되어 살릴 수 있지 않았나.

정부가 사고 난 현장 소식 듣고 긴급한 대처가 있었다면, 미수습자를 모두 찾을 수 있었을까?

세월호가 육지에 놓였어도 미수습자들 및 유류품들을 찾아 정리하는데 3개월이나 걸린다니 이해가 안 되었다.

잘못된 구원파 신앙공동체를 이룬 유병언이 일본에서 오래된 헌 배를 사 와서 장사를 하는 중에 과도하게 짐을 많이 실은 연유에서일까?

이런저런 의구심과 아쉬움이 가슴을 때렸다.

원래는 4월 16일이 3주기 추모일인데 이날이 주일날이 되어서 아마도 교인들을 의식해서 4월 15일(토)에도 추모식 행사를 열게 되었다고 했다.

순진한 승객인 304명은 '가만히 있으라.'는 선장의 그 말만 믿고 있다가 가족들과 충분한 대화도 나누지 못한 채 끝내 죄 없이 생죽음으로 바닷속에 수장되었다. 이 얼마나 참혹한 일인가.

남은 유가족들은 오랜 날 식음을 전폐하고, 목소리 떠올리고,

얼굴 그리며, 심장이 터질 것 같은 보고픔을 삼켜 가며, 무거운 절망 속에 타들어 간 그리움들, 살을 찢는 피나는 오열, 그 얼마나 쓰리고 아플까, 세월이 가면 잊을 수 있으려나.

보고픔 짓눌려서 토해낸 피의 눈물
애달픈 상흔덩이 서러움 오열하고
미수습 아홉 명 시신 타들어 간 기다림.

- 졸시조 <세월호> 전문

스승을 찾아서

어느 날 교수님은 수업 중에 눈시울을 붉히며 우리에게 이런 이야기를 했다.

"나는 어제 나의 스승님께 문안 전화를 드렸어요. 묏자리를 보고 오셨다는데 아마 가실 준비를 하신 것 같아 마음이 몹시 아팠어요."

최승범 교수님은 전북대 국문과에서 오랫동안 봉직하다가 지금은 명예교수로서 시(詩)작 활동도 꾸준히 하는 유명한 문학인이다.

그는 〈현대문학〉으로 등단하여 한국현대시인상 외 다수 수상했고, 시집으로 〈난 앞에서〉 외 다수, 저서로 〈한국수필문학연구〉 외 다수가 있다. 지금은 전주에서 그의 아호를 따라 고하문학관을 운영하고 있다. 최승범 교수님이 바로 지도교수 박덕은 교수님의 스승이시다.

최 교수님은 최근에 월간지 〈문학공간〉 잡지에 이 같은 시를 발표했다.

때로 두 눈 감고
속눈 뜨고 앉아서도

생각은 생각처럼
제대로 돌지 않고

타무탈 앉았을 뿐이니
이 무슨 징후련가.

- 최승범의 <근황> 전문

무슨 일 있으세요
일은 무슨 일

왜 힘이 없으세요
힘쓴 일도 없는데

아침 길
짧은 문답의

사랑이여
정이여.

- 최승범의 <아침 인사>

    나는 이 시를 읽으면서 '유명한 인사라도 자기 삶의 종말을 인
식하고 가쁜 숨을 잠재우며 쓸쓸한 생각을 표현했구나'라는 느
낌을 받았다. 인생무상을 생각해 보며 쪽빛 하늘을 쳐다보았다.
    우리의 문학반을 지도하는 인자한 박덕은 교수님은 뜻한 바

있어 문학에 관심 있는 여러 팀의 문학회에서 글쓰기를 지도해 오고 있다.

그의 열성과 탁월한 가르침으로 문하생들 중에는 시, 수필, 아동문학, 소설 등으로 등단하고 입상자들이 230여 개의 문학상을 받았고 지금도 진행 중이다.

문학에 도취되었던 자신도 학생 때부터 육십대 후반에 이른 지금까지 67개의 문학상을 받았다.

근래에는 인터넷 방송으로 아프리카 방송을 통해 매일 밤 '낭만대통령 문학토크'라는 문학 방송을 하고 있다. 오늘까지 691회째 글을 교정하며 세계를 향해 펼치고 있다.

저서만도 125권을 저술했고 그림도 1,000여 점을 그려서 전시회도 했다. 우리가 시집을 출간할 때 컷 그림도 넣어 주며, 요리 솜씨도 대단하다. 한 인간으로서 이렇게 왕성한 활동을 하며 귀한 업적을 내는 분이 또 있을까. 천성이 따스한 분으로 인정도 많고, 구수한 말씀으로 항상 격려해 준다. 글 교정이 뛰어나서 스승 잘 만났음을 문하생들은 누구나 자랑한다. 특히 스승에 대한 경외심과 섬김의 자세 또한 남다르다.

옛말에 군사부일체(君師父一体)라는 말이 있다. 임금과 스승과 부모를 똑같이 생각하고 존중하고 섬기라는 뜻이다.

요즘은 이런 풍토가 있었는지 매우 의심스러울 정도로 개인주의가 팽배하다. 우리가 공부하던 시대에는 '스승의 그림자라도 밟으면 안 된다'고 배웠으며 예의범절과 도덕성을 지켰다.

며칠 전 언론에 보도된 기사를 보니 17세 학생이 선생님의 뺨을 때렸다니 도저히 믿을 수 없는 일이었다.

금년 7월 어느 날 우리 스승인 박덕은 교수님과 우리 문우들은 80대 후반의 최승범 전북대 명예교수를 찾아뵙기로 했다. 사정에 따라 참여 못하는 문우들도 있었지만 30여 명이 광주에서 출발하여 전주로 가게 되었다.

나는 우리가 따르는 스승의 스승을 뵙는다는 것이 기쁘기도 하고 또 어떤 분이신가 궁금하고 호기심도 있었다. 푸른 숲 그늘 지나 능소화 향기 들고 하늘과 강 사이를 지나 전주 고하 문학관에 도착했다.

최 교수님은 회색 체크 도리우찌 모자를 비스듬히 쓰고 우리를 기다리고 계셨다. 작달막한 키에 인자한 따스함이 느껴졌다. 세월의 흐름 따라 가냘픔이 서려 있었다.

스승 최승범 교수님, 제자 박덕은 교수님, 사제간의 얼싸안은 정다운 장면은 견우직녀의 만남처럼 아름다웠다.

이어 우리 문우들도 함께 인사를 드리고 의자에 둥그렇게 빙 둘러앉았다.

박 교수님은 일품요리 큰 보리빵 케이크를 손수 만들었고, 과일도 풍성하게 가져왔다. 여러 선물들도 준비해 와서 스승인 최 교수님께 정성과 사랑을 가득 담아 드렸다.

우리 문우들도 준비해 간 선물들을 드렸고, 엄마처럼 차려입은 고운 문우 김영순은 예쁜 소나무 그림을 그린 부채도 드렸다.

나는 핑크색 철쭉 그림을 드렸는데 최 교수님은 만족했는지 액자에 넣겠다고 했다. 각자 소개를 하고 장기 자랑을 했다.

옥구슬 울리는 음성으로 시들도 낭송하고, 솔바람 끌어당기며 각자가 좋아하는 노래도 불렀다. 수필 잘 쓴다고 스승의 칭찬을 한 몸에 받는 인품 좋은 문우님 최세환은 의젓하게 나와서 제스처를 써 가며 이태리가곡 '날 잊지 말아요'를 원어로 불렀다.

흥겹게 부르던 중 가사가 막히려 하여 내가 함께 서서 열창을 하니 모두 박수치며 환호했다. 우리의 즐거운 시간이 무르익어 가고 있을 때 속보처럼 반가운 소식이 들렸다.

전주 향촌문학회에서 연락이 왔다. 같이 즐기고 있는 우리 문우

중 두 시인에게 시 부문 대상과 최우수상을 했다는 소식이 왔다.

우리 모두는 환호하며 마음 들떠 웃음꽃으로 박수치며 축하하는데, 내 핸드폰 전화벨이 울렸다.

'이 즐거운 시간에 무슨 전화람?'

핸드폰을 보니 낯선 번호였다. 받을까 말까 망설이다 눌렀다.

"전주 향촌 문학회인데요. 유양업 선생이지요. 축하합니다. 수필 '올케언니'로 대상입니다."

"네, 정말이에요?"

내가 공모전에 응모했나, 기억이 나지 않았다. 나는 얼떨떨하고 믿어지지 않아 스승인 박 교수님께 전화기를 넘겨 주었다. 그 사실을 확인한 교수님은 매우 기뻐하며 축하해 주었다.

문학도 삼대가 모인 이 뜻깊은 자리에서 최 교수님은 제자인 박 교수님의 그동안의 활동과 가르친 결과가 대단하다고 칭찬했다. 말로 들은 것보다 실제 스승의 눈앞에서 수상자들의 당선 소식을 들으니 최 교수님의 마음 또한 얼마나 기쁘실까.

최 교수님은 환한 미소 지으며 의자에서 일어나 답사로 몇 말씀했다.

"박덕은 교수는 전북대에서 석, 박사 과정을 공부했을 때 평소 너벌리는 성격이었어요. 무슨 일이든 적극적이었고, 분위기를 흥겹게 잘 이끄는 리더자 역할을 했어요. 그 당시 박사 학위는 50대가 되어야 받도록 했는데, 박 교수는 30대의 젊은 나이에 박사 학위를 취득했어요. 오늘 이 자리가 한없이 기쁩니다."

최 교수는 이렇게 칭찬을 하며 우리들을 바라보며 흐뭇해 했다.

이어서 박 교수님은 인사말을 하면서 스승에 대한 존경심을 갖고 감사와 감격에 넘쳐 말씀을 하다가 스승을 껴안고 한참 울먹였다. 우리 모두도 숙연해졌고 사제지간의 따스하고 정겨운 모습에 눈시울이 뜨거워졌다.

백문이불여일견(百聞而不如一見)이라는 말이 있다. 우리의 스승이 스승을 섬기는 극진한 모습에서 겸손과 사랑이 넘쳤다. 우리에게 많은 모범이 되었다.

대상 소식과 스승의 스승을 방문하여 위로했다는 뿌듯함이 오버랩되어 경쾌한 기분이었다.

헤어져야 할 시간이 되어 아쉬운 석별의 정을 나누었다. 차마 보낼 수 없다는 최 교수님의 힘없는 손사래를 보며 어쩔 수 없이 돌아와야만 했다.

만남의 환희 자락 뜨겁게 꿈을 캐고
향긋한 환한 감성 둥글게 새 힘 솟아
순백의 달콤한 손길 가슴 안에 채운다

정담 속 연민 한 올 촘촘히 길을 열고
푸른 꿈 진실 담아 올곧게 엮어 주는
타오른 순수한 열정 등불 되어 밝힌다

볼수록 너른 가슴 오랜 날 흘러가도
묶어진 그리운 정 아릿함 뿌려 주고
갈수록 한없는 은혜 알싸하게 빛난다.

– 졸시조 <스승> 전문

양정회 야유회 남해를 향해

단풍 꽃으로 물들어가는 풍성한 계절, 2018년 10월 27일 7시 우리 양정회 회원들은 한국화 그리는 시간을 뒤로하고 가을 나들이를 나섰다. 송산 박문수 지도 교수님도 처음으로 자리를 함께했다.

회원 전원이 참석 못하여 아쉬웠지만, 17명의 회원들은 여느 때와는 달리 울긋불긋 단풍 색깔 곱게 입고 한 사람 한 사람 모여 들어 대기하고 있는 관광버스 의자에 자리 잡아 앉았다.

비가 내릴 듯 잔뜩 찌푸린 을씨년스런 날씨였으나 우리 회원들은 동심에 젖은 기분으로 마냥 즐거운 표정들이었다.

광주 시내를 벗어나 안개 자욱한 농촌의 황금 물결 넘실대는 들녘을 눈여겨보며 어느 마을을 지날 무렵, 이번 여행의 장소 물색과 준비를 위해 수고가 많았던 김성두 사무국장님이 마이크를 잡고 인사말 후 여행의 경로, 하루 일정의 스케줄을 자상하게 설명해 주었다.

밖은 아직도 안개가 자욱하여 먼 거리는 볼 수 없이 뿌옇게 가려 있는데 운전을 멈춘 기사님의 말이 들렸다.

"이곳은 곡성 휴게소인데 아침식사를 여기서 하는 것이 좋겠습니다. 다들 차에서 내려 식사를 하시지요."

우리 일행은 휴게소 옆의 정자에 삼삼오오 둘러앉아 준비해 온 음식들을 그릇에 담았다. 모락모락 김이 오른 따끈한 깨죽, 새콤달콤 무친 홍어회, 납작하게 눌러 썬 돼지머리, 새빨갛게 담은 배추김치를 띄엄띄엄 둘러앉아 있는 자리에 놓았다. 짙은 안개와 함께한 아침 식사는 꿀맛으로 온몸에 휘감겼다.

황금 물결 벼들은 안개 속에 가려 있고 훑어낸 볏짚단들도 군데군데 새로운 풍경으로 다가왔다.

어느새 안개가 사라지고 차창으로 밝은 햇살이 비춰왔다. 산을 등진 기와집, 슬랫트집들도 선명하게 시야에 들어왔고, 옛날의 초가집들은 찾아도 볼 수가 없는데, 밝은 빛은 집들 위에 명암을 그려 조화롭게 조명해 주어 새로운 눈을 갖는 것 같았다.

"지금 섬진강변을 지나고 있습니다."

기사님의 말을 듣는 순간, 영호남 물결이 만난 화개장터의 모습이 아롱거려 맴돌았다.

전라 물길 구례에서, 경상 물길 화계, 이 경계 지역에서 서로 만나 얼싸안음을 연상했고, 조선 시대 교통수단으로 물물 교환했다는 화개장터의 분주함도 떠오르며, 봄이면 벚꽃 십 리 길에 꽃비 내리는 진풍경도 뇌리를 스쳤다.

남해 대교는 경남 남해군 설천면 노량리와 하동군 금남면을 잇는 다리로 한국 최초의 현수교로 길이 660m, 너비 12m, 높이 52m로, 1968년 5월에 착공하여 1973년 6월 22일에 준공되었다고 했다. 남해도가 육지와 연결되어서 한려 해상국립공원 지역과 남해도 전체의 개발에 이바지했단다. 남해 도량해협은 통영 여수를 잇는 해상교통의 요지이며, 이 충무공의 전적지인 동시에 전사한 곳으로 충무공을 추모하는 충렬사가 있는 곳이라 했다.

죽방의 남해 앞바다에서 멸치 잡는 곳을 볼 수 있었다. 수심이 얕은 곳에서 대부분 멸치를 잡는데, 그물을 두른 말뚝들은 V자 모양으로 넓은 쪽이 육지를 향해 설치되어 물이 들어올 때 멸치들도 물에 휩쓸려 따라 들어오고 물이 바다로 빠져나갈 때 갇혀 있는 멸치를 잡도록 설치되어 있었다. 여기서 잡는 멸치는 죽방 멸치라 하여 최상품이란다.

1973년 남해 대교가 개통된 지 30년 후에 창선 삼천포 대교가 개통되었다고 했다. 이 대교가 이어 주는 5개의 섬은 학섬, 모개섬, 초양섬, 늑도, 창선도를 잇는 5개의 교량이 연결되어 있었다.

1995년 2월에 착공하여 2003년 4월 28일 성웅 이충무공의 탄신일을 기하여 개통했단다. 이 대교는 길이 3.4m로 4개의 섬을 연결하는 5개의 교량으로 전국에서 유일하게 해상 국도 3호로 지정되었다며, 전체 공사비가 1,830억 원으로 한국 최초로 섬과 섬을 연결하는 교량인데, 교량 자체가 국제적인 관광지로 세계에서 보기 드문 관광명소가 될 거라고 했다.

삼천포 사천 케이블카만 몇 대가 공중에 떠서 바다 위를 왔다 갔다 돌고 있었으나 우리는 시간이 여의치 않아 타지 않고, 금강산도 식후경이라 했던가, 케이블카를 보기만 하면서 푸짐하게 준비해 온 많은 음식을 중식으로 원 없이 즐겼다.

오후에는 예담촌 한옥마을을 돌아보았다. 한옥 가옥들은 기와집으로 건물들이 높고 땅이 넓어 여유롭게 사는 부촌의 느낌을 주었다. 마당 앞뒤 담 곁엔 무성한 감나무에 주렁주렁 감이 빨갛게 달려 있어 하늘의 꽃으로 시야에 들어왔다. 좋은 것 상처 없는 감만 골라 곶감을 깎으며 상처가 난 것은 아예 깎지 않는다고 했다.

경남 남해 금산 보리암으로 향했다. 높다란 위치에 있었다.

2015년 1월 15일 경상남도의 유형문화재 74호로 지정되었단다. 원효대사가 서기 683년에 창건한 사찰인데 창건 당시는 보광사라고 했으나, 조선 왕조를 세운 태조 이성계가 기도 중 보광산의 이름을 고쳐서 금산(錦山: 비단을 입힌 산)으로 깨달음을 이룰 수 있다 하여 보리암이라고 부르게 되었단다.

낭떠러지 길가를 걸어가는데 '이성계가 기도한 곳'이라고 씌어있고 화살표로 위치와 방향을 가리키고 있었으나 그곳은 가보지 못했다. 높은 바위산의 절경도 아래 낭떠러지의 나무들도 아름다워 폰에 담기도 했다.

우리 일행은 덕천 서원으로 향했다. 덕천 서원은 1576년에 창건되었는데, 경상남도 유형문화제 제89호로 지정되어 조식(曺植)의 위패를 모신 곳으로, 그의 수모사 성현병풍 외 문집이 약간 있었다. 조식의 학문과 덕행을 추모하기 위해 건축했단다.

조선 중기 이황과 함께 영남유학의 지도자였던 조선의 학자로 1548년 여러 벼슬에 임명됐지만 모두 사퇴하고 오로지 청렴결백을 지켜 학문에만 전념했단다. 이로 인해 명성이 날로 높아져 많은 제자들이 모여들고 정인홍, 하항 등 학자들이 찾아와 학문을 배웠단다. 61세 되던 해 지리산 기슭에 산천재를 짓고 죽을 때까지 그곳에 머물며 강학에 힘썼다고 했다.

오는 길에 차 안에서 노래방이 가동되었다. 문광진 선생이 시 한 수를 낭송하고 노래를 부름으로 막이 열렸다. 모두 한 곡식 장기 자랑을 했다. 노래 부르는 실력들은 어느 가수 못지않게 대단했다.

홍겨운 시간이 끝난 후 뒤에 앉았던 우아한 총무님이 낭랑한 예쁜 음성으로 말했다.

"여러분들이 부른 노래를 몇 분의 심사원들의 종합 점수로, 대상 한 사람만 뽑겠습니다. 상품은 교수님의 작품 한 점입니다."

사전에 이렇다 한 아무런 예고도 없이 극적으로 이뤄졌다.

'모두가 다 잘들 발휘했는데, 누구를 뽑을까? 갑자기 재미있는 일이네…….'

초조히 앉아 있는데, 총무님의 카랑카랑한 맑은 소리가 크게 울려 귓전에 멈췄다.

"대상에 취원(翠園) 유양업님입니다."

나는 생각 밖이라 어리둥절했고, 선생님의 그림을 받게 된다는 기대에 마음이 뿌듯했다.

다음 공부 시간에 회원들의 박수를 받으며 교수님의 작품을 상으로 받아 조심스레 펴 보았다. 예쁜 족자에 사랑으로 정성 담아 그린 해바라기 여섯 송이가 방글방글 웃으며 나를 반겨 주었고, 바탕에 곁들인 연보라빛 나팔꽃 다섯 송이도 다소곳이 나를 맞아 주었다.

나는 한국화 공모전에서 입선, 특선을 몇 차례 받아 보았으나 이것 또한 차원 다른 기쁨이었다.

웃음 꽃 노란 햇살
해맑은 사연 자락

설렌 맘 가득 피워
싱그럼 더해 주고

따스한 스승의 손길
맘 언저리 휘돈다.

– 졸시조 <해바라기> 전문

요양병원 방문

매서운 한파 속에 휘날리는 눈보라를 받으며, 한국문화해외
교류협회 광주 김병중 지회장은 우리 회원들을 태우고 영암 하
나 요양병원을 향했다. 자동차 꽁무니에 하얀 연기를 뿜으며 눈
쌓인 들판을 가로질러 달렸다. 온 세상은 새하얀 그리움에 소복
히 덮인 은빛이었다.

전라도 사투리 구연가인 나 이사님이 옷깃을 여미며 말했다.

"워따메, 오늘같이 이렇게 추운 날 봉사 가자 한당께잉?"

"추운 날 고생하면서 하는 봉사는 의미가 커서 추억에 더 남아
요, 요양원 실내는 따뜻할 거예요."

차는 드디어 하나 요양병원에 숨가쁜 호흡을 가다듬으며 멈
췄다.

이곳은 250여 명의 어르신들이 생활하는 곳으로 공기도 맑고
조용하고 아름다웠다. 중환자들은 병실에 있고 이동이 가능한
70여 명이 넓은 로비에 모여 있었다. 어떤 분들은 의자에 혹은
휠체어에 의지하여 앉았다.

생일을 맞은 어르신 여섯 분은 뾰족한 고깔모자를 쓰고 풍성

한 과일과 떡 음료수 과자가 듬뿍 차려진 화려한 상을 앞에 놓고 줄지어 앉았다. 잠시 후에 상은 가져갔다.

앰프시설에 능한 지회장의 능숙한 사회로 위로회는 진행되었다.

예쁘고 얌전한 시 낭송가인 김 이사는 조용하면서도 낭랑한 고운 음성으로 시의 뜻을 새기며 감명 깊은 어조로 아름답게 낭송했다.

사투리 구연가인 나 이사는 새내기 시집 생활의 한 면을 구성지게 표현했다.

"그랑께잉, 한 집에 삼 대가 사는디, 하도 배가 고팠당께라, 시할매가 밖을 나간 뒤 쌀독을 살며시 연께로 쌀 위에다 갈매기를 그려놓고 콩을 뿌려놨어라."

쌀을 퍼가지 말라는 표시여서, 웃음이 터졌다.

내 차례가 되어 내심 걱정이 되었다. 준비한 곡이 가곡들이어서 분위기가 그분들에게 맞지 않을 것 같았다. 피차 공감대를 가지며 흥겹고 즐거움을 가질 수 있는 프로그램 쪽으로 생각을 돌리고 관중 앞에 섰다. 하얗게 병원복을 입고 있는 환우들은 대부분 70대, 내 나이 비슷한 분들로 줄지어 앉아 있었다.

"안녕하세요, 만나서 반갑습니다. 우리 모두 다 함께 박수를 쳐 볼까요? 손으로 박수를 힘차게 치면 온몸에 있는 기혈이 움직여 건강에 큰 도움이 됩니다."

'힘차게 박수'를 하나, 둘, 셋 소리에 맞추어 모두 함께 손뼉을 쳤다. 다음 '냄비 박수'를 치는 동작을 알려 주었다. '지글 짝 보글 짝 지글 보글 짝 짝' 환우들은 재미있게 잘 따라했다. 표정들이 밝아져 갔다.

이원수 시 '나의 살던 고향은 꽃 피는 산골'을 선창하여 부르니 모두 따라서 웃는 표정 안고 박수를 치며 합창을 했다. 바로 이어서 나는 민요풍의 노래 '참대밭'을 그들 박수에 맞추어 불렀다.

도라지 노래도 계속 부르게 하고, 저쪽에 벗어 놓았던 머플러를 머리에 동이고 옆에 있던 사투리 구연에 사용했던 바구니를 급히 들고 '도라지 도라지 백도라지 심심산천에 백도라지….' 관중들 노래에 따라, 왼손에는 바구니를 들고 머리에는 빨강 머플러를 질끈 묶고 즉흥적으로 도라지 춤을 추었다.

박수갈채가 쏟아졌다. 분위기를 흥겹게 하기 위해 체면도 버렸다. 나이 먹으면 애가 된다더니 아이 된 심정으로 도라지 타령까지 했으니 그 모습이 얼마나 가관이었을까!

다른 색소폰 팀도 늦게 와서 멋있게 연주도 했고, 그 반주에 맞추어 지회장도 열창을 했다. 환우들도 자원하여 앞으로 나와 장기 자랑을 했다. 우리 모두 함께 어우러져 덩실덩실 춤을 추고 흥겹게 노래하니 침울하고 딱딱했던 환우들의 표정들이 환한 복사꽃처럼 밝아졌다. 내내 마음이 흐뭇했다.

두물머리

쌀쌀한 바람이 옷깃을 여민 초가을 서울에서 생활하는 딸이 우리에게 살포시 미소 지으며 다가와 말했다.

"아빠 엄마, 모처럼 서울 방문하셨는데, 양평 두물머리로 바람 쐬러 갈까요?"

"그럴까, 두 물이 함께 어우른 곳이라고 들었는데, 한번 가보는 것도 좋겠구나!"

아침 일찍 딸은 자동차 내비게이션에 주소를 찍고 두 시간 걸려 양평 두물머리에 도착했다.

아침 안개 헤치고 붉으레 떠오른 둥근 일출, 환상적인 영롱한 눈부심은 마음을 사로잡았다.

'양평 두물머리' 유유히 흐르는 강물을 바라보면서 딸은 한 마디 넌지시 던졌다.

"이 물은 남한강과 북한강이 서로 만나 합류했다고 해서 '두물머리'라 부른데요. 이 물처럼 남과 북도 통일되어 서로 얼싸안고 하나가 되어서 어우러지면 얼마나 좋을까요."

동글동글 빛나는 딸의 해맑은 말과 웃음은 하얀 꽃잎처럼 아름답게 보였다. 딸은 나름대로 자기의 가정과 삶이 있는데, 생활은 뒤로 두고, 항상 최상의 것으로 최선을 다해서 부모인 우리에게 매월 용돈을 보내주며, 약과 식품들을 사서 보내주고, 안부 전화도 자주하며, 부모를 지극히 섬기는 그 효심을 마음에 가득히 담겨 준 딸이 오늘따라 고마움이 더해, 내 자신을 들여다보았다.

나는 부모님께 무엇을 했나. 자주 찾아보지도 못했고, 구경도 시켜 주지 못했고, 효도하지 못했던 나를 되돌아보게 했다. 후회한들 부모님은 계시지 않았다. 고마운 딸! 생일에 미국에서 목회하는 작은아들(학배)이 가족 카톡방에 올렸던 글이 갑자기 뇌리를 스쳐 지나갔다.

"사랑하는 큰누나! 세상에서 제일 착한, 천사 같은 우리 누나! 생일 축하해……."

순간 이 말이 딸을 잘 표현한 것 같아 공감이 갔다.

아침 물안개, 일몰의 수려한 하얀 호수, 그 물결의 반짝임은 우리의 마음을 한결 업되게 해주었다.

사백 년이 넘은 무게를 싣는 느티나무도 우람한 모습 펼쳐 강물에 그림자를 드리우고 잎들이 바람결에 살랑거려 춤추고 있는 모습을 보면서, 이런 나무는 사백여 년을 넘게 사는데. 우리 인간은 백년도 살기가 어려우니 나무만도 못한 수명이 우리 인생이구나! 나뭇가지 사이에 비치는 흰구름을 쳐다보며 혼자 중얼거렸다.

우리 세 사람은 두물머리를 바라보며 벤치에 앉았다.

초등학교 3학년 학예회 때 독창으로 색동옷 입고 '우리의 소원은 통일'을 회상하며 살며시 부르니, 딸도 아빠도 함께 따라 중창을 한 후 남편은 말을 이었다.

"일제로부터의 해방 후 우리 한반도의 38선 분단은 미·소의 얄타회담에서 결정한 것이었으며, 북한은 소련이, 남한은 미국이 신탁통치로 다스려 준다고 했단다. 그러나 김구 선생 등 우리 민족주의자들은 어떻든 38선을 없애고 한반도의 통일을 주장했으며 김일성은 공산주의 이념으로 통일을 하려고 했고, 우리 남한은 자유민주주의로 통일이 되었으면 했다. 북한이 듣지 않는다면 남한만이라도 민주국가를 수립하려고 했고, 김일성은 우리 한반도를 공산주의식으로 통일하려고 1950년 6월 25일 전쟁을 일으켰다. 그러나 남한은 하나님의 도우심으로 유엔군의 협력을 입어 북진 통일을 하려고 하였으나 중공군의 개입으로 통일을 이루지 못하였고 정전협정을 이루게 되었다. 북한은 북한대로 남한은 남한대로 체제를 달리하여 긴장 가운데서 서로 경계하며 내려온 것이 70년이 되었구나. 지구상에 분단국가는 우리나라뿐일 것이다."

그런데 며칠 전 대한민국의 문재인 대통령이 북한을 방문하여 김정은 국무위원장과 회담하고 같이 교류함으로 북한은 핵무기를 없애고 전쟁을 하지 않고 피차 평화와 번영의 길로 가기로 한 것 같다.

사실 김정은 위원장은 핵무기를 갖게 된다면 어느 나라든 함부로 북한을 넘볼 수 없을 것을 염두에 두고 무진장한 경제력을 투입하여 핵무기 만들기에 전력을 기울였다.

인민들의 생활은 전반적으로 여전히 어려운 상황에 있어서 김정은은 적대관계였던 미국과도 정상적인 관계를 이루어 경제적인 제재를 풀어야겠다고 생각하면서 북미정상회담도 하였고 또다시 정상회담을 가지려고 하지 않는가 싶다. 아무튼 북한이 핵무기를 없애고 북미 관계 혹은 남북 관계가 잘 풀려서 전쟁이 없는 평화로운 나라가 되었으면 하는 바람이다.

팔랑팔랑 춤추는 예쁜 노랑나비들이 옷깃을 스쳐 나는데, 딸은 머리를 만지며 의문을 던졌다.

"김정은 위원장이 고숙인 장성택과 이복형인 김정남을 죽였지 않나요? 어쩌면 그럴 수가 있을까요. 도저히 이해가 안 가요?"

남편은 모자를 만지며 생각에 잠긴 듯하다가 말을 이었다.

"김정은은 30대 초반에 아버지의 정권을 이어받아 북한체제에서 독재자가 되었는데 자기 정권에 조금이라도 위협이 되겠다고 하는 인물들은 가차없이 숙청하고 없애 버렸지, 단적인 예가 자기의 고숙인 장성택을 만인 앞에서 총살시켰으며 자기 이복형인 김정남을 말레시아공항에서 타국인을 시켜 약물 투여로 죽게 했지, 김정은은 자기 자리 유지를 위해서 어떤 엄청난 일이라도 감행했지. 그러나 한편으로는 비핵화를 해서라도 북한사회의 경제적 발전에 맘을 둔 것만은 사실인 것 같다."

딸은 말했다.

"아무튼 우리가 취할 자세는 계속 통일을 위해 기도해야겠어요."

'네 손에서 둘이 하나가 되리라. (에스겔 37;17….)'는 말씀처럼 통일은 하나님 주권적인 섭리로 이루어질 것인데 우리가 할 일은 통일을 위하여 간구하며, 북한 동포를 사랑하며 가능하면 경제를 비롯하여 여러 가지 부분에서 함께 나누려고 힘써야 할 일이 아니겠나 싶다.

우리 한반도의 문제는 미국, 소련, 중국, 일본 등의 역학관계에서 이루어지는 경향이 있으므로 우리는 먼저 한민족의 굳은 단결을 도모하면서 역사의 주관자이신 하나님께 통일을 위하여 계속 간절히 기도하며 우리의 할 일을 성실하게 감당해야겠다는 다짐도 해보았다.

두물머리가 하나됨은 비단 남북한의 통일만 아니라 우리 삶의 여러 영역에서도 적용될 수 있다.

내가 아는 크리스챤 부부는 성격과 관심사 차이로 늘 불화 가운데 살았다. 한번은 심각한 상태에서 이혼 단계까지 왔는데 남편은 아내와 극적으로 화해했단다.

그 비결은 서로 약속하고, 상대방의 말을 잘 들어주고, 아껴주고, 져주고, 이해해주고, 사랑해주는 것이었단다. 그 약속을 실천한 후로 부부는 다시 싸우지 않고 화목하게 살면서 아내는 찬양사역자로 남편은 동아프리카 선교사역을 위해 힘써 헌신하며 산다고 했다.

인간은 얼굴이 각각 다른 것처럼 우리의 배경과 관심사도 다르다. 다르다(different)는 것은 틀리다(wrong)는 것이 아니다. 서로 이해하고 조화를 이루는 삶이어야 할 것이다. 더욱이 우리 그리스도인은, '내가 너희를 사랑한 것 같이 너희도 서로 사랑하라'는 그리스도의 말씀을 실천해야 하리라.

나루터라 알리는 황포 돛단배 두둥실 느티나무 마주 보고 물결 따라 출렁이며 우리의 발걸음을 그곳으로 향하게 했다.

딸과 손을 마주 잡는 체온에서 효의 향기가 솔솔 스며 들어왔다, 부모를 위해 최선을 다한 딸이 손을 꼭 쥐며 말했다.

"자동차를 부모님 위해 샀어요. 5일 후에 집으로 자동차 회사에서 가지고 갈 것입니다."

난 또 깜짝 놀랐다.

"우리와 의논을 하고 사야지?"

"부모님과 의논하면 못 사게 할 것 같아서 제가 월부로 했어요."

생활 형편 사정을 잘 아는 나는 부담도 되어 마음이 찡해왔다.

필요한 것 미리 알고 챙기는 그 효성의 꽃은 피어 타오르기만 하고, 시들지 않는 딸의 모습을 쳐다보니 마음이 아파 오는데 어디선가 불어오는 훈훈한 바람도 맘속으로 파고 들어왔다.

파란 하늘과 호수가 절묘하게 어우러진 환상적인 풍광이 한결

여유로운 평안을 안겨 주었고 물결 위에 찰랑이는 물무늬는 자연의 신비로움을 더해 주고 우리와 함께 어우러졌다.

말없이 흐르는 두물, 남한강 북한강의 합류된 맑은 물은 얼싸안고 햇살에 반짝이며 여전히 유유히 흐르고 있었다.

남한강 사랑 안고 북한강 추억 품어
두 물이 합류하여 옛 생각 새기면서
세월이 할퀸 자국들 얼싸안고 감싼다

양수리 새벽 안개 영롱히 익어 가고
물결 속 환한 얼굴 속삭임 도란도란
알싸한 황포 돛단배 나루터라 알린다

우람한 느티나무 옥빛물 바라보고
긴 여운 오랜 숨결 발자취 더듬으며
두 물이 통일 외치며 희망 안고 살잔다.

– 졸시조 <두물머리> 전문

제주도 방문기

진정한 여행의 발견은 새로운 풍경을 보는 것이 아니라 새로운 눈을 갖는 것이다. 여행은 인간을 겸손하게 만든다. 세상에서 인간이 차지하는 영역이 얼마나 작은 것인가를 깨닫게 해준다는 말을 언제나 맘속에 새기며 제주 여행길에 나섰다.

지난 삼월 초, 봄기운이 엿보인 날 국내외적으로 관광명소로 부각되고 있는 제주도에 가게 되었다. 신학생 시절 제주도에 수학여행을 다녀온 적이 있었으나 그동안 제주도는 눈부신 발전을 한다는 보도를 접하면서 오랜 세월이 지난 지금 변한 모습 다시가 보고 싶은 충동이 일었다.

유기상 목사는 총신 졸업 후 독일에서 선교사로, 강선자 사모는 간호사로 두 분이 10여 년 일한 후에 선교적인 마인드를 갖고 제주도에서 세계선교 센터를 운영하면서 주로 중국 사역자들을 단기간 초청하여 사역하는데 신학을 위한 강의를 제공하고 있었다.

남편 문전섭 박사에게 강의 부탁이 왔다. 문 목사는 제주도에 한 번도 가보지 않아서 더욱더 기대와 흥미를 갖고 있었다.

우리는 광주공항에서 제주공항까지 국내 비행기로는 처음 타 본 여행이었다. 35분 걸려 제주공항에 도착했다.

안내를 받아 강 사모가 타고 온 차에 올라 선교센터로 향했다.

가로수의 열대 나무들은 이국풍이었고 거리와 건물들도 산뜻 하고 깨끗하여 눈부신 발전을 볼 수 있었다.

제주도에서 유 목사 내외분은 중국 사역을 열심히 하는 중에 아름다운 선교센터를 건립하고 뜻하는 사역을 온 정열 쏟아 일 하고 있었다.

목사님 내외가 사는 사택 외에 50~60명을 수용할 수 있는 강 의실도 있었고, 호텔같이 깨끗하고 편리한 7개의 방도 있었다.

그중 하나의 방에 우리 내외도 배정받아 있으면서 강의에 임 하게 되었다. 강의실도 잘 구비되어 강의한 모든 내용들을 촬영 하여 노트북이나 핸드폰에 넣어 주어 중국에 가서 편리하게 사 용할 수 있도록 배려해주었다.

문 목사는 〈그리스도의 삶〉을 중심으로 강의를 했는데 그리 스도의 삶의 역사적인 맥락에 대해서, '예수, 그는 진정으로 누구 이신가?', '역사적인 정보', '예수의 탄생과 유년 시대', '기적들', ' 예수 그리스도의 능력', '예수의 유명한 말씀들', '성 금요일', '십 자가로의 좁은 길', '부활' 등에 대해서 강의했다.

강의가 끝나자 수강자들은 많은 것을 배웠다고 하면서 사진 도 찍자고 했다.

문경자 목사는 교회학교 운영에 대해서, 실물 교재로 시청각 자료를 통해 아동설교에 이용하도록 성의를 다해 가르쳤고 난 반주로 도왔다.

그리고 나는 성악의 발성법, 호흡기관 올바른 숨쉬기와 호흡 조절, 주로 횡경막과 흉곽의 활동, 8개의 공명강 활용, 연구개 조 절, 인두 사용, 성대 활용, 노래 부르는 자세 등등 체내 기관 활용과 실기를 주로 가르쳤다. 중국 삼자교회(자급 자치 자전)의 성가대원들 한 그룹이 왔는데 그들은 내 앞으로 와서 많은 도움이 되었다고 흐뭇해 하며, 껴안아 주었고, 만면에 희열이 가득한 기쁜 모습을 보면서 가르친 보람도 느꼈다.

강의가 끝나고 주최측의 안내로 세계가 인정한 천혜의 자연환경 서귀포 관광을 했다. 넓은 바닷가나 길가 주변 돌들은 거의 검은색의 돌들이었다. 구멍이 숭숭 뚫린 돌담들이 바람이 불면 쓰러질 것 같은데 오히려 더 안전하다는 것이 신기했다. 아마 구멍사이로 바람이 지나가서일까……

맑은 날씨에 살가운 바람이 꽤 싸늘한 느낌이었다.

유채꽃이 만발하여 바람따라 노란 물결을 이루고 있었다. 산방산 앞자락의 바닷가 용머리 해안을 두르고 유채꽃이 만발한 꽃 속에 묻혀 함께 호흡하며 바람결 따라 시조를 써 보았다.

산방산 등에 업고 꽃잔디 어우러져
노란빛 살랑거림 가슴속 휘어잡고
눈길들 꼼지락거려 마디마디 숨쉰다

봄빛에 여운 담아 꽃잎들 눈 맞추고
꽃피운 여린 마음 미소 띤 봄의 향기
싱그레 농익은 햇살 끌어안고 흔든다

감성을 갈무리해 오늘도 토닥토닥
간절한 눈빛으로 추억이 아른대면
물들인 바람물결 속 시린 가슴 데운다

사랑빛 낭만 담아 서성인 노랫가락

벌나비 소곤소곤 따스한 설레임들
애절한 눈시울 속에 햇살 한 줌 앉는다.

- 졸시조 <유채꽃> 전문

우리 일행은 조수 교회를 방문했다. 담임 김정기 목사는 본래 화가로 장신대를 졸업한 후 미국에 유학하여 박사 학위 소지자로 충청도 분이었는데 이곳 아름다운 제주도에 와서 15년째 목회한다고 했다.

약 200여 명의 성도들 중에 원주민이 30명쯤 되고 나머지는 외지에서 은퇴 후에 따뜻하고 공기 좋은 곳을 찾아온 분들로 사회적으로나 재정적으로 안정된, 수준 높은 교인들이라고 했다.

교회 건물도 목사님 자신이 직접 설계하여 햇빛이 성전 내부에 아름답고 밝게 비추도록 했다.

주간에 한 번씩 미술에 관심 있는 사람들이 목사님 지도하에 교육관에서 그림을 그렸다. 그들의 활동 작품들이 벽에 붙어 있었다. 평소 한국화를 그리는 것을 취미로 삼는 나는 그 그림들을 한 점 한 점 관심 있게 살펴보았다.

아마도 세계에서 가장 작은 교회인, '순례자 교회'를 일부러 찾아 방문했다. 3, 4명 정도 앉을 수 있는 공간이었다. 그곳에 들어가 호흡하고 흔적 남긴 방명록들이 수두룩 쌓여 있는 것을 보았다.

지나가는 사람들의 종교심을 읽을 수 있었다.

우리는 명승지인 유명한 여러 곳을 구경했다.

그러나 특히 150만 년 전 화산 폭발로 이뤄졌다는 '외돌개'를 구경했다. 맑은 물 하늘 안고 바다 한복판에 꿈꾸듯 서있는 높이 20m에 이르는 바위섬으로 고려 말 최영 장군이 원나라의 잔류 세력을 토벌할 때 '외돌개'를 장대한 장수로 변장을 시킴으로

써 범섬에 숨어있던 적군이 이를 보고 겁에 질려 모두 자결했다
는 전설로 '장군석'이라 부르기도 했다는데 신기해서 시조를 써
보았다.

    섬바위 해안 절경 넌지시 내려보고
    잔파도 어루만져 침묵을 껴안으며
    그리움 허공에 새겨 구름으로 감싼다

    우직한 환한 가슴 수평선 흰 꿈 묶고
    그리움 온몸 적셔 밤낮을 지새우며
    서걱인 긴긴 기다림 바람 안고 설렌다

    물보라 상념 모아 바닷가 감싸 돌며
    쪽바위 못다 한 말 하늘에 새겨 두고
    한 많은 세월 보듬고 홀로 서서 지킨다.

                              - 졸시조 <외돌개> 전문

    여행은 나에게 있어서 정신을 다시금 젊어지게 해 주는 샘이
었다. '세계 여러 곳을 여행한 자는 지혜롭다'는 말처럼 여행과
변화를 사랑하는 사람은 생명이 있는 사람이라고나 할까….

제주도 올레길 문화탐방

삼복더위 33도의 폭염을 이고, 한국문화해외교류협회는 제10회 문화탐방을 우리나라 최남단에 위치한 한국의 하와이라 불리는 이국적인 섬 제주도에서 가졌다.

제주도는 행정상 특별자치도라는 성격을 띠고 있는 섬으로, 유네스코 3관왕을 얻는 세계 7대 자연경관이 아름다운 섬이다.

또한 신공항 건설, 국제자유도시개발센터, 신화역사공원건설 등 국내외에서 관심을 끌어 연간 1천 5, 6백만 명이 찾아오는 동북아에서 가장 인기 높은 관광지이다.

한국문화해외교류협회 문화탐방은 1년에 한 번 외국으로 갔었는데, 금년에는 제주도 올레길 힐링 문화탐방(2019. 7. 29~31일)으로 2박 3일 일정이었으며 국내 코스로 부담도 없고 준비 또한 가벼워서 홀가분한 마음이었다.

참석 회원은 서울 경기지회, 대전 본부, 경남지회, 광주지회로 제주공항 대합실에서 7월 29일 2시 30분에 모두 집결토록 했다.

광주공항에서 나정임 이사와 함께 비행기로 오후 1시 25분 출발하여 2시 15분에 제주공항에 도착했다.

마중 나온 제주지회 임원들은 물론 각 지역으로부터 도착한 회원들은 제주공항 대합실에서 함께 만나 서로 해후의 기쁨을 만끽하며 반가운 인사를 나누고 두 대의 차로 모두 애월읍 숙소로 향했다. 일행 중 여자 이사들은 제주지회 고훈식 지회장의 차를 타게 되었다.

도로변에 줄지어 서 있는 야자수들은 우리 일행을 맞아주는 듯 해풍에 몸과 잎을 마구 흔들어 순간순간 기쁨을 주었다.

회색 도리우찌 모자를 지긋이 쓴 지성이 넘치는 고 지회장은 가는 도중 구수한 언어로 얘기를 하던 중 우리에게 질문을 던졌다.

"집에만 있는 사람은 누구이지요?"

우리는 차창으로 보인 파란 하늘 위로 시선을 보내며 무얼까 생각에 잠겼다.

잠시 후 나는 입을 열었다.

"참, 쉽고도 어려운 질문인데요… 그거야 물론 가정주부들이지 않아요."

핸들을 잡고 앞 라인에 시선을 둔 고회장이 말했다.

"아픈 사람, 따돌림 받는 사람, 애인이 없는 사람이지요."

듣고 보니 그럴 듯한 말에, 우리는 간드러진 웃음꽃을 한바탕 피웠다.

드디어 숙소에 도착했다. 제주지회 이사인 이경철 시인이 운영하는 애월읍 '레드 클레이' 숙소였다. 아래로 툭 트인 전망 좋은 이 건물은 좌우에 황토방 건물이 줄 서 있고, 중앙에 펼쳐 있는 메인 홀은 연회장소 겸 식당으로, 만찬을 나누며 행사도 진행하도록 구비되어 있었다.

이경철 대표는 이틀간 우리 팀들이 행사와 편히 쉴 수 있도록 장소를 무료로 제공해 주었다. 먼저 짐을 풀기 위해 정해진 방키를 들고 호실을 찾았다. 경관도 아름답고 황토방인 실내는 넓고 쾌적했다. 따스한 맘과 배려가 무척 고마웠다.

제주지회 변철환 사무국장의 사회로 저녁 행사를 이 호스텔에서 진행했다. 김우영 대표의 감사 인사와 활동 경위 설명이 있는 후 고훈식 지회장의 뜻깊은 인사말과, 장소를 제공해 준 대표 이경철 시인에게 감사장 수여도 있었다.

정성으로 준비한 제주지회의 환영 만찬을 들며, 하모니카 연주, 시 낭송, 노래 등 다양한 순서의 행사가 진행되었다.

나는 여러 곳에서 모여온 회원들을 생각하며 '새타령'을 했다. 한 배를 타고 뜻을 같이한 회원들은 화기애애한 분위기 속에서 정겨운 마음을 안고 각자 자기의 숙소로 향했다.

다음날 조식 후 정한 일정에 따라 우리 일행은 제주도 '삼다수 숲길'을 걸었다.

좌우로 울창한 숲속길은 푹신푹신한 갈색의 두루마리가 융단처럼 깔려있었다. 야자수 껍질로 제조되었다는 이 제품이 깊은 인상을 주었다. 두루마리 위를 한참 걸어가니 하얀 동아줄을 토막토막 잘라, 계단을 올라가는 앞부분에 붙여 놓아서 경사진 오르막길을 쉽게 올라 갈 수 있도록 되어 있는 것도 인상적이었다.

제주지회 사무국장인 변철환 수필가는 핸섬한 모습과 해박한 지식으로 자연 식물에 대한 설명을 했다.

우슬초란 풀잎을 가리키며 이 잎은 관절에 좋고요, 조리대나무 여린 풀잎을 4, 5월경에 따서 찌고 말려 차로 끓여 마시면 혈압에 좋다고 설명을 해주어 일행은 여린 풀잎을 뽑아 먹어 보기도 했다.

길가에 우람한 한 그루 나무가 두 갈래로 자랐는데 한 가지는 잘라져 옆에 뉘어 있었고, 잘라진 하얀 나무테 위에 전기톱으로 가로 세로 갈라서 체크무늬처럼 그려 놓았다. 사람들이 길을 걷다 피곤할 때 쉬어 가도록 의자를 만들어 놓았나 싶어 만져 보고 또 앉아도 보았으나 궁금했다.

"왜 이렇게 큰 나무를 뚝 잘라 버렸을까요?"

변 국장은 웃으며 대답했다.

"한 나무만 튼튼하고 곧게 자라라고 한 가지는 잘라 주었어요."

한참 올라가다 산중턱쯤일까 쉬는 자리를 마련하고 나뭇잎 텐트 밑에서 즉석 음악회가 열렸다.

김우영 대표의 사회로 먼저 나를 불러내어 노래를 시켰다. 나는 '청산에 살리라'와 이태리 가곡 'Non ti scordar di me'(날 잊지 말아요)를 불렀다. 각자의 달란트 따라 장기 자랑을 했다.

피톤치드 맑은 공기로 깊게 호흡하며 매미 소리 반주로 하모니를 이루어 열창들을 하고 낭랑한 목소리로 시를 낭송한 음률은 바람 따라 출렁이는 나뭇잎처럼 나의 맘도 흔들었다.

야외음악 콘서트처럼 흥겨웠던 시간을 뒤로하고 계속 오르막 숲길을 걸으면서 교양 있고 우아한 제주 한라대학 정예실 교수와 친절한 박명희 부지회장과 함께 사랑 깊은 즐거운 대화를 나눴던 시간들 역시 잊을 수 없을 것 같다.

점심 때가 되어 긴 코스는 포기하고 짧은 코스길로 내려와 본회에서 제주지회 환영 만찬에 대한 답례로 준비위원장인 윤준백 이사의 솜씨로 마련된 생선회와 매운탕으로 만찬을 즐겼는데 많이 걸어서인지 음식은 꿀맛이었다.

제주지회 부지회장인 문경훈 시인은 정성을 다해 제주지역 역사와 올레길을 안내했다. 아름다운 해안 절경으로 남원이란 지역의 숲길 터널이었다.

나뭇잎으로 둘러싸여 있는 산책로 좌우로 둘러싼 나뭇가지 사이에 동굴처럼 한가운데가 뚫린 모양이 우리나라 지도를 그대로 옮겨놓은 듯 선명히 밝게 바다로 비쳐 보였다.

새롭게 한반도를 생각나게 했다. 이곳을 지나는 탐방객들에게 한반도의 지도로 즐거움을 주기 위해서란다.

낭만이 어우러져 아름다운 조화를 이루는 이 해안 절경의 이름이 남원으로 쓰여 있어, 전북 남원지역 춘향이와 이도령이 만나 사랑을 이룬 광한루의 넓은 정자와 오작교를 흐르는 강물 위로 유유히 서 있던 아름다운 고목나무들이 스쳐 지나가기도 했다.

둘째 날 저녁에는 숙소 앞뜰 정원 잔디 위에 놓여 있는 테이블을 중심으로 둘러앉아 밤하늘 별들을 헤이며 윤준백 이사의 기타 반주로 즐겼던 오락 시간, 별빛이 속삭이듯 우리는 동요와 가곡을 불렀다. 이경철 시인이 풀어놓는 세상살이 간증도 늦은 밤하늘의 별빛만큼 쏟아놓아 지칠 줄 모르고 마음 속에 새겼다

마지막 날 아침 9시 50분 짐을 챙기고 기념사진을 한껏 담고 정들었던 호스텔을 떠나 문경훈 부지회장의 안내로 서귀포로 향했다. 성산포를 비롯한 명소를 관람했으며 산방산과 하멜상선 전시관을 지나 신비의 돌산, 용머리 해안이 나타났다.

이 용머리 해안은 180만 년 전 수중 폭발로 형성된 화산력 응회암층으로 수평층이 시루떡처럼 층을 이루고 절리단에 소단층 명이 어우러져 신비로운 절경으로 감탄을 연발하게 했다.

이 명소는 해안으로 솟은 바위가 용의 머리를 닮았다하여 붙여진 이름이란다. 해변의 화산 용암덩어리가 타 버린 검은 돌들의 수려한 경관은 밀려오는 파도와 부딪쳐 찰싹찰싹 장관을 이루었다.

통영의 시인 청마 유치환의 '그리움'이란 詩가 뇌리를 스쳤다.

파도야 어쩌란 말이냐
임을 향한 이 마음을
파도야 어쩌란 말이냐
사모하는 이 심정을

임은 물같이 까딱 않는데…….

파도치는 물보라를 응시하며 나 혼자 살며시 이 노래를 불렀다.

신학교 2학년 시절 수학여행으로 제주도 시내와 서귀포 명소를 다녔던 생각이 불현듯 떠올랐다.

천지연, 정방폭포 삼성굴, 바닷가 해안 절경을 보며, 제주도 왔던 기념으로 몇몇 친구들과 해녀 복장을 빌려서 입고 큰 안경을 이마에 대고 서로 쳐다보며 깔깔대고 흑백 사진 찍으며 웃고 즐겼던 추억들이 다시 즐겁게 되살아났다. 출렁이는 물결과 바다의 바위들은 예나 변함없이 그 자리에서 반겨주듯 그대로 서 있었다. 제주도는 문화유적지들과 역사의 흔적들이 곳곳에 남아 있었다. 많이 걸어서 피곤할 것 같은데 몸은 오히려 가벼웠고 문화를 접하고, 또 다른 지식을 얻고, 회원들을 만남으로 희열을 간직하게 되어 마냥 기쁘기만 했다.

세계적인 여행가 '한비야'는 이렇게 말했단다. "사람을 젊게 만드는 것이 둘이 있다. 하나는 사랑이요, 또 하나는 여행이다. 젊어지기를 원한다면 여행을 많이 하라."

이 말이 실감이 났다.

비행 시간 사정으로 마지막까지 함께하지 못하고 서울, 경남, 광주팀은 먼저 제주공항으로 향했다.

2박 3일간 한국문화해외교류협회 총회 운영계획에 따라 추진한 김우영 대표와 준비 위원장 윤준백 이사의 노고와 제주지회 고훈식 지회장님을 비롯해서 임직원, 회원들의 아낌없는 수고와 사랑, 정성 다해 편한 여행을 즐길 수 있도록 배려해 준 결고운 마음들에 고마움 가득 안고, 석양빛을 받으며 광주행 비행기에 올랐다.

지구의 녹색화

파브리카를 사왔다. 동그마니 예뻐야 할 물건은 한쪽으로 쪼 그라져 기형이 되어 버렸다. 얘도 오염에 많이 시달렸구나 싶다.

요즘 지구의 환경 및 생태계는 참으로 심각한 현상이다.

3D라는 말이 있는데, 이것은 더럽고(dirty), 위험하고(dangerous), 어려운(difficult)일들을 말한다.

오늘날 우리의 환경과 생태계도 때때로 3D를 실감한다.

며칠 전 서울에 갔다. 주위의 건물들은 햇볕도 없이 안개가 낀 것처럼 뿌옇게 보였다. 매연으로 인해 맑아야 할 공기는 호흡하 기조차 어렵고 힘들었다. 거기에다 미세먼지까지 겹쳐서 마스크 를 쓰지 않으면 밖에 나가기도 어려울 정도였다.

딸의 차로 함께 식당으로 가는 길에 공기가 나빠서 나의 입에 서 절로 튀어나온 말이다.

"이 탁한 공기 속에서 어떻게 사니? 40년 전만 해도 이렇게 나 쁘지는 않았는데."

"그래도 괜찮아요."

옆에서 듣고 있던 남편이 대뜸 응수했다.

"그래도 잘나고 똑똑한 사람들은 서울이 좋다고 살고 있는데 뭐."

울타리에 흐드러진 장미꽃을 눈앞에 그려보며 지방 도시인 광주 사직공원 아래서 공원을 오가며 산다는 것이 새삼 행복하고 감사했다.

들판을 지날 때 죽어 있는 나무를 보았다. '만물이 탄식한다'는 성경 말씀이 스쳐갔다.

기독교인인 나는 교회가 환경에 대해 어떻게 말하고 있는가를 살펴보게 되었다.

교황 바울 6세는 창조의 교리 가운데서 정의 및 지구의 자원들에 대한 공명정대한 나눔을 추구하라는 명령을 발표했고, 교황 바울 2세는 지구의 환경 위기에 대한 의의 있는 지도력을 제공했는데, 그는 1979년에 아시시의 성 프랜시스를 생태학을 촉진시키는 자들의 수호성자로 선포했다. 그것은 성 프랜시스가 창조질서의 보전을 위해 지녔던 자연환경의 진정한 가치를 인정하는 행동을 했기 때문이다.

세계교회 협의회(WCC)의 가장 포괄적인 성명은 생태학적인 관심 및 행동을 교회의 필수적인 부분으로 언급했다.

지구의 제한된 자원들을 함께 사용하고 나누며 또한 모든 생명들을 지탱하고 충족시킬 목적으로 창조질서의 보전을 유지하기 위해 우리가 정의롭게 청지기직을 행사해야 한다며, 정의와 평화와 창조 질서의 보전은 서로 별개의 문제들이 아니라 서로 얽혀진 복합적인 문제라고 했다.

복음주의자들은 창조 및 청지기직을 다루는 부분에서는 환경 파괴, 과소비, 투기 행태를 비판하고 창조 윤리가 우리가 사는 세상에 대한 인간의 중요한 책임이라는 인식을 포함시키기도 했다.

모든 기독교적 전통들은 창조에 대한 인간 중심적 이해로부터 하나님 중심적 이해에로 변화를 요구하고 있고, 우리가 정당하게 지구의 자원들을 사용하고 향유한다 할지라도 창조의 고유한 가치 및 청지기직과 돌봄에 대한 우리의 역할을 인식해야 한다.

대개 과학자들은 온난화 현상 등 지구가 악화되어 간다고 단정할지라도 정의, 평화, 창조 질서의 보전을 위해 힘써야 할 것이다.

지천에 흐드러진 가냘픈 들꽃송이
눈먼 맘 깨우쳐서 배려한 손길 주고
눈가에 연민의 노을 촉촉하게 적신다

어스름 묻은 곳에 정의를 펼쳐 들고
초록산 팔에 끼고 평화의 허리 감아
은빛의 황홀한 절경 신명나게 펼친다

휘도는 창조 질서 숨 쉬고 자라도록
파란 물 청정공기 온누리 펼쳐놓고
살며시 숲 가꿔가며 보존하리 영원히.

– 졸시조 <지구의 녹색화> 전문

복숭아

　복숭아가 무르익은 경산의 착한 복숭아 농장을 찾았다.

　더위가 기승을 부리고 우렁찬 매미들 연주에 맞추어 바람도 노래하며 뭉게구름 춤추는 오후였다.

　초록잎 사이로 빨갛게 익은 복숭아는 수줍은 듯 주렁주렁 얼굴 내밀고 꽃밭을 이루고 있었다.

　농부는 인상이 따스한 미남으로 지성이 풍기는 소탈한 모습이었다. 상량한 여인 역시 만면에 웃음 가득 싣는 아름다운 모습이었다.

　상자 안에 나란히 누워 있는 싱그런 빨간 얼굴과 눈이 마주쳤다. 뽀송뽀송한 복숭아는 탐스럽고 먹음직스럽게 보였다. 복숭아의 향기가 후각을 자극하여 미각을 돋우었지만, 눈으로 볼 수밖에 없었다. 아마 어느 가정으로 배달될 모양이다.

　예쁜 고추잠자리도 복숭아 향을 맡은 것일까, 주위를 맴돌며 왔다 갔다 살며시 입 맞추고 날아갔다.

　겨울철 찬바람이 아직 남아 있는 이른 봄, 골골마다 봄기운을 가장 먼저 받아들여 잎이 나오기도 전에 예쁜 복사꽃이 만발했던 황홀한 광경이 뇌리를 스쳐갔다.

1,200평의 아담한 농장에 70그루의 건장한 경동(오도로끼) 복숭아나무가 농부의 손안에서 자식처럼 사랑받으며 정성 들여 길러온 광경이 환히 나타났다.

나는 확인하고 싶어 물었다.

"농약을 쓰지 않고 비료 대신 퇴비를 사용한 유기농 친환경 재배를 한다고 해서 구입하러 왔는데요."

"예, 그렇습니다. 우리 농장은 제초제를 쓰지 않고 대신 예초제를 사용한 덕분에 땅의 토질이 좋고 땅이 살아 있어 좋은 품종으로 출하되고 있습니다. 농약도 쓰지 않아 마음 놓고 껍질째 먹을 수 있으며 복숭아에 담겨 있는 영양분을 온전히 흡수하게 되는 점이 장점입니다."

아리따운 여인이 예쁜 유리그릇에 불그레한 복숭아를 껍질째 썰어 소담스럽게 담아 왔다.

경동 복숭아의 연분홍 과육은 색깔도 아름답고, 향기가 짙고 당도가 높고, 상큼한 어울린 맛이 일품이었다.

초등학교 시절 이유 없는 열병으로 심하게 아파서 음식을 먹지 못하고 누워 있었던 기억이 떠올랐다. 찬 물수건을 머리에 얹고 열이 내리길 기다려도, 겨울의 찬바람이 온몸을 밀치고 들어왔어도 열은 떨어지지 않았다.

그때 엄마가 달콤한 복숭아 캔을 사 와서 자주 먹여 주었던 기억, 다른 음식은 먹지 못했는데 캔에 들었던 향긋한 단물과 매끈한 반달형 복숭아가 참 맛이 있었다. 점점 힘을 얻어 회복되었던 생각이 불현듯 스쳐 눈물이 글썽거렸다.

복숭아 밭 주위에서 놀고 있던 크고 작은 수탉과 암탉들이 주인을 알아보고 멀리서 종종걸음으로 뛰어오는 모습이 어찌 그리 아름다운지, 농장의 정겨움을 만끽했다.

농부는 이마에 흐른 땀을 수건으로 닦고 미소 지으며 말했다.

"아기가 태어나기까지 임신 기간은 10개월이지요. 송아지도 10개월이구요. 복숭아도 임신 기간이 있다면 믿으시겠나요? 복숭아는 좀 독특한 생체 주기를 갖고 있습니다. 복숭아를 수확할 무렵 매년 6, 7월이면 잎 마디마다 이듬해 열매를 결정짓는 꽃눈이 형성되지요."

복숭아 품종은 100가지가 넘는다는데, 6월부터 시작해 거의 10월까지 나온다고 했다. 품종을 분류하면 껍질에 털이 없으면 천도복숭아, 털이 있으면 털복숭아, 속이 하얗게 생긴 것은 백도, 노랗게 생긴 것은 황도라 했다.

두둥실 떠가는 흰 구름을 바라보다 주인은 말을 이었다.

"복숭아의 과육을 보면 경동 복숭아는 겉이 빨갛고 속도 불그레 하고, 백도의 과육은 보통 약간 신맛이 나는 단맛이며, 극동 국가들에서 선호하는 종류이고, 황도의 과육은 약간 톡 쏘는 느낌이 있는 단맛과 신맛이 어울려져 유럽과 북미에서 선호합니다."

과일의 형상이 여성의 성적 상징을 닮아 미와 건강을 유지해 주고 정력과 생식력을 강화해 주는 힘이 있고 양기와 생명력이 충만하다는 말도 있다.

고려시대 이규보의 '수세'라는 시에 "대문 위에 복숭아나무 가지를 꽂음이 얼마나 기이한가"라는 구절이 생각났다.

석양 무렵 붉게 물든 노을을 안고 경동 복숭아 3박스를 사왔다. 이웃들과 함께 먹는 아삭아삭 그 달콤한 맛, 나누어 주는 재미 또한 알싸한 기분이었다.

꽃망울 송이송이 뽀얗게 단장하여
붉은빛 조랑조랑 보드래 미소 짓고

꿈 담아 은은한 눈빛 알싸하게 흐른다

따스한 햇살 안고 신 단맛 높이 올려
한 조각 그리움을 붉으레 심어놓고
순백의 정갈한 기도 숨결 실어 나른다

드러낸 하얀 독백 내뿜는 싱그런 맘
동그란 열정 품어 가슴에 안겨 주고
수줍은 미소 터뜨려 황홀 향기 날은다.

- 졸시조 <복숭아> 전문

학술원 공개 세미나에 다녀와서

비가 내린 이른 새벽 쌀쌀한 바람 우산으로 가리고 남편과 함께 집을 나섰다.

2018년 10월 29일 한국기독교 학술원 주최로 '3.1운동과 자유 민주주의'라는 주제로 한국교회 100주년 기념관 소강당에서 오후 2시에 시작하는 세미나에 참석하기 위해서다.

새벽 4시 50분 버스를 탔다. 오전 9시부터 대전에서 노회가 있어, 은퇴 회원인 남편과 대전 노회에 잠깐 참석하고, 11시 기차로 서울 세미나 장소로 향했다.

3.1절에 대해서는 상식적으로 아는 정도이지만 학자들의 연구 발표를 통하여 좀 더 배우겠다는 마음으로 참여하게 되었다.

제1강연 발제자로 서울 신대 박명수 박사의 '3.1운동 · 기독교 그리고 대한민국'이란 주제로 발표했다. 그는 네 부분으로 나누어서 기독교가 어떻게 한국 사회의 민주주의를 형성하게 되었는가를 살펴보겠다며 대부분 중년 이상인 관중을 둘러보았다.

첫째는 개항기부터 도입된 기독교와 민주주의, 둘째는 3.1운동과 임시 정부에 나타난 기독교와 민주주의, 셋째는 임시 정부와 좌익 사이에 국가 건설에 대한 논쟁과 기독교, 넷째로 대한민국 정부 수립에 나타난 기독교와 민주주의였다.

이런 역사적인 흐름을 살피면서 발제자가 주목하려고 하는 점은 인적 관계(기독교인의 참여), 민주 사상(민주주의 정신), 기독교적인 요인(기독교의 자립·자치정신) 등을 살펴보았다.

이러한 문제들에 대한 풍부한 자료들과 사례들을 통해 필자는 많은 것을 배울 수 있었는데 지면 관계로 여기에 싣지 못한 것을 유감으로 생각한다.

대한민국이 설립되기까지 기독교가 매우 적극적인 역할을 했다는 것을 살펴볼 수 있었다.

기독교를 통해서 민주주의가 도입되었고, 미국의 기독교인 교포들을 통해서 민주공화국을 구체적으로 꿈꿨고, 이승만과 안창호 같은 지도자들을 통해서 임시 정부를 수립하게 했으며, 1920년대와 30년대의 이념적인 혼란 가운데 임시 정부를 도와서 흔들리지 않게 만들었고, 중일 전쟁과 미일 전쟁을 거치면서 임시 정부는 민주 세력의 일부로서 이들과 함께 독립운동을 했단다.

해방 후 남한에 민주주의 국가가 만들어지게 된 것은 바로 한국의 기독교인들과 이들 민주주의 국가들의 후원이 있었기 때문이라고 말할 수 있다며 흘러내린 앞머리를 손으로 쓰다듬어 올렸다.

그 분의 강의를 좀 더 옮겨보면 '3.1운동은 구한말 근대 개화를 계승하며 개인의 자유 실현을 위한 독립 국가 지향이란 점에서 민주주의 운동이었지요. 일본 지배의 거부는 물론이고, 중화 질서의 종식, 봉건 왕조 질서의 폐기와 함께 주권 국가를 구현하기 위한 정부 수립 운동으로 나아간 것이 바로 3.1운동이 갖는 의의였어요. 왕조에 대한 충(忠)과 조상 및 가부장에 대한 효(孝), 그리고 신분 및 가문의 존망이 결부된 봉건 구조가 온존되어 온 사회에 기독교는 민주주의 기초가 되는 인간 평등과 독립적 인격과 권리의 존중을 성립시켜내는 정치사회적 인식 변화의 동력이었지요. 그것은 윤치호, 신흥우, 이승만, 이상재 등의 독립협회 활동이나 만민공동회를 개회하는 사회 변화 운동으로도 나타났었고, 기독교가 주도한 1911년의 105인 사건도 마찬가지입니다. 3.1운동을 대표한 인물로 독립선언서를 만든 33인들도 유림(儒林)은 일체 없고, 민족 독자성을 강조한 천도교를 제외한다면 절대다수가 기독교인이었던 것은 3.1운동이 서구적 근대화를 모델로 한 문물 변화와 함께 신분 차별을 거부하고 모든 인간의 인격을 존중하는 기독교적 가치관에 기초한 보편 가치를 지향했기 때문이다'며 환히 웃었다.

논찬자인 성신 여대 김용직 박사의 논평 중 일부를 소개하자면, '여러 임시정부의 주요 문서들을 분석한 부분은 발제자 글의 가장 돋보인 부분이었는데, 이승만이나 안창호 등 민족주의 계열의 정치인들은 정치적으로는 개인의 자유와 삼권분립체제 등 자유민주주의 체제를 수립할 수 있는 자유주의 공화정 사상을 중시하였다는 것과 사회주의 계열의 운동가들은 노동자와 농민 등의 기층 민중의 권익을 구현할 폭력적 계급 혁명의 인민민주주의 체제의 수립을 선호하였다는 것이 설득력 있게 제시 되었다'고 논평했다.

그때 진동으로 해놓은 핸드폰이 전파를 탄다. 급히 꺼내어 딸임을 확인하고 밖으로 살며시 나갔다.

"은영 목사님, 지금 어디에 있니?"

"이제야 장신대 강의 끝나고 왔어요. 100주년 기념관 주차장에 차 파킹하고 그쪽으로 가고 있는데 어느 강당에 계세요?"

주님의 교회에 부목사로 섬기고 있으면서 장신대 초빙교수로 출강을 나간 딸(문은영 박사)은 외국에서 한국에 유학 온 석사 과정의 학생들에게 영어로 강의를 하고 있는데, 강의를 마치고 우리를 만나기 위해 장소를 물었다.

"소강당이다."

대답하고 앞을 보니 저쪽에서 딸도 핸드폰을 귀에 대고 말하고 있었다. 우리 둘은 시선이 마주쳤다. 반갑게 만나 함께 세미나실 뒤쪽에 가만히 앉아 강의를 들었다.

제2강연에서 발제자로 나라정책 연구원장인 김광동 박사는 '한국 민주주의와 3.1운동의 의의'라는 제목으로 한국 민주주의의 예외성과 3.1운동에 대해서 언급하면서 이같이 말했다.

'지난 70년간 한국에는 예외적일 만큼 남다르게 민주주의가 비약되어 왔다고 하며, 근대화가 훨씬 앞섰던 오직 15개국 전후의 서유럽 국가와 미국, 캐나다 및 일본을 예외로 한다면 한국은 다른 성공 사례를 찾기 어려울 만큼 봉건 체제를 근본적으로 해체시켜냈고, 눈부실 정도로 근대제도를 안착시키며 민주주의를 급속도로 발전시켜낸 나라'라고 하며 표정이 환히 밝아졌다.

또한, '그런 극적 변화는 매년 발표되는 각종 국제 사회의 통계로도 나타났지요. 2018년 영국 〈Economics(경제 상태)〉지에, 한국 민주주의는 세계 20위에 있다는 분석 결과를 발표했고, 물론 그런 평가는 지난 10여 년간 거의 변화 없는 일관된 평가였지요.

이코노믹스의 평가에 따를 때 한국 국민은 세계 5% 인구만이 누리는 민주주의 수준에 사는 극히 예외적 아시아인이지요. 한국은 20위 내의 거의 유일한 비서유럽 국가에 해당됩니다. 반면에 한국 주변의 북한, 중국과 다른 동남아시아의 다른 나라 대부분은 가장 민주주의가 유린된 나라로 평가되고 종교 자유조차도 상상하기 어렵다며, 또 다른 민주주의 분석기구〈Freedom House〉의 평가도 동일하다'고 했다.

덧붙여, '한국은 벌써 몇 십 년째 세계 230개국 중 상위 34개국 이내 국가들만 누리는 민주주의 수준을 지속시켜 온 나라이며, 일본을 제외한다면 다른 주변 아시아국들과는 질적으로 다른 민주주의가 유지되는 나라로 평가되었어요. 매년 UN에서 발표하는 인간개발지수(HDI)에 있어서도 한국은 일본과 함께 서유럽 국가가 아니면서도 서유럽국가 수준에 있는 세계 12위 전후의 최상위급 인간개발지수를 유지하는 희귀한 존재로 평가되어 왔어요.'라고 말씀하셨다.

제2강연에 대한 논찬자로 나선 동아역사연구소 소장인 이민원 박사는 '3.1운동 때 사망자 약 7,500명, 중부상자 약 1만 6천명, 체포 구금자 약 4만 7천명이라는 통계가 보여주듯이 3.1운동은 근대 이후 우리 민족의 민주주의 성장에 가장 큰 영향을 미친 역사적 사건이었어요. 통치 대상일 뿐이던 백성에서 동질적 인격체의 결합으로서의 민족 인식을 확산시키고 당당하게 자유를 실현할 근대 시민을 만들고 있다는 점에서 3.1운동이 한국 민주주의 발전에 미친 의의를 가늠해 볼 수 있지요. 이런 희생의 바탕 위에서 지난 70년간 한국은 남다르게 민주주의가 비약되어 왔어요. 이것은 참정권과 보통선거제 도입, 종교 자유, 혹은 재산권 보장과 여성 인권 향상 등 각종 지표 비교를 통해 쉽게 입증되지요. 의회민주주의와 보통선거권제의 정착, 여성의 사회 진출과 평등 구조의 정착, 개방적 해외 진출과 무역, 종교의 자유와 타종교에 대한 관용이 그런 예입니다. 북한은 물론, 중국, 베트남, 캄보디아, 미얀마, 라오스 등 다른 아시아국과는 차원이 다른 민주주의를 만들어 왔다'라고 말했다.

평소에 예리한 질문을 하는 남편은 질의 시간에 문제를 제기했다.

"제1발제자에게 묻겠습니다, 독립 운동가들이 서로 협력한 때도 있었지만 또 생각이 달라서 갈등도 있었겠는데 그것은 무엇인가요?"

발제자는 질문에 대해 강의 내용인 협력 부분만 반복으로 대답했을 뿐, 해방 후 갈등에 대해서는 설명하지 않았다.

남편은 이승만은 남한만이라도 자유민주주의 정부를 세우려 했고, 김구는 남북통일 정부를 세우기를 원했는데 이런 갈등 관계에 대해 듣기를 기대했던 것 같다.

제2발제자에게 남편은 또 물었다.

"자유와 인권 면에서 북한은 매우 열악하지만 혹시 우리가 모르고 있는 부분이 있다면 그것은 무엇일까요?"

이 질문에 대해 발제자는 예외적인 한국의 민주주의 발전에 대해 반복 설명만 하고, 질문자가 기대했던 답은 언급이 없었다.

북한을 다녀온 전 여자대학교 총장은 북한의 연예인과 대화를 나누는 중에 그녀는 잘 지어진 아파트에 사는데 과학의 연구교수들도 같은 아파트에 산다고 하는 말을 듣고 그 총장은 북한에 대해 자기가 미처 몰랐던 사실이었다고 TV에서 말했다며 남편은 나에게 알려주었다.

강의를 마치고 딸은 자기 집에 머물기를 원했으나 우리 고집을 이길 수 없어 결국 강남터미널에 데려다 주었고, 차표와 간식까지 사 주어 고마운 마음이었다.

새벽부터 대전으로 서울로 해서 당일 광주 집에 도착하니 밤 12시경이 되는 강행군의 일정이었지만, 3.1운동과 자유민주주의에 대해 많은 것들을 배우게 되어서 뿌듯한 마음이었다.

한 교우의 죽음

2018년 9월 8일, 초가을의 서늘한 아침 10시경 비보가 날아왔다,

'사랑하는 사모님, 박현 전도사가 오늘 새벽 5시에 주님의 품으로 갔습니다. 기독병원 장례식장에 안치했습니다.'

이미숙 권사로부터 온 메시지이다.

난 뜻밖의 소식에 충격을 받아 온몸에 마비 증세를 느꼈다. 떨리는 손으로 겨우 답장을 썼다.

'아니, 박 전도사가, 이 일을 어떻게 해요. 딸같이 사랑하고 회복되기만을 기도했는데, 병원에도 아직 못 가 보았는데, 하나님 품으로 갔다니, 하나님이 더 사랑했나요, 불러 가시고……. 그럼 어린 시온이 엘림이는 어떻게 해요? 부모님과 남편은? 그 예쁜 모습은? 그 노래는? 곧 갈게요.'

눈물로 답신을 보내고 곧바로 병원 장례식장으로 가는데 흐르는 눈물은 주체를 못하여 앞길이 보이질 않았다.

입구에 들어서자 현이의 음성, 육성의 아름다운 노래가, 본인의 CD에 담겨진 찬양이, 청아하게 울려 퍼졌다. 교회에서 찬양

하던 예쁜 모습이 눈앞에 선하게 그려졌다.

'본인은 떠났지만 고운 노래는 메아리로 남아서 대신 마음을 이렇게 울려 주는구나!'하며 그 소리를 따라 안치된 곳으로 갔다.

하얀 국화꽃 속에 웃는 모습, 미인의 예쁜 사진은 더 곱고 아름답게 보였다.

이 아까운 딸 어찌 보내지, 꿈이 아닌 현실에 애통해 하다가… 천국의 소망, 아픔도 고통도 눈물도 없는 기쁨과 평화가 넘치는 아름다운 그곳을 새겨보며 눈물을 닦았다.

노래는 계속 흘러나오고 있었다. 상주를 비롯한 가족과 교인들은 안타까운 슬픔을 안고 애도하고 있었다. 국화꽃 한 송이를 영전에 놓고 기도를 드리는 중에 잠깐 생각이 뇌리를 스쳐 지나갔다.

우리가 미국 OMSC에 거주하고 있을 때 지인 (서인호 화백)으로부터 전화가 왔다.

"박현 전도사가 위암이라 합니다."

"아니, 뭐라고, 박현 전도사가? 젊고 건강했는데, 무슨 말, 정말이에요?"

"네, 오늘 목사님께서 광고 시간에 말씀하셨는데 몸속에 암 균이 퍼졌다 하네요."

청천벽력 같은 소리는 믿어지지 않았고 동그란 눈 반짝이며 예쁘게 찬양하는 모습만 선하게 그려져 가슴이 미어져 내렸다.

울고 또 울면서 목사님과 사모님께는 차마 전화도 못하고, 박 전도사의 건강 상태만 늘 묻고 날마다 기도했던 생각이 주마등처럼 지나갔다.

박현 전도사는 1980년 9월 17일 내장산에서 박종민 목사님(현재 예능교회 담임, 주는사랑 대표, 사모님 이신실)의 남매 중 첫째 딸로 태어나 금년 38세의 젊은 나이로 슬하에 9살 난 엘림 딸과 3살 된 시온 아들이 있다.

남편 최현규 집사 역시 성실하며 인품 좋고, 믿음도 좋으며, 키도 훤칠한 미남으로 인정받은 훌륭한 비행기 연구소 최고의 기술자다. 두 내외는 믿음 안에서 두 자녀와 온 가족이 다복하게 잘 살았다.

박 전도사는 교회에서도 성가대 지휘, 찬양 인도, 특송, 엘드림 콘서트 주관, 교회와 단체로부터 초청받아 찬양 사역 이외에도 이모저모 활동들을 많이 해왔다

박 전도사는 조대 의과대학에서 석사 과정을 공부하면서 전공에 관한 연구 논문도 7편을 써냈고 교수님으로부터 인정받고 신임을 얻어 그의 후임으로 염두에 두고 언질도 주었으나, 서울 원자력 병원 의학박사 과정도 접고 음악에 뜻을 두고 하나님 찬양 사역에 나섰다.

2012년에 CD 제1집 〈하늘의 음성〉을 내어 인기를 끌었고, 워쉽 댄스곡으로도 교회나 단체에서 많이 사용했으며, 제2집 〈부활 하신 예수〉를 내고 수많은 교회와 단체로부터 초청받아 찬양을 인도하여 믿음이 약한 분들의 영혼에 힘과 용기를 주고 잠자는 영혼들을 일깨웠다. 자작곡도 교회에서 발표하여 많은 은혜를 끼쳤다. 어디를 가던지 윤활유 역할을 했다.

박현 전도사의 동생 박권능 목사 역시 설교는 물론 찬양 인도도 잘했다. 남매가 다재다능한 달란트로 교회 일에는 사명으로 알고 열심히 헌신 봉사했다. 마치 모세를 도와 승리하게 했던 아론과 훌처럼 아버지 박종민 목사님 목회 사역을 오른팔과 왼팔의 역할로 동역자처럼 예능교회를 잘 협력하며 섬겼다.

동생인 박권능 목사가 소명을 받고 결혼도 하여 선교 훈련을

마치고 부부가 라오스 선교사로 파송을 받아서 선교지로 간 후로는 동생의 몫, 그 일까지 1인 2역을 감당하며 변화를 향한 도전에 하늘 소망 가득 안고 새처럼 힘차게 날며 맡겨진 사명 잘 감당했었다.

금년 4월에 라오스에서 박권능 선교사가 사역하는 그곳에 선교사역에 동참하며, 격려한 후 가족과 함께 돌아오는 여정에 식사를 하는데, 속이 쓰리고 아파 식사도 못하여 병원으로 갔단다.

서울삼성병원의 진료 예약은 몇 개월이 걸린다는데 곧 잡혀서 정밀 검사를 받았다. 검진 결과는 반지세포종으로 전이가 너무 빨라 이미 암세포가 위를 덮었고, 암 3기 말에서 4기로 넘어가는 시기라 예후가 좋지 않다고 했단다.

CT상으로 볼 때 복막에도 전이가 된 것 같다고 하며, 4기에 이르면 위 전체를 잘라내는 수술도 할 수가 없고 복막에 전이된 암을 먼저 항암으로 잡히면 1년 후에나 위 전체를 제거하는 수술을 해야 한다는 것이며, 반지세포 항암 약은 아직 개발도 되지 않는 상태라 대부분 반지세포위암 말기환자는 1년 안에 사망한다고 하니, 사람의 의술로는 불가능하다는 결론이었다.

그래도 병원에서는 일단 입원을 하고 3일 후에 복강경으로 들여다보자고 했으나 암에 대해서는 본인이 너무나도 잘 알기 때문에 입원을 하지 않고 광주 집으로 왔다.

사실 박 전도사의 전공 분야가 암에 관한 연구였다. 반지세포 암은 순식간에 전이되고 걸리면 살기 어렵다는 사실을 누구보다도 본인이 더 잘 알고 있었다.

그런 와중에서도 박 전도사는 담담한 맘으로 하나님 고쳐 주시면 살아서 하나님 일하고, 아니면 남은 시간 질적으로 살겠다며 병원에서 생명 연장에 급급하고 사는 것보다 이 짧은 시간에 부모님 곁에서, 자녀들 돌보고, 남편과 동료들과 마지막까지 남은 시간을 함께 보내겠다며 절대자 되신 하나님만 의지했다.

본인과 부모님과 가족들은 얼마나 큰 충격이고 기가 막혔을까? 어머니 이신실 사모는 몸 가눌 수 없는 아픈 마음 안고 어쩔 수 없는 상황에 기도로 도왔다.

"오, 주님! 어떻게 합니까? 이제 38살인데요, 지금까지 개척 교회로 아빠 목회일 돕는다고 열심히 살아온 딸이잖아요. 부활의 주님만 전하겠다고 간증하며 찬양하는 현이를 고쳐 주세요."

울부짖는 엄마에게 박 전도사는 위로의 말을 전했다.

"엄마, 나는 괜찮아요. 나는 엄마 아빠가 걱정이에요. 우리 엄마 아빠가 나 때문에 병나고 늙어버릴까 봐 더 걱정이에요."

오히려 착한 딸은 아픈 와중에 부모 걱정을 했다.

암으로 확인된 지 2주가 되었을 때 박 전도사는 하나님께 계속 물었단다.

"주님! 저 살려 주실 건가요? 데려가실 건가요? 제가 감히 살려 달라고 기도해도 될까요? 이제 저에게는 바라볼 곳이 주님밖에 없어요. 창조주이신 주님이 저의 몸을 만져 주세요."

기도하며 주님께 전폭적으로 맡기고 지냈다.

부모님의 간절한 안수 기도 후 많이 좋아져 갔다. 먹고 싶은 음식도 잘 먹고, 위, 난소, 복부에 암 덩어리들이 점차 줄어들고 죽은 암세포들이 소변으로 나오면서 부어 있던 배도 가라앉고 통증도 없이 식사량도 많았고 소화도 잘 시켰다.

예나 다름없이 찬양 인도하고 특송 역시 잘하며 지냈다. 평안한 마음으로 사역을 감당하면서 평소에 늘 부르던 찬양들이 아픈 중에는 마음에 박히고 더 깊이 다가왔다고 했다. 시일이 지남에 따라 식사를 소량으로 했다.

그러던 어느 날 식욕도 없고 기력도 쇠잔하여 영양 주사를 맞기 위해 기독병원에 입원했다. 입원 중에도 주일날 교회에 출석하여 함께 예배드렸다.

입원 후 2~3주 정도 고통 중에 하는 말이다.

"숨을 쉬느냐? 멈출 것이냐? 이렇게 하는 것으로 하루하루 사는 것, 이것에 인생이 메여 있다."

'사랑한다'며 부모님과 피차 마지막 석별의 정을 나누고 삶의 언저리 다 버리고 따스한 곳 영원한 하나님 품으로 갔다.

사람이 한번 왔다가 한번 가는 것은 정한 이치요. 잠깐 피었다 없어지는 안개라 했지만, 활짝 핀 나이로 한참 일할 이때, 잠깐 살다가 천국의 본향으로 갔다.

천국과 부활의 소망 안고 웃으며, 가족들 모두 그대로 두고 천국으로 먼저 떠났다. 먼저 가고 나중 가는 길, 그 길을 먼저 떠났다.

짧은 생을 살았지만 한 송이 아름다운 꽃으로 사랑을 가득 안고 최후까지 헌신하며 주님 섬기다 하나님 품에 안겼다. 하늘의 상이 클 것이라 믿는다.

두 아이 어린 생명 엘림, 시온이 눈앞에 아려오고 박 전도사의 모습 아롱거려 마음 아파 불면의 밤을 보내고 계속 잠 못 이루는데, 유족들의 아픔과 허탈은 오죽할까, 마음은 얼마나 쓰리고 아플까, 한숨뿐, 자녀가 먼저 가면 부모의 가슴에 자녀를 묻는다고 했는데, 그 아픔이 실감이 났다.

어린 두 남매는 하나님께서 엄마 되셔서 더 굳게 훌륭하게 잘 양육해 주실 것을 확신하며 기원한다.

활짝 핀 꽃 같은 나이, 꽃구름 타고 그가 하고 싶은 일 남겨 놓고 하나님 품으로 먼저 갔지만, 그동안 활동했던 복음의 찬양, 부활의 찬양, CD 제 1~2집이 지상에 살아 있고, 엘드림 콘서트도 유튜브에 동영상이 있으니, 육신은 비록 떠났으나 그 후광은 주님 오실 때까지 더 귀한 찬양의 음성으로 살아서 세계를 향해 더 힘차게 울려 퍼질 것을 믿고 위로를 받으련다.

　이 초가을 귀뚜라미도 슬픈 듯 돌 틈에 앉아 온몸으로 노래 부르더니 어느새 떠나 사라져 버렸다.

　청아한 노랫소리 온 누리 날개 달아
　남에서 북에까지 세계로 펼쳐 가며
　길고 긴 여행길에서 향기 풀어 날린다.

- 졸시조 <한 교우의 죽음> 전문

한국 문학 특구포럼에 다녀와서

초가을 산들바람 타고 전화벨이 울렸다.

장흥 출신으로 광주에서 문학 활동을 하고 있는 아동문학가인 김정 시인에게서 온 전화였다.

"장흥군 주최로 주관은 장흥문화원 특구포럼 추진위원회의 행사인데요, 제8회 한국문학 특구포럼이 10월 20~21일, 1박 2일로 장흥에서 있어요. 전체 무료인데 갈 수 있는지요, 초청합니다."

등잔 밑이 어둡다는 말이 있듯이 가까이에 있는 장흥을 나는 아직 가보지 않았고, 전체 무료라니 부담도 없고, 장흥 문화를 알고 싶은 충동이 순간 일어나 달력을 봤다. 아무런 표시가 되어 있지 않았다

"초청해 주셔서 감사합니다. 마침 특별한 스케줄이 없으니 가도록 하겠습니다."

"목사님과 함께 오세요."

"네 고마워요, 그렇게 하겠습니다."

우리 내외는 2018년 10월 20일 오후 2시 광주 시청 주차장에서 문학 활동을 한 45명의 작가님들과 노란색 관광버스를 타고 12시

에 출발하여 1시간 30여 분 걸려 장흥 군민회관에 도착했다.

서울에서도 버스 한 대가 왔고 전국에서 관심 있는 문학인들이 함께 모였다.

전남 장흥이 '한국문학 관광특구'라고 정부가 붙여준 유일한 타이틀이란다.

장흥에는 한승원, 한강 작가 부녀와 이청준, 송기숙, 이승우 작가 등, 우리 문단에 뛰어난 분들을 배출하였기에 장흥을 문학특구라 했단다. 물론 장흥뿐만 아니라 인근의 목포, 순천 등 다른 지역들에도 훌륭한 작가들이 있다.

강사님들은 강대 앞에 책상을 한 줄로 놓고 자기 이름 앞에 줄지어 앉았다.

소설가이며 광주여대 교수인 채희윤 교수님은 그의 강연에서 지역으로서 남도와 그 의미를 말했는데, 호남을 '예술성', '풍류성', '민중성'으로 정리한 지춘상 이래로 별 이견 없이 수용되고 있다는 것은 그것이 보편성과 타당성을 갖는 것이라고 하면서, 그는 "호남의 예술성은 판소리, 무가, 잡가, 농악, 민요 등 민속예술의 활발성과 도예와 서화 등 미술의 발달, 시조와 가사시, 현대시 등 시가 문학의 수준에서 찾아진다."고 했다.

전남은 다른 어느 지역보다 압도적으로 작가들이 많은 것은, 육자배기나 판소리, 사설 가락 등에서 재능 있는 지역이라 그런 것 같다며 환하게 웃었다.

이어서 그는 '소설 문학에서는 기라성 같은 작가들 역시 적잖게 배출되었지요. 지역마다 편차가 있긴 하지만 한국 소설 문학에서 의미 있는 좌표를 차지할 수 있는 작가들이 전남의 시군구에 포진하고 있어요. 중요한 것은 그들의 작품 속에서 전남의 산수와 풍우들이 표상적으로 나타나며 문학 작품 속에 나타난 공간에 대한 상징적 독해는 공간의 물리적 속성을 바탕으로 한 해석의 수준을 넘어선 것이다.'라고 하며 관중을 둘러보았다.

문학박사이며 강진시 문학과 기념관장인 김선기씨는 문학테마파크에 대한 알찬 연구 논문을 발표했다. 여기에서는 다 소개할 수 없어서 장흥 천관산 문학 테마파크에 대해서만 그의 말을 빌려 언급하려 한다.

그는 먼저 '전남 장흥군은 2010년 천관산 문학공원을 조성하였으며, 천관산 문학 테마파크는 문학 테마공원과 문예관(전시실, 박물관), 체험관(녹차 체험관, 도자기 체험관, 엿 체험관), 국내 유명작가의 자료를 전시하는 전시관, 산책로 등이 들어섰다'고 자랑하듯 어깨를 움직였다.

이어서 '천관산 기슭에는 문탑 1개와 문학비 54개가 산책로를 따라 주변의 풍광과 조화를 이루고 있어요. 문탑은 탑산사 주차장 위쪽에 높이 15m, 폭 9m의 7층 석탑으로 조경석 축조 방식으로 만들어졌고, 국내 유명 문인 39명(시인 19명, 소설가 13명, 수필 평론 희곡 7명)의 작품과 육필 원고, 연보를 캡슐로 제작, 보관하고 있어요. 문탑 주변의 문학비는 문탑에 보관된 문인들의 육필 원고 중 대표 작품을 선정, 천관산에서 나는 자연석에 글씨를 새겨넣은 것으로 한승원, 이청준, 송기숙, 김영남 등 장흥 출신의 문인을 비롯해 문병란, 안병옥, 박범신, 구상 등 한국 문단을 대표하는 시인, 소설가, 수필가, 평론가, 아동문학가 등의 주옥같은 글들이 새겨져 있다'면서 방문객을 위하여 문의 전화도 알려 주었다.

잠깐 휴식시간을 갖고 발제 2번째 시간을 가졌다.

강사로 일본인 번역자인 이데 슌사쿠였다. 기골이 장대한 모습으로 검정색 정장 차림을 한 그는 "여러분, 안녕하세요" 한국말로 인사를 하며 말을 이었다.

'장흥의 아름다운 어둠에 녹아 있는 것'이란 제목으로 발표했는데 인상적인 것은 외국인이 한국말로 강의를 하는데 놀랐다.

그는 한국어를 열심히 공부하고 배워서 한국의 문학 작품들을 일본어로 번역했는데 특별히 한승원 작가의 작품을 비롯하여 이승우, 한강 작품을 일본어로 번역했단다.

또, 이청준 작가의 〈서편제〉가 일본에서도 개봉되어 이청준을 만나 보았으면 했는데, 2008년에 돌아가셨다는 신문 기사를 읽는 순간 '아, 영원히 만나 뵐 수 없겠구나'하고 슬픔에 빠졌다며 침통한 표정이어서 나는 그분의 순수함을 보고 일본인에 대한 인식이 달라졌다.

그는 이어서 말하길 '일본의 패전으로 일제 강점기가 끝났지만 심각한 이데올로기 대립으로 인해 한국전쟁 6.25가 발발했지요. 적군과 아군의 전투뿐만 아니라 각 지역의 공동체 내부에서도 동족들이 서로 죽이는 비극이 일어났잖아요. 점웅 가족은 다행히도 구사일생으로 살아남았어요. 만약 전쟁 직전에 습격 계획의 정보를 받지 못한 채 자택에서 자고 있었더라면 당시 12살이었던 한승원 소년의 목숨도 위험하였을 것이고 한강씨도 이 세상의 생을 얻지 못했을 것입니다.'라고 했다.

'위기일발로 뒷산으로 달아나, 흰 달빛 아래에서 숨소리를 죽이며 하룻밤을 보냈던 부모와 자식들의 모습이 작품 중에 그려져 있었다'며, '한국전쟁 휴전 이후 오랜 세월에 걸친 분단의 세월이 흘러 오늘에 이른 한반도 사람들의 고통을 생각할 때면 가슴이 아파왔다'고도 했다.

남편은 그의 강연이 끝난 후 질의 시간에 질문을 던졌다.

"한국문학의 노벨상 진출을 어떻게 보고 계신가요."

그는 잠시 생각에 잠기더니 말을 이었다.

"고은 작가가 가장 접근한 인물로 여러 해 거론 되었으나 스캔들 사건으로 멀어진 것 같고 이승우 작가와 한강 작가가 노벨문학상에 다가간 인물들이라고 불 수 있습니다."

한국문학 번역원 경영기획 본부장인 윤부한은 '한국문화 세계화 과정과 그 의미'에 대하여 결론적으로 이같이 말했다.

"이곳 출신의 훌륭한 작가분들이 많으신데, 한국문학 번역과 관련하여 몇 분만 언급하는 무례를 무릅쓰고 말씀드립니다. 장흥, 나아가 남도의 문학적 토양과 그 힘이 보여 주는 예로 이청준 선생님, 한승원 선생님, 이승우 선생님, 한강 선생님을 예로 들어 보겠습니다. 한승원 소설가의 작품은 〈새끼무당〉이 독일어로, 그리고 〈아버지와 아들〉과 〈멍텅구리배〉가 영어로, 〈아재아제 바라아제〉가 중국어로 번역 되었고, 〈달개비꽃 엄마〉가 일본어로 번역되어 있습니다."

"작고하신 이청준 소설가의 경우, 당신이 독일문학 전공자이기도 했지만, 그의 문학이 독일에서 큰 호응을 받아 거듭 번역되었고, 남도의 풍광과 정서를 담고 있는 많은 작품들이 영어, 불어, 스페인어, 독일어, 러시아어, 이탈리아어 등으로 번역되었지요."

"이승우 소설가는 프랑스에서 주요 문학상 수상 후보로 올랐을 뿐 아니라, 세계 각국에서 활동하는 한국문학의 새로운 번역가 세대가 가장 선호하는 작가 중 한 분입니다. 그의 작품 역시 불어 외에도 일본어, 중국어, 폴란드어 스페인어, 러시아어, 체코어 등으로 번역되었어요."

"그리고 한강 작가의 작품을 자국어로 읽을 날을 기다리는 독자가 전 세계에 산재해 있습니다. 이렇게 보면 장흥은 지역 문학이 아니라, 한국 문학의 지금을 이루는 커다란 자양분을 제공하고, 나아가 세계 문학과 한국 문학이 만나는 장을 마련해 준 '지역적인 세계 문학'의 거처라 할 수 있습니다. 이만큼 장흥에 힘입은 한국 문학, 그리고 한국문학 번역원이 앞으로 '지역 문학'으로 축소, 이해되고 있는 장흥, 나아가 남도의 문학을 체계적으로 알리고 이해할 수 있는 방안을 마련하기 위해 노력하는 것이 저희가 보여드려야 할 최소한의 예의가 아닌가 합니다. 진정한 의미의 한국문학 세계화가 단지 서구화만이 아니듯이, 진정한 의미의 한국문학의 소개는 서울 중심의 문학 소개를 넘어서야 하기 때문입니다."

현실의 문제를 설명하고 마지막으로는 속 깊은 격려도 곁들였다.

나는 기독교 신자로 장흥 포럼에서는 거론되지 않았지만, 이청준, 이승우, 한강의 작품들에는 기독교적인 사상과 관점이 있다는 것을 말하고 싶다.

그들의 작품들을 주의 깊게 읽어 보면, 서울 신학교와 연세대 연합신학원에서 공부했던 이승우는 목사가 되지 않고 집사로 섬기는 중에 그의 작품들이 유럽에, 특히 불어로 번역이 되어 호평을 받았고, 한강은 5.18을 겪고 광주에서 살았다.

5.18의 비참한 광경을 작품으로 썼고 2016년 영국 맨부커상을 받음으로써 세계 3대 문학상으로 꼽히는 이 상은 영국에서 출판된 모든 영어소설을 대상으로 했다. 그녀의 수상 작품은 〈채식주의자〉로 데보라 스미스(Deborah Smith)가 영역했다.

'욕망과 죽음', 그리고 영혼의 고통이 교차하는 존재론적인 작품인 것을 생각나게 했다.

저녁에는 화려한 디너가 장흥에서 제일로 인정 받은 식당에서 가져온 뷔페로 일품이었고, 문학공모 수상자 12명의 중고생들 시상식과 다채로운 문화공연 전남도립 국악단의 프로그램이 진행되었다. 김정 시인의 시낭송은 낭랑한 음성으로 배경음악과 조명이 어우러져 돋보였다.

다음날 오전에 아름다운 장흥지역 문학길을 탐방하는 시간도 가지면서 장흥의 훌륭한 문화의 면모를 새롭게 인식하며 가슴에 하얀 꽃을 듬뿍 담았다.

[제30회 대한민국 한국화 특장전 입선] 유양업 作

한국화를 그리며

왠지 오늘따라 무릎이 더 아프다.

'계단을 오르려면 숨도 차고 힘들 텐데 쉬어 버릴까? 아니야, 포기할 수 없어 가야 해!'

두 사람의 내가 마음속에서 싸웠다. 장맛비가 억수같이 쏟아지다가 약간 수그러져 추적추적 조금씩 내렸다.

'메말랐던 농작물들이 이만하면 해갈이 될까?'

우산 아래 저 멀리 회색빛 하늘을 쳐다보며 공원을 오르니 살아 숨쉬는 신선한 공기가 마음을 한결 상쾌하게 했다. 이 공원을 넘으면 사직 도서관이 나오고 도서관 사회교육실에서 나는 한국화를 그린다.

아침 일찍부터 이젤에 걸린 화판 앞에서 여전히 그림 그리는 분들의 손놀림은 형형색색의 산수화로 화폭마다 찰나에 피는 꽃밭이었다.

우리는 송산 교수님의 주위에 둘러서서 혹은 의자에 앉아서 지도하는 그림에 주목되어 선 하나도 놓칠세라 숨소리도 죽여가며 시선이 화판에 집중되었다.

편안한 옷차림으로 지도하는 교수님의 붓 터치는 혼이 담겨 있는 것처럼 움직였다. 짙고 옅은 먹물 속엔 정신이 녹아 명암이 흐르고, 혼합된 색채에는 고결한 절개가 섬세하게 뿌리를 내렸다.

연보라 색감 묻혀 먼 산을 은은히 그려 나갈 때는 가슴에 전율이 흘렀고 완성에 이르면 화폭은 묵직하면서도 생동감이 넘쳐 마음 역시 밝아졌다.

사물함에서 그림 도구를 챙겼다. 지난 시간에 섬진강 공모전 작품을 이미 응모해서 오늘은 한결 마음이 가벼웠다.

그림 그리기에 몰두하고 작품이 완성되면 그 뿌듯한 보람은 나만이 느끼는 기쁨이었다. 이미 그리다가 둔 산수화를 다시 꺼내 한참 그리고 있는데, 핸드폰이 울렸다.

한실문예창작 지도 교수 박덕은 박사님의 성함이 핸드폰 화면 위에 떴다.

'전화를 잘하지 않으시는 교수님께서 오늘은 무슨 일일까!'

소음을 조심해서 급히 핸드폰을 들고 밖으로 뛰어나갔다.

"야나님, 지구사랑 공모전에 작품 냈지요?"

2개월 전 일이어서 기억이 머뭇거렸다.

"네, 그런 것도 같습니다."

"축하해요, 지구사랑 문학상 환경청장 특별상 수상이에요."

"어머, 정말이에요 교수님! 모두가 교수님 덕분입니다. 감사합니다."

수상 소식을 받고 돌아서는 마음은 너무 기뻤다.

작품만 내놓고 기대를 갖지 않아 잊어버리고 있었는데 특별상이라니 마음이 뛰었다.

'교수님 말씀대로 공모전에 내놓고 볼 일이네.'

혼자 중얼거리며 교육실로 들어가 자리에 앉았다.

안개 낀 돌 숲 사이 폭포가 쏟아지는 이 산수화 역시 완성 단계여서 흡족한 기분인데, 문학상 수상 소식까지 겹치니 기쁨은 금상첨화였다.

시와 수필, 시조를 쓰고 그림을 그리면서 문학과 미술 두 장르가 바라보는 지점, 두 예술 형식이 어떻게 조응하고 있는지 생각해 보게 했다.

은퇴 후 그저 취미 삼아 문학반, 한국화반 서예반을 찾았는데, 생각지도 않았던 응모의 길이 있다는 것을 알게 되었고 작품들이 완성되어 응모를 하게 되면 입선 특선의 수상을 얻으며, 문학상 수필 부문에서 대상의 영광까지 얻게 되며, 이 글들이 크리스챤 신문에 주간마다 실리게 되니 일거양득이 되어 잘 선택했다 싶었다.

나이 들어 몸도 마음대로 따라주지 않고 눈은 흐리고 침침하여 껌벅거리지만 취미 따라 꾸준히 몰입했던 덕분에 시집도 내고 수필집도 내어 보람과 위로도 되었다.

오늘도 추사 김정희 '세한도'의 그림, 제자를 생각하며 그린 걸출한 그림과 글이 눈앞에 선히 떠오른다.

애틋한 종이 펴고 추억의 열정 잡아
먹물로 낭만 풀어 물안개 그려놓고
호숫가 그리움 엮어 구름 위로 띄운다.

– 졸시조 <한국화를 그리며> 전문

한솔

우리가 싱가포르에서 선교사로 사역하고 있을 때였다
밤 9시 30분경 전화벨이 울렸다.

"선교사님, 기도 좀 강하게 해주세요. 우리 한솔이를 어떻게
하면 좋아요."

한솔 엄마 김혜영 집사의 애타는 간절한 울부짖음이었다.

한솔 엄마는 이대 국문과를 나온 작가로서 팔방미인이었다.
다방면으로 활동하면서 베풀기 좋아하는데 모든 일 재백사하고
아들 간호하기에 전념을 기울이고 있다.

3살인 아들 한솔이는 예쁘고 귀여웠다. 다른 아이와는 달리
영특하고, 머리도 샤프하여 암기력도 대단했다.

어느 날 감기 증상처럼 열도 나고 때에 따라 기운이 없어 보이
고 코피도 나서 병원에 데리고 갔다.

진단 결과 급성백혈병으로 뜻밖의 진단이 내려졌다. 급성백
혈병은 골수에 백혈병 세포가 증식하여 골수의 공간을 차지하고
정상 조혈 세포의 기능을 억제하므로 적혈구 감소에 따른 빈혈,
정상 백혈구 감소에 따른 감염 및 발열, 혈소판 감소에 따른 감

염 및 출혈 등이 나타날 수 있다고 했다.

나는 가족같이 손자처럼 사랑하는 아이라 청천벽력 같은 그 소리를 듣고 가슴이 철렁 내려앉아 두근거리는 마음 갈피를 잡지 못하고 기도를 할 수밖에 없었다.

백혈병이 일단 발병하면 생명에 지장을 초래할 수 있어, 한솔이는 병원에 입원을 하고 치료에 들어갔다.

항암제를 투여하면 골수에 있는 백혈병 세포가 죽게 되고 동시에 정상 세포도 일시적 손상을 입게 되며 빈혈과 혈소판 감소가 되고, 감염 위험이 증가하게 된다고 했다.

한솔이는 어린아이인데도 부모님의 신앙을 따라서인지 믿음도 있어 기도하면서 항암치료도 잘 견디어 냈다. 머리도 다 빠지고 어린이 병원복을 입고 침대 앞에 천정으로부터 내리 걸려 있는 TV를 누워서 보며 88올림픽 경기 상황을 그 어린아이가 낱낱이 기억하고, 우승자의 이름을 모두 암기하고 우리가 병원에 가면 경기 상황을 빠짐없이 알려 주었다. 때로는 병문안 간 우리가 오히려 위로를 받고 오기도 했다.

제대혈 조혈모세포 이식술이 좋다는 정보를 접했다. 제대혈은 완치를 위한 유일한 치료법인데 적절한 골수 공여자가 있어야 가능하고 이식 자체가 갖고 있는 합병증들 때문에 사망률이 높은 단점을 가지고 있다.

원래 자기 것인 아기 태반이 보관되어 있으면 말할 것도 없이 좋다. 하지만, 한솔에게는 자기의 것이 없었다.

백혈구 항원성이 동일한 타인도 백혈구 향원성이 부분적으로 일치하면 좋고, 부모 형제 중에 항원성이 같은 가족이 있다면 동종골수이식 수술을 하는 것은 좋다고 했다.

마음 착한 형 김한별은 지극히 동생을 사랑하여 도움이 된다면 무엇이든 주고 싶은 마음으로 동생 것과 일치되기를 원했다.

동종골수 검사를 했으나 부모님 것은 물론, 형의 것 역시 안타깝게도 한솔이와 맞지 않아 도움을 주지 못했다.

서울 성모병원은 급성백혈병 치료를 잘하여 생존율 세계 최고 수준이며 제대혈 조혈모세포 이식자 수천여 명을 치료했다는 정보도 들었다. 비용이 많이 드는 것이 문제였지만 한솔의 부모는 비용 문제는 개의치 않고 아들 살리는 일에만 온 정성을 기울였다. 서울에 있는 성모병원과도 연락을 취해온 중에 몇 가지 조건 중 거의 한솔과 백혈구 항원성이 동일한 여아의 것으로 제대혈 수술을 할 수 있다는 연락이 왔다.

그래서 서울 성모병원에서 제대혈 이식 수술을 하느냐? 싱가포르 병원에서 계속 항암 치료를 받느냐? 취사선택의 기로에서 어느 쪽을 결정해야 할지 결단을 못 내리고 애타는 갈등 속에서 한솔 엄마는 나에게 전화를 했던 것이다.

나는 전화를 받고 당황하여 가슴이 두근거리고 떨렸다. 어떻게 할 바를 나도 몰랐다. 그러나 강하게 기도해 달라고 하니 전능하신 하나님 앞에 두 무릎을 꿇고 이 다급한 상황을 아뢸 수밖에 없었다.

"하나님, 저 어린 아들 한솔의 아픔을 주님께 의탁합니다. 긍휼히 여기시고 전능하신 치유의 능력을 한솔 아이에게 베풀어 주소서. 죽었던 나사로도 살리신 그 권능, 치유의 광선을 비추어서 사랑하는 어린 한솔, 백혈병 세포 병균을 뿌리째 뽑아주시고 건강한 세포로 바꿔주소서…. 지금 제대혈 조혈모세포 이식 수술을 해야 하느냐? 마느냐? 기로에 서 있습니다. 이것은 합병증으로 사망률이 높다는데요. 이곳 싱가포르 병원에서 계속 항암 치료를 해야 하나요? 엄마의 피눈물 나는 절규의 외침이 계속 귓가에서 쟁쟁 울려오는데 하나님 어찌하면 좋아요, 어떻게 대답해야 합니까?"

기도 중에 급하면 떠오를까…. 그전에는 전혀 생각이 나지 않았던 한국 순천향 병원 종양내과 과장 전문의 박성규 의사 조카(조카 유경란, 남편 박성규) 사위가 갑자기 기도 중에 확 떠올랐다.

물에 빠진 사람이 지푸라기라도 잡는다는 심정인지라 의논해 볼 대상이 있다는 희망에 가슴이 뛰고 새 힘이 솟았다.

한국에 있는 조카사위에게 상담을 하기 위해 전화를 걸어 한솔의 상황을 자초지종 알렸다.

"그러세요, 제가 맡고 있는 과입니다. 나도 그런 수술을 수십 명 했습니다. 이미 성모병원과 연락이 오고 갔으니 그곳에서 제대혈 조혈모세포 이식을 하는 것이 좋겠습니다. 물론 수술이란 장단점은 다 있습니다. 그러나 내가 이 상황에서 내 아들이라면 제대혈 수술을 하는 쪽을 선택하겠습니다."

나는 구세주를 만난 듯 희망의 한 가닥 불빛이 튀었다. 기쁨의 희열이 솟았다. 마음의 안정을 찾으려고 심호흡을 했다.

"그러면 지금 늦은 밤이지만 한솔 엄마와 연결을 해줄 테니 통화 한번 해 줄 수 있겠는가?"

"네, 당연히 그렇게 해야지요."

조카사위와 급히 전화를 끊고, 흥분된 떨린 손으로 쎌폰의 다이얼을 눌러 한솔 엄마에게 통화 내용을 간단히 말하고, 박성규 의사 전화번호를 알려 주면서 바로 상담하도록 했다.

한솔 엄마는 기뻐서 어쩔 줄 몰라 했다. 한 시간 후에 한솔 엄마에게서 다시 전화가 왔다.

"한국 성모병원 쪽으로 결정했어요. 병원에 연락하고, 내일 제일 일찍 한국 가는 비행기 표가 되면 그편으로 가겠어요. 정말 감사합니다."

한솔이는 한국 서울 성모병원에서 제대혈 조혈모세포 이식 수술을 잘 마쳤고, 수술 후 결과도 좋고 회복도 잘 되어 가고 있다는 소식을 자주 전해 주었다.

"적혈구와 혈소판 수혈, 그리고 항생제 투여가 끝나고 골수에서 백혈병 세포가 사라져가고 있데요. 이제 정상 세포가 골수에서 살아나와 혈액소견이 정상으로 회복되어 간다고 합니다. 이렇게 되면 이제 완전 관해에 이르게 된데요.

"그, 완전 관해가 무엇인데요?"

"환자가 발병했을 때에 가지고 있었던 증상은 사라져 가고 몸이 회복되어 정상으로 돌아옴을 느끼게 되는 거랍니다. 요즘 한솔이 몸은 거의 회복이 되어 며칠 후에 퇴원하려 합니다."

한솔이가 정상으로 회복되었다니 얼마나 기뻤는지 하늘을 둥둥 나는 기분이었고 감사의 눈물이 나왔다. 한솔 엄마 역시 카랑카랑한 전화의 음성은 밝은 미소, 예쁜 얼굴의 표정이 그대로 장미꽃처럼 비춰왔다.

고대를 나와 현명하게 사업하는 아버지(김형오 안수집사)를 그대로 쏙 닮은 한솔이는 부모님의 극진한 정성 어린 보살핌과 기도로 건강이 완전히 회복되어 초등학교, 중학교, 대학 재학 중에 싱가포르 군대에 입대해서 군복무를 마치고 지금은 복학하여 대학 생활을 즐겁게 하고 있단다. 말없는 한솔 아빠는 얼마나 속이 타고 마음 아팠을까. 많이 힘겨웠을 텐데 내색도 않고 아들 치료비를 위한 경제적인 문제도 무척 컸지만, 도리어 퇴원할 때는 한솔 부모가 감사의 선물로 입원했던 병동의 침대를 모두 새 것으로 구입해서 넣어 주었다는 아름다운 후문이었다.

꿈둥이 시린 숨결 터널을 뛰어넘어
햇살에 현을 켜서 향기로 선율 담고
올곧은 뜨거운 열정 신비 담아 날은다.

- 졸시조 <한솔> 전문

혼불 제1권 독후감

　영남의 〈토지〉의 작가 박경리가 있다면 호남에는 〈혼불〉의 작가 최명희가 있지요. 박경리는 우리나라에서 노벨문학상 후보로 내놓을 만한 작가라고 알려져 있는데 최명희 작가도 그분과 비견되는 분이라고 해서 나는 관심을 갖고 그의 작품 〈혼불〉을 읽게 되었다.

　나는 우선 소설의 줄거리를 이해하려고 읽어 가는데, 전라도 지역의 그 전통적인 어법과 말씨를 제대로 이해하기가 어려운 대목들이 있었다. 그래서 이해에 도움이 될까 해서 책 한 권 전체를 소리 내어 읽었다.

　혼례식은 대소가와 마을 사람들의 즐거운 한마당 잔치였다. 대실마을에서 허담과 정씨의 딸 18세 허효원이 시집을 가게 되고, 남원군 양반촌 매안에서 아버지 이기채가 15세인 아들 신랑 강모를 대동하고 대실 마을 신부집인 결혼식장에 도착했다.

　신부의 증조부 허근의 사회로 결혼 예식이 엄숙히 진행 중인데 한 아낙의 소리가 들렸다.

　"신랑은 애들맹이고. 신부는 큰 마님 같으네……."

표주박에 술을 가득 채운 손잡이에는 청실홍실 명주실 타래가 묶여 길게 드리워져 있는데 신랑 신부가 술잔을 교환하면서 술 한 방울이라도 흘리면 흘린 쪽의 마음이 새어 버리고, 더욱 안 되는 것은 실이 꼬이거나 엉키면 앞날에 맺힌 일이 많고 그만큼 고초가 심하다는 뜻이 담겨 있다.

표주박에 담은 술은 흘리지 않았으나 실은 꼬이고 얽혀서 염려하는 소리가 주위에서 저절로 흘러나왔다. 그러나 결혼식장은 풍족한 술과 음식으로 기쁨과 흥겨움에 가득 찼다.

의례 결혼 첫날밤이면 신랑 신부의 합궁은 상상으로나마 사람들의 초미의 관심사인데, 첫날밤 신랑은 신방에서 머뭇거리다 겨우 하는 말이, "대실에는 대나무가 많데요!" 한마디 던지고, 장가 올 때 부친이 해준 말을 되새겼다.

"신방에 들거든 조금도 서두르지 말아라. 겁을 내서도 안 되지. 몸을 마음에 맡기면 그저 자연스러운 이치와 음양의 흐름이 있으니, 모든 일은 저절로 이루어질 게다."

또 어머니 율촌이 해주는 말도 생각났다.

"이제 너는 한 여자의 주인이 되었으니, 부디 어른으로서 갖추어야 할 풍모를 잊지 말고 말씨부터도 점잖게 대하여라. 명심해라."

이와 같은 부모님의 말씀과, 사랑이 넘친 조모인 청암 부인의 애틋한 충고를 생각하면서 신부에게 어색하나마 접근해 보려고 하다가 잠이 들었다.

소꿉친구 사촌 동생 강실이를 잊지 못하고 그녀와 함께 놀던 꿈을 꾸며 손을 저었다,

한편 신부는 어둠 속에서 초조히 앉아 신랑이 무거운 의장을 벗겨 주고 사랑해주기만을 기다리면서 신랑이 꿈꾸는 모습을 바라보고 있었다. 신부는 아픈 허리 버티면서 기다리다 지쳐 손수

무거운 의장을 벗고 가벼운 옷으로 갈아입었다. 아픈 마음 감싸며 앉은 채로 밤을 새웠다.

강모 가족의 내력은 대략 이러하다. 강모의 아버지 기채와 기표와 기웅은 동복형제였다. 대종가의 종손인 준의가 그 나이 열여섯 살에 결혼식만 올리고 신부의 신행도 맞이하지 못하고 세상을 떠났다. 청암 부인은 열아홉의 나이로 혼자 남게 되었다. 세월이 지난 뒤 이준의의 아우 이병의가 성혼하여 그 장자 기채를 큰집으로 양자했다. 청암 부인이 25세 때 기채를 양자로 맞이하였는데 그 기채도 벌써 사십을 넘었다. 청암 부인은 어느덧 예순여덟이다. 강모와 강실이와 강태는 서로 사촌간이다.

결혼식 후 양반 가문의 신부는 신랑을 홀로 보낸 후 친정에 남아 있다가 다시 좋은 날을 받아 우귀를 하는 것이다. 시댁에 처음으로 들어가는 그 날까지 보통은 일 년이 걸리기도 하고, 길면 삼 년도 걸린다. 양가의 피치 못할 사정이 있을 때는 몇 달 만에 신행을 하기도 하고, 웬만한 경우에는 일 년 정도는 묵히는 것이 상례이다. 이런 풍습을 '묵진행'이라 불렀다.

강모는 가까운 곳에 사는 사촌인 강실이를 볼 때마다 마음이 설레는 것은 자기도 이해할 수 없는 일이었다. 강모는 결혼식을 올린 후 효원이 친정에 1년 동안 있게 되고, 강모는 전주 고보에 가기 위해 매안을 떠났다.

청암 부인 할머니는 손자 강모를 지극히 아끼고 사랑했다. 종가의 장손이란 의식도 염두에 두어서인지 사랑은 상상을 초월했다. 가족들은 모두가 전주에서 이미 공부하고 있는 사촌인 강태와 함께 하숙하며 지내기를 원했으나 청암 할머니는 친히 강모를 데리고 전주에 가서 강태와 떨어져 살도록 다른 경관 좋은 곳으로 하숙하도록 했다. 맹모삼천지교의 심정이랄까.

강모의 할머니 청암 부인은 매안 이씨 가문에 시집오자마자

청상과부가 되었음에도 아랑곳하지 않고 이씨 가문의 종부로, 윗대로부터 몰락이 되어 가던 가문을 세워 가는데 혼신을 다 쏟아 엄청난 토지를 소유하여 농사만 해도 오천 석이 넘는 대지주 집안으로 만든 여장부였다.

저수지를 깊이 파고 넓히려고 할 때 모든 사람은 엄청난 비용 때문에 만류했으나 청암 부인은 자비로 하겠다며 각고하여 저수지 파기를 강행했다.

매안 이씨가 사는 원뜸 마을뿐만 아니라 대규모로 상민 마을 거멍굴까지 물 혜택을 받을 수 있게 하여 모두 기뻐했다. 그래서 청암 부인의 택호 첫머리 청자와 호수 호자를 따서 청호라고 이름 했단다.

저수지가 완성될 무렵 우리나라는 1910년 한일합방이 되었다. 대부분의 사람이 창씨 개명을 했으나 청암 부인은 혈통을 변경할 수 없다는 집념에서 끝내 창씨 개명을 거부했다.

강모가 전주 고보에서 공부할 때 일본인 음악 선생은 강모가 음악을 좋아하는 것을 알고 동경으로 유학 갈 것을 권유했다. 이때 강모는 매안 집으로부터 전보를 받았다.

〈조모위독급래고대〉란 내용이었다. 실은 손자 강모의 신부 효원을 시댁으로 데려와야 하는데, 신랑 강모는 전주에서 공부한답시고 학교만 다니고 신부는 생각 밖에 있어 청암 부인 할머니는 안타까운 마음에서 자기가 위급하다는 전보를 쳐서 강모를 집으로 오게 하여 효원을 데려오게 함이었다.

효원은 일 년 만에 시가집으로 신행해 왔다. 폐백 후 청암 부인은 효원에게 말했다.

"비로소 너는 이 집안의 종손부가 되었다."

신부를 건넌방으로 데리고 가서 손부의 어깨에 손을 얹고는 간곡하게 당부했다.

"오늘은 아주 좋은 날이다. 아무리 고단하더라도 그냥 잠들지 말아라. 심신의 정성을 다하여 아들 낳을 꿈을 꾸도록 해라. 알겠느냐?, 부디 명심하거라."

한밤이 깊어서야 마지못한 듯 건넌방으로 들어온 강모가 한 말.

"나는 아무래도 동경으로 가야겠소."

'이 사람이 오늘 밤에도 이 방에 올 뜻이 전혀 없었던 게 아닐까?'

효원은 장 속에 접혀진 채 그대로 있는 하얀 삼팔주 수건에 생각이 미친다. 선홍의 혈혼으로 꽃무늬 놓여 아리땁게 피어나야 할 그 명주 수건은, 초례청의 신부 되고 나서 어느덧 해가 바뀐 지금도 막막하게 흰빛을 소복같이 머금고 있을 뿐이었다.

강모는 할머니 말씀에 못 이겨 효원이 있는 방에 들어와 동경에 유학 간다고 말한 후, "그만 잡시다." 하며 이불 위에 쓰러지듯 몸을 던져 눕는다.

강모는 불을 끄고 잠시 깊이 잠자는 시늉을 하다가 소피를 하러 가는 척하고 슬그머니 밖으로 나갔다.

"강실아……."

강모는 자신의 심정을 억누르기라도 하려는 듯 숨을 죽이며, 캄캄한 밤하늘을 올려다보며 강실이 이름만을 불렀다.

청암 부인의 시부(시아버지)는 처덕이 박복한 사람이었다.

첫 부인 박씨는 소생도 없이 6년 만에 세상을 떠났고, 재취로 온 한씨는 형제 이준의와 동생 이병의를 낳고 두 달 만에 숨을 거두었다.

시부는 삼취 홍씨를 맞이하는 초례청에서 신부와 마주서 보고 있다가 느닷없이 머리에 쓰고 있던 사모의 오른쪽 뿔을 쑥 잡아 뽑아 버렸다.

혼례 때 신랑이 사모의 뿔을 뽑으면, 신부는 그만 소실로 격하된다. 그렇지 않아도 삼취는 번듯한 대접을 받을 수 없는 것이 관례다. 그 거동을 훔쳐본 신부의 낯색이 창백하게 질렸다가 벌겋게 달아올라 흙빛이 되었다. 9년까지 살다가 어느 하루 아침에 어이없이 홍씨는 자취를 감추고 말았다.

종가의 장정들이 물 건너 삼제에 참한 과숙이 수절을 하며 삼년상까지 마치고, 자손도 없이 홀로 지내는 김씨 부인을 시부를 위해 동짓달 스무이렛날 밤, 칠흑 같은 어둠 속을 가르고 바람같이 가서 보쌈하여 무겁게 메고 왔다.

시부는 보쌈하여 온 과수댁에게 무슨 말 한마디 붙여 보지도 않고, 그렇다고 냉대하지도 않고, 마치 큰방의 웃목에 웬 여인 하나가 낯설게 앉아있나, 할 따름으로 무심했다.

시부의 큰아들 어린 새신랑 이준의는 혼례만 치르고 청암에 남겨 놓고 온 신부를 다시 보지 못하고 열병으로 며칠 앓다 시부가 보는 앞에서 숨을 거두었고, 청암에서 이 느닷없는 비보를 듣고 혼비백산하여 소복으로 달려온 신부 며느리에게 위로의 말 한마디도 다정히 못해준 채, 시부는 유언도 없이 운명해 버리고 말았다.

어느 날 시어머니 율촌댁은 효원을 불러서 이같이 말했다.

"예로부터 여자란 여필종부라, 남자를 하늘같이 알고, 남편에게 순종하며 사는 것이 도리야. 우선 남편에게 공손해야 한다. 여자가 죽어 지내야 집안이 평안한 게야. 예나 지금이나 여자의 성품이 드세고 강철 같은 사람은 자기 남편 앞길에 운수를 가로막는 법이다. 여자 성품 때문에 남자의 기가 눌러서야 어디 집안이 제대로 되겠느냐?"

"나도 새며느리를 보았으니 며느리 손에 저고리를 얻어 입어야겠다. 뜯어서 새로 푸새하여 곱게 지어 봐라."

효원은 저고리를 뜯어서 빨고 푸새하여 밤새워 만들었고 날이 새자 한나절 손질하여 공손히 드렸다. 안방에서 저고리를 받아든 율촌댁은 못마땅한 얼굴로 접어놓은 소매를 홱 젖히더니 댓바람에, "이게 저고리냐?"하고 쏘아 붙였다.

율촌댁의 얼굴이 파르르 떨린다.

"감히 네가…… 나를 업수히 여기다니."

움켜쥔 저고리를 들고 찬바람이 나게 대청마루로 나가, 눈 녹은 마당의 진흙탕에 그대로 내동댕이쳐 던져 버렸다. 저고리는 검은 흙탕물을 홍건하게 머금고 있었다.

강모가 혼인하고 나서 얼굴에 그늘이 지고 시들어 가는 까닭을 효원에게 있다고 짐작하고 효원의 기를 끊기 위해 이 일을 기회로 생트집을 잡아서라도 단단히 눌러 주려고 했던 심산이었다.

청암 부인은 방학을 기해 집에 온 강모를 붙들고 종가의 손을 이어 놓아야 할 의무가 있다며 손자 낳기를 간곡히 설득하고 애원했다.

할머니는 효원에게 아들을 낳을 수 있는 '흡월정' 우주의 음기를 생성해 주는, 달의 기운을 몸속으로 빨아들이는 어려운 교육을 장시간 걸려 시켜놓았다. 강모를 효원이 있는 방으로 들어가게 했으나 강모는 막무가내였다.

강모는 학교에서 공부하다가 다시 방학이 되어 바이올린을 메고 집에 와서 아버지께 인사를 드리고 내심을 꺼내어 어렵게 말했다.

"일본으로 건너가서 음악 공부를 좀 하고 싶습니다."

"왜? 허구 많은 공부 중에 하필이면 네가 음악인가 하는 풍각을 공부하려는, 무슨 뜻이 있을게 아니냐? 왜 그러는 거냐?"

"이곳을 떠나고 싶어서입니다. 제발 그럴 수만 있다면 굳이 음악이 아니라도 상관없어요, 측량 기사가 되어도 좋습니다. 구실이야 무엇이 되었든 저는 이곳을 떠나고 싶습니다. 달아나고 싶어요. 저는 이 집안이 무겁고 무섭습니다. 아무도 저를 때리려는 사람 없고, 아무도 저를 해치려는 사람 없건만 저는 마치 가위 눌린 것처럼 답답하고, 쫓기는 사람처럼 초조합니다. 왜 그럴까요. 집채덩이 같은 불안을 속에다 삼키고 있으니 무엇에도 아무것에도 정을 붙일 수가 없습니다. 아버지, 벗어나게 해 주십시오. 메이지 않고, 속하지 않고, 훨훨 좀 돌아다니고 싶습니다. 할머니로부터도, 아버지로부터도, 아아. 그리고……."

"네, 이놈아 왜 말을 못하느냐? 갑자기 꿀 먹은 벙어리가 되었느냐? 말을 해라."

채 말을 맺지 못하는 이기채가 차오르는 숨을 내뱉기라도 할 듯이 몸을 일으키다 말고, 움켜쥐고 있던 커다란 의침을 바이올린 면상에다 여지없이 동댕이쳐 버렸다. 팽팽한 줄에 부딪쳐 공중으로 튀어 올랐다. 강모의 얼굴은 흙빛으로 질려 부르르 떨렸다. 가슴 밑바닥이 갈라지는 것 같은 쓰라림이었다.

'나는 한날 그림자로다. 강실아, 네가 있었더라면 그러면 좀 나았겠느냐. 네가 없는데 이제 나를 무엇에다 쓰겠느냐.'

그렇게 강실이를 연모하는 장면으로 1권은 끝을 맺는다.

309쪽이라는 책의 내용과 줄거리를 제한된 지면에 요약 압축한다는 것이 나에게는 다소 힘든 일이었지만 귀중한 문학 작품을 읽었다는데 뿌듯함을 느꼈다.

〈혼불〉의 배경은 일제 강점기인 1930년대 후반으로 전북 남원 매안이라는 농촌의 이씨 양반 문중의 삼대인 청암 부인과 아들 이기채 부부와 손자 이강모 허효원 부부의 이야기가 중심을 이루고 있다. 매안 이씨의 양반 가문, 거멍굴의 상민들, 매안 이씨 가문의 하인들, 이렇게 세 집단이 어울려서 내심을 털어놓고 사는 그들의 소박한 삶 속에서 공동체의 조화로움이 아름답게 보였다.

반면 겪을 수밖에 없었던 애환에 공감을 갖게도 됐다.

강모의 혼례식 때 실이 얽히는 일은, 강모와 효원의 결혼생활이 꼬이고 불행을 예고해 주겠다는 느낌을 갖게 했으며, 첫날밤 강모의 꿈속에 강실이의 등장은 서술의 방향이 강모와 효원, 강실의 삼각 관계를 예시함은 작가가 폭넓은 방향으로 소설을 펼쳐 나가겠다는 느낌도 갖게 했다.

일제의 탄압 속에서 몸부림친 당시의 힘겨웠던 우리 민족의 삶의 모습을 보며 마음이 몹시 아팠고, 공출과 징용, 심지어 쓰레기까지 수탈해 간 일본인의 잔인성과 그 시대의 상황을 여실히, 또한 구체적으로 알게 됨은 많은 참고가 되었다.

이 작품을 통해서 옛 시대의 풍속과 사고방식과 사투리 어법에 대한 리얼한 묘사가 돋보였고 작가의 전통적인 풍속에 대한 예리한 관찰과 섬세하고 절실한 묘사력은 참으로 대단하다 생각했으며, 관혼상제의 의식에서부터 세밀한 일상적 풍속 관습의 표현들도 작가의 탁월한 문학성을 보여 주어 놀라웠다.

여인들의 한 많은 삶이 다져낸 넋의 아름다움과 제례의 모든 절차와 유래와 의미를 생생하게 그리는 감성과 문장력 또한 최명희 작가만이 할 수 있는 표현이다 싶었다

신분 제도로부터 혼례의 모든 절차와 의례, 신부의 의상, 우리의 전통 가구까지 섬세하게 다루는 작가의 박식한 실력에 감탄을 거듭했으며, 우리나라의 전통적인 민속 관념을 그렇게 폭넓고 치밀하게 형상화하며, 무엇보다도 종갓집 전통과 혈통을 이으려는 종손의 중요성과 대대로 전승해 온 풍속의 세계를 고수

하려는 청암 부인의 끈질긴 의지와 가치관을 자상하게 채색해 주는 것에도 매력을 느끼면서 감명을 받았다.

물론 옛 풍속이 현대라는 관념의 지수에 따르면 이해 못 할 차이도 있지만, 옛 풍습과 습속을 알게 되었고. 독특한 울림을 주는 통속적인 소설 이상의 작품이어서 나는 이 책 〈혼불〉을 연구 과제로 남겨 둔다.

한국문화 해외교류협회 회원 가입

흰 눈 내려 하얀 그리움이 소복이 쌓인 어느 날.

"언니, 참여해 보면 알겠지만, 언니 취향에 꼭 맞을 것 같아 권하는데, 한번 가입해 보실래요?"

잘 아는 시인 지인의 권유였다.

"그게 무엇인데?"

"'한국문화 해외교류협회'라는 협회인데, 한국의 문화와 해외 문화를 교류하고 종합문예지 '해외문화'란 책을 발간해요. 금년 2016년 제17호~18호가 본부에서 준비 중에 있어요. 그곳에 국내외 모든 회원들이 자기 작품을 올려 서로 나누어 보기도 하는 단체이에요."

해외문화란 말에 솔깃하여 지인의 말대로 정해진 수속 절차를 밟고 2016년 12월에 가입을 했다.

월 회비 만원인데, 1년 회비 12만원을 한꺼번에 본부로 송금하니 이사로 위촉을 하면서 명함도 만들어 주었다.

주소, 성명, 명함사진, 전화번호, 생년월일, 이메일주소, 약력을 카톡을 통하여 대전 본부로 보냈다.

본부에서 밴드와 단톡방으로 초청하고, 회칙도 보내주면서 안내를 했다.

세계회원들은 자유롭게 밴드나 단톡방에 자기 작품들을 올려서 서로 읽고 답글도 쓰고 행사 시 연락이 오면 각자 형편에 따라 참여하기도 했다.

한 달 후 2017년 1월 총회에 참석했는데 전국에서 회원 예술가들이 모인 것 같았다.

21세기 세계화 지구촌 다문화 한가족 문화를 열어가는 한국 문화 해외교류협회에 참여하여 활동하면서 해외지역을 탐방할 때는 그곳에 거주하는 회원들이 우리 팀을 맞이하여 준비한 행사가 끝나면 그곳의 명승지나 가볼 만한 곳들을 안내해 주니 일거양득이랄까 부담도 갖지 않고 신경도 쓸 일이 없어 마음이 편안했다.

국내 행사에는 모두가 예술인들이기에 자기가 가지고 있는 달란트에 따라 출연하면, 화려한 무대를 이뤄 보람도 솔솔 담게 했다.

작년 2017년 10월 18일부터 4박 5일간 중국 장춘 사범 대학교 한국어 학생들과 시간을 가졌는데 학과 교수님들도 참여했고, 대학교의 외사처장의 따뜻한 환영사가 있었다.

우리는 회원들이 저술했던 책들과 가지고 간 선물들을 내놓았는데, 나는 시집, 수필집, 머플러, 내가 그린 한국화 족자를 내놓았다. 그들도 학교에서 준비한 선물을 각자에게 주었고, 한국어과 학생들은 좀 서투른 한국말로 시를 낭송하고, 합창도 하고, 무용을 겸한 무언극도 흥겹게 연출했다.

우리 역시 준비해 간 프로그램을 함께 나누었다. 함께 간 남편 문전섭 목사는 링컨의 '게티스버그(Gettysburg)' 연설을 영어로 유창하게 암송했고 가곡 '선구자'를 불렀는데 반응이 좋았는지 본회 고문으로 추대를 받기도 했다.

위만주국 황금 박물관 관람과 훈춘으로의 고속열차 여행을 하며 차창으로 바라보는 끊임없는 만주 벌판과 중국 특유의 가옥들, 러시아풍의 건물과 깨끗한 도시 훈춘의 거리, 중국, 북한, 러시아 3개국 국경의 방천마을 탐방, 늦가을 정취 가득한 아름다움은 낭만의 별빛으로 찬란하게 반짝였다.

금년에는 일본으로 갈 계획이었으나 한국문화 해외교류협회 제주지회가 발족되는 바람에 제주지회 설립 행사로 대신 대치했다.

2018년 6월 29일~7월 1일까지 2박 3일 동안 삼해인관광호텔 연회장에서 제주지회 창립 축하 문화행사가 다채롭게 진행되었고 '해외문화' 제 19호~20호가 제주지회를 특집으로 다루었으므로 출판 행사도 훌륭하게 가졌다.

빼어난 경치, 이국적인 제주의 향취를 만끽하면서 제주의 저명한 회원들과 호흡을 같이했던 축하연의 즐거움은 제주 바다와 바람도 휘둘러 풍광 안고 출렁이었다.

미국 뉴헤이븐 OMSC에 머물고 있을 때 예일대 의과대학 마취과 의사로 32년 근무 후 정년 퇴임한 한인교회 서미자님과 대화를 나누는 중에 '커네티컷 한인사 속의 인물들'에 대해 작품을 써서 지역 신문에 보도했다는 말을 듣고, '해외문화'를 소개했다.

"한국문화 해외교류협회에 가입하여서 계속 문화 활동을 하시면 좋겠네요."

"그럴까요. 그럼, 나도 가입하고 활동할게요."

흔쾌히 응해 주어서 이사로 가입시켰다. 이번 해외문화 제19호~20호에 자기가 쓴 작품이 나오니 보람이 있다고 하며 좋은 정보 알려 주어서 고맙다고 했다.

미국에 있는 동안 샌프란시스코 산토스시에 거주하는 시인 이완행 서부 지회장과 반갑게 서로 인사를 나누며 통화를 했고, LA에 있는 석정희 시인에게도 전화를 하니 반가워 만나길 원했으나 동부와 서부가 멀어서 전화로만 얘기를 나누었다. 뉴욕에 있는 시인 홍군식 부부회원은 중국 조선 동포인데 7월 19일~23일 서울과 진도에 가는데 한국에 가면 서로 연락하자고 했다.

사진으로만 보는 회원들이었지만 미국, 일본, 호주, 중국에 있는 모든 회원들이 밴드나 카톡에 작품들을 올리면 댓글로 대화를 주고받다 보니 친근해졌다.

한배를 타는 입장이기에 관심과 애정과 사랑이 외국에서도 한 가족처럼 서로 연락하고, 전국에 흩어져 있는 회원들과도 소통할 수 있는 교류이기에 대가족의 분위기를 느꼈다.

보스턴에 거주하는 남편이 내과 의사인 홍경애님도 독서와 글쓰기를 좋아한다 하여 소개를 했더니 즉시 응해 주었다. 홍경애님은 두 딸을 데리고, 금년 여름 방학동안 이화 여대에서 한국어를 공부하기 위해 한국에 왔다. (6월 25일~8월 6일)

소식을 들은 대전 본부는 홍경애님을 초청했다. 2018년 7월 13일 대전 대림관광호텔에서 대표님을 비롯하여 운영위원들, 임원들과 우리 내외도 참석한 가운데 현수막을 벽에 붙이고, 고국 방문 환영 겸 위촉식을 가졌다.

미국 동부지부장으로 위촉장을 수여하면서 축하 꽃다발도 안겨주고 사진도 찍어 주었다. 본인 역시 기뻐하며 흐뭇해하니 나 역시 즐겁고 소개해 준 보람도 느꼈다.

칠월 어느 날

우산을 쓰고 집을 나섰다. 장맛비가 억수같이 쏟아지다가 약간 수그러져 추적추적 조금씩 내렸다.

'메말랐던 농작물들이 이만하면 해갈이 될까?'

우산 아래 저 멀리 회색빛 하늘을 보며 사직공원을 올라서니 살아 숨 쉬는 공기가 한결 상쾌했다. 자주 찾는 이곳은 늘 마음을 정화시켜 주는 설렘의 공간, 마음의 쉼터였다.

이 사직공원을 넘어 양림 미술관을 지나는데 뒤편에서 자동차 빵빵 소리가 멜로디로 귓전을 울렸다.

"야나님~!"

부르는 소리에 뒤를 돌아보았다. 노란 반팔 셔츠를 입은 운거님이 차 창문을 열고 해맑게 웃고 있었다. 날씨는 우중충한데 반가움의 빛으로 갑자기 주위가 밝아졌다.

운거님 역시 사직 도서관 사회교육실에서 한국화를 그리기 위해 오는데 차 파킹을 하려고 돌리는 순간이었다. 많은 날 이 길을 오갔지만 이렇게 우연히 만난 것은 처음이었다.

운거님은 한실문예창작반에서도 함께 시를 공부하는 문우다.

그는 마음이 따스하며, 점잖고, 인정도 많고, 마음 씀씀이가 젠틀맨이다. 다방면에 지식도 많아 아는 사람들은 그를 모두 좋아한다. 마을에선 존경의 대상으로 촌장님이라 부른다.

운거님은 양림미술관 파킹장에 자동차를 두고 우리는 함께 사직 도서관 사회교육실로 향했다.

시인은 미술 작품이나 자연의 산수를 통해 얻은 정서적인 감성을 문장으로 표현해서 시를 쓴다.

화가도 역시 글이 마음에 와 닿거나 자연의 사물을 그림으로 표현해서 전시회도 하고 공모전에도 출품한다.

나는 시도 공부하고 그림도 공부하면서 문학과 미술 두 장르가 내 자신의 삶에 어떻게 영향을 끼쳤는지 들여다보며 성찰하는 마음을 갖게 되었다.

낮 12시 점심시간이 되어 평소처럼 가까운 호남신학대학교 식당에 가서 식사를 하기 위해 나섰다.

식당 음식은 위생적이고, 맛도 있고, 값도 저렴하여 우리가 늘 즐겨 찾는 곳이다. 남자분들은 모두 함께 먼저 떠나고 여성 몇 사람은 한참 뒤처져 걸었다.

그런데 먼저 남자분들과 함께 떠났던 운거님이 손가방을 어깨에 멘 70세 정도 되는 한 남자분의 팔을 붙들고 힘겹게 걸어오고 있었다.

"아, 아니, 웬일이세요"

"이분이 길에 쓰러져 있었어요."

"그럼, 병원으로 가셔야지요."

"자기 집으로 꼭 가신다고 합니다."

환자는 의식은 있었으나 말은 더듬거렸다. 상태는 심상치 않았다.

나는 택시를 잡으려 눈을 크게 뜨고 찾았으나 택시는 보이지 않았다.

"내 차로 모셔다드릴 테니 잠시 여기서 기다려 주세요."

운거님은 아침에 양림미술관 파킹장에 세워둔 차를 가지러 뛰어갔다.

환자는 길가에 서 있을 기력도 없고 앉아 있을 자리도 마땅치 않았다. 나는 담 밑에 널찍한 돌을 찾아 그 위에 환자를 앉게 했다.

환자는 사지에 힘도 없고, 새하얗게 핏기도 없는 파리한 얼굴에서 땀이 비 오듯 방울져 내렸다. 핸드백에서 티슈를 꺼내 땀을 닦아 드리고 남은 티슈를 그분의 손에 쥐여줬다.

바로 환자 얼굴 가까이에서 담을 타고 내린 주황빛 능소화 꽃 넝쿨이 예쁘게 내려와 주렁주렁 달린 꽃봉오리들은 환자를 위로하듯 너울거렸다.

"여기서 기독병원이 가까우니 병원으로 가서야겠어요. 상태가 좋지 않습니다."

"아, 아니요. 전에도 이런 일이 있었는데 집에서 쉬니까 괜찮아졌어요. 집으로 가야겠어요."

몇 번 권유를 했으나 집으로 가야만 한다고 우겼다.

양림 미술관에 세워두었던 운거님 차가 곧 도착하여 부추겨서 차에 태웠다. 환자는 괴로움을 참고 몸을 웅크리며 말했다.

"우리 집은 백운동 스카이 아파트입니다."

그는 자기 집 주소도 알려 주며 길 안내를 했다. 나는 그의 집으로 가는 길에 차 안에서 물었다.

"혹시 저혈압이나 저혈당은 아니신지요?"

"검사해 보면 다 정상으로 나와요."

"집에만 가시려 하는데 집에는 누가 있으세요?"

"집사람이 있어요."

위태로운 뇌졸중이 아닌 것만도 다행이었다. 그럼 빈혈일까? 혈압도 정상, 당뇨도 정상, 날씨가 흐려 일사병도 아닌데 왜 쓰러져 길가에서 일어나지 못했을까, 매우 궁금했다.

아파트에 도착했다.

경비원은 경비실에 없었다. 아파트 안으로 들어가려고 하는 찰나 그분은 여기서 내리겠다고 했다.

"집에까지 모셔다드리겠습니다."

"아, 아닙니다."

그는 차 문을 열며 고맙다는 인사를 하고 몸을 비틀거리며 차에서 내렸다. 우리도 할 수 없이 따라서 급히 내렸다.

그분은 혼자 집에 갈 테니 우리에게 가라고 연거푸 손을 흔들었다.

그때 마침 경비원이 와서 환자를 부축했다. 허리 굽혀 넘어질 듯 넘어질 듯하며 짜박짜박 걸어가는 뒷모습은 두세 살 먹는 아이의 걸음마였다.

한참 바라보고 있는 사이 환자와 우리의 사이는 서로의 거리가 멀어져 가고 있었다.

사람이 아프면 병원을 찾는 것이 당연지사인데 병원에 가기를 마다하고 집으로만 간다고 저리할까? 혹시 병원에 가는 것 자체를 싫어해서일까? 아니면 병원에 가면 많든 적든 병원비가 부담되어서일까? 착잡한 마음은 안타깝기만 했다.

인생의 무상함이 엄습해 왔다. 나이 들면 예고 없이 이런 일이 발생할 수 있는 것을……. 하루에도 무슨 일을 당할는지 알 수 없는 한 치 앞을 바라볼 수 없는 인생, 늘 준비하고 정리하면서 살아야겠다는 마음이 강하게 맺혀 왔다. 내세에 관한 소망을 가지고 산다는 것도 얼마나 행복한 일인가…….

　　노을빛 피어 있는 나그네 끝자락에
　　한 여생 허허로움 추억을 곱씹으며
　　얼룩진 애틋한 연민 상흔 안고 걷는다.

　　　　　　　　　　　　　　- 졸시조 <칠월 어느 날> 전문

133
제1부

미국 장로교 한인교회(NCKPC) 정기총회
한국 개최

철쭉꽃이 곱게 피어오른 봄, 사드 배치 관계로 한국의 정세가 극도로 고조되고 4월 25일이 인민군 창건일이어서 북한이 어떻게 무슨 일을 저지를지 모르는 긴급한 상황일 때, 서울 그랜드 앰배세더 호텔에서는 2017년 4월 25~28일까지 미국 장로교 한인교회 (NCKPC) 제46회 정기총회 및 전국대회가 열렸다.

매년마다 주로 미국에서 모임을 가지는데 10년째 되는 해에는 한국에서 갖게 되어 그동안 한국의 소망 수양관에서, 명성 수양관에서 모였고, 금번 세 번째 앰배세더 호텔에서 모인 총회의 주제는 다음과 같았다.

〈다시 그리스도를 바라보자 : 성찰, 변화, 회복(히12:2)〉
〈Let us fix our eyes on Jesus Christ once again: Reflection, Transformation, and Restoration(Hebrew 12:2)〉

400여 NCKPC 교회 중에 목사 141명 장로 20여 명이 참석했다.

두 아들(문은배, 문학배)이 미국에서 NCKPC 소속 목사로 사역하고 있어서 우리가 선교사 은퇴 후 미국에서 거주할 때 이 회에 은퇴 목사 및 사모회 회원으로 가입이 되어서 미국에 있을 때는 이 총회에 참석하였고 이번 한국에서도 회원 자격으로 참석하게 되었다.

미국으로부터 온 참석자들은 가족들이나 주위 사람들로부터 한결같이, "한국에 전쟁 나는데 왜 위태로운 상황을 알면서 한국에 꼭 가려 하느냐?"하며 만류를 받았다고 한다.

하지만 그들은 "조국이 어려우니까 오히려 이럴 때일수록 한국에 가서 고국을 위해 합심기도 해야지요. 결심을 강하게 하고 한국행 비행기를 탔지요."라고 말했다.

에스더의 말처럼 '죽으면 죽으리라'는 심정이었을까.

회의 중에 조국을 위한 특별 통성기도회는 한국의 안전을 위한 간절한 부르짖음이었다.

전체적으로 프로그램은 회무, 예배, 포럼 등 알찬 순서들이었다.

아침 경건회는 기장 총회장 권오륜 목사와 예장(통합) 총회장 이성희 목사가 설교를 했다.

여러 교단 인사들도 와서 축사를 했으며 10여 목사님들의 유익한 발제들도 있었으나, 지면상 세 분의 발표를 간략히 적어본다.

장신대 임성빈 총장은 칼뱅에게 있어서 하나님은 세상의 모든 영역에서 주권을 행사하시는 분이며 교회와 세상, 영적인 것과 물질적인 것을 분리하는 것은 하나님의 주권의 온전성을 인정하지 않는 자세이며, 그 온전성에 대한 관심 속에서 칼뱅은 경제문제에 많은 관심을 기울였는데 그는 물질이 교회를 위해서뿐만 아니라 세상의 가난한 자들을 위해 쓰여야 하고, 이를 통해 세상의 질서가 바로 잡혀야 한다고 역설하면서, 경제는 신앙의 중요한 척도요, 교회의 과제라고 담담한 표정으로 말씀하셨다.

횃불 트리니티 신학교 이정숙 총장은 잔잔한 음성으로, 미국은 여전히 선교사 제일 파송국이지만 아주 빠른 속도로 선교지가 되어 가고 있기에 미주 한인교회는 한인 디아스포라(흩어져 사는 사람들)를 선교할 뿐만 아니라 미국 선교와 세계 선교를 위한 교회로 적극 재편성되어야 한다고 했다. 이를 위해 개신교 디아스포라의 역사에서 몇 가지 지혜를 배울 필요가 있다고 하면서, 1) 자민족을 돕는다. 2) 정착한 지역의 시민 생활에 적극적으로 참여한다. 3) 목회자와 평신도가 함께 영적, 도덕적 우월성을 갖는다. 4) 다음 세대 교육의 목표를 성공이 아닌 인류 봉사와 헌신으로 세운다. 5) 교단과 적극적으로 연대한다. 6) 문화적 특성을 효과적으로 극복해야 한다고 말했다.

장신대 명예교수 이형기 박사는, 대체로 1945년 이전까지는 주로 백인 앵글로 색슨 개신교도들(WASP)이 주도를 이루었으며 마르틴 루터 킹 목사의 흑인 시민권 운동이 일어났던, 1960년대까지만 해도 '민주주의'가 미국 역사와 문화의 얼개로 작용하여 다종교·다민족·다문화를 하나로 녹여(a melting pot) 하나의 역사와 문화로 살아 있었으나, 그 이후 1980년대에 이르면서 다양성의 등장으로 인하여 다종교, 다민족, 다문화 각각의 정체성과 특수성을 보듬어 안는 '샐러드 사발'(a salad bowl)을 주장할 수 있었다고 힘내어 열강을 했다.

교회의 과제는 하나님 나라의 복음을 선포하고 교파로 초대하는 것이 아니라 하나님의 나라로 초대해야 하고, 사람들에게 세례를 베풂으로써 하나님 나라의 구성원이 되게 해야 하며, 예수님께서 12제자들과 '마지막 만찬'을 잡수셨던 것처럼 교회는 식탁 공동체와 성만찬 예전을 통하여 장차 도래하는 하나님의 나라를 축하해야 하고, 믿는 사람들로 역사와 창조세계 속에서 하나님 나라를 선취하게 해야 하며, 성경공부와 기독교 신학을 포함하는 기독교 교육을 통하여 성경이 제시하는 하나님 나라를 가르쳐야 하고, 나아가 삼위일체 하나님과의 코이노니아(교제)를 누리면서 하나님이 이처럼 사랑하셔서 독생자를 보내주신 이 세상 사람들과의 코이노니아로 나아가야 한다고 학자적인 모습으로 차분히 강의했다.

예배 시간 및 세미나 시간 전에 문학배 목사(둘째 아들)는 찬양 인도를 했다. 전에 한국에서 청년부 담당 목사로 섬겼던 '중곡동 교회'에서 음향기기도 빌려왔고 찬양 팀도 구성하여 집회가 끝날 때까지 은혜로운 찬양으로 열심히 책임을 감당한 모습이 흐뭇했다.

한국의 위기적인 상황에서도 미국 장로교 한인교회 정기총회와 전국대회는 알차고 은혜롭게 잘 끝나게 되어 참석자들은 하나님께 영광과 감사의 박수를 올렸다.

　사랑을 품에 안고 조국을 찾아와서
　은혜로 조화 이뤄 햇살로 비상하고
　사명감 불타는 시간 하늘 향한 밝은 빛.

　　　　　　- 졸시조 <미국 장로교 한인교회 총회 및 전국대회> 전문

제2부

[제5회 전국 섬진강 미술대전 입선] 유양업 作

미국 방문

　춘삼월 이른 새벽 미국행 KAL기를 타기 위해 남편과 함께 3월 1일 광주에서 새벽 2시 35분 공항버스를 탔다. 새로 생긴 인천 제2공항은 깨끗하고 산뜻했다. 한국의 인천공항이 세계에서 가장 우수한 공항으로 계속 뽑힌다고 했는데 과연 세계 제1공항다웠고, 북적대는 여행객들은 분주히 오갔다.

　서울에 있는 딸 은영 목사도 시간을 맞추어 두 시간 걸려 마중을 나왔다. 아침 식사도 같이 하고, 공항 안에 있는 KT를 찾아서 셀폰 데이터 네트워크를 일시 차단 시키는 일과 출국할 이런저런 절차를 민첩하게 잘 도와주었다.

　오전 10시에 출국할 비행기가 딜레이 되어 11시 10분에 이륙했다.

　성경에 '말세에는 사람들이 이리저리 많이 왕래한다'고 했는데, 우리가 탄 큰 비행기 안에는 빈자리가 없이 여러 종족의 각각 다른 얼굴들로 가득 찼다. 몇 년 전만 해도 외국인들은 그리 많지 않았는데 다문화의 물결로 젖어드는 실상을 몸소 체험하면서 많이 변한 한국문화를 실감케 했다.

3개월 기간으로 미국에 가는데 두 달 반은 커넥티컷주 뉴헤이븐(New Haven)에 소재하는 OMSC(Overceas Ministries Study Center 해외사역 연구원, 원장 Rev. Thomas John Hastings, Ph. D)에 머물고, 그 후 5월 15일부터 3박 4일 샌디애고에서 모이게 되는 미국 한인장로교회 (KPC PCUSA) 총회에 참석하고, 미국에서 목회하는 두 아들, 목사 문은배, 문학배를 총회석에서 함께 만나 총회가 끝난 후 테네시주 차타누가 한인교회에서 목회하는 큰아들 은배 목사 집으로 가서 13일 동안 머물다 6월 1일에 귀국할 예정이었다.

나는 여느 때처럼 비행기를 타면 설레게 하는 놀라운 힘에 기분이 들뜬다. 때를 맞추어 기내 식사도 제공되고 목적지에 도착할 기대와 그곳에서 전개될 부푼 꿈들을 나름대로 그려보면 정신이 젊어진 느낌이어서 좋다.

우리는 인천공항에서 뉴욕 JFK 국제공항까지 12시간 44분 걸려 착륙했다. 13시간 32분 걸린 애틀랜타공항보다 더 가까웠다. 뉴욕에 가까이 다다랐을 때 남편에게 물었다.

"뉴욕항에 있는 자유의 여신상을 영어로 무어라 했는데 기억이 안 나네요."

"The Statue of liberty이지요. 이 자유의 여신상은 오른손에 횃불을 들고 위로 올려 세계 각지로부터 자유를 찾아 미 대륙에 왔던 모든 사람들을 환영하는 상징이지요."

대답하며 남편은 뭉게구름 둥실 둥실 떠 있는 창밖으로 시선을 돌렸다.

공항에 내려 세관을 통과하고 밖으로 나왔다. Welcom Center에 들려 안내를 받아 뉴헤이븐을 향한 승합차에 올랐다. 키가 훤칠한 흑인 기사는 매우 친절했고 장식을 화려하게 꾸민 흑인 여인은 이미 앞좌석에 앉아 있었다.

조금 후에 핸섬한 백인 젊은 남성이 차 안으로 들어와 앞자리에 앉았다. 두어 시간 걸려 뉴헤이븐을 향했다. 화창한 날씨에 밝은 햇빛은 구름을 감싸 안고, 도로변의 앙상한 나뭇가지들은 겨울을 벗어나지 못하고 바람결에 하늘거리며, 새파란 사철나무들은 싱그럽게 줄지어 침묵의 눈길을 마주하고 있었다.

승합차가 뉴헤이븐에 도착했을 때 앞자리에 앉았던 손님들을 각각 집 앞에 내려 주었다. 한국의 택시 개념과 같다고나 할까, 우리 역시 OMSC 사무실 앞까지 잘 데려다주어 고마웠다.

우리가 15년 전 안식년 때 1년 지내면서 두 학기를 보낸 곳이어서 낯설지 않고 정겨운 그대로였다. 몇 분의 아는 직원들도 그대로 근무하고 있어 반갑게 만났다.

우리에게 안내해 준 숙소는 잘 갖추어진 공간이었다. 넓은 실내에 놓여 있는 가구들은 물론 벽에 서양화 그림들도 아름답게 장식되어 있었다. 식사도 각자가 해결할 수 있는 주방시설과 도구들이 편리하게 구비되어 있었다.

매주 금요일에는 개인 차량이 없는 분들을 위해 밴(차)을 운전하여 마켓에서 식품을 살 수 있도록 배려도 했다

선물로 준비해 간 나의 한국화 족자, 운무가 산허리를 감돌고 있는 해돋이 동양화 그림과 스카프들도 나누어 주니 기뻐했다.

이곳 뉴헤이븐은 예일 대학교가 웅장하게 자리 잡고 있어서 지적인 분위기가 풍기는 지역이다.

OMSC는 1922년에 설립된 기관으로 세계적으로 국제 사역에 참여하는 선교사들이 안식년 때 와서 머물고 공부하는 곳이다.

프린스턴 신학교 Darrell L. Guder 교수는 OMSC는 선교 지도자들과 학자들 사이에 대화와 상호 배움을 위한 독특한 기회를 만들어 준다 했고, 보스턴 신학교 Dana L. Robert 교수는 OMSC는 필수적인 선교 문제들에 대한 진지한 탐색과 결합된 기독교인의 교제와 연합이라고 했다. 예일 신학교 Lamin Sanneh 교수는 널리

찬사를 받는 국제 소식지(International Bulletin)와 거주 및 교육적인 시설들을 통하여 OMSC는 선교와 세계 기독교에 주요한 세력으로 이바지한다고 극찬했다.

OMSC는 프로그램에 따라 이름 있는 선교학 신학자들을 초청하여 강의를 듣고 과정을 이수하면 학계에서 선교학 학점을 인정받는다. 예일 신학교(Yale School of Theology)가 매우 가까이 있어서 엄청난 선교의 보고인 도서관을 이용할 수 있어 공부와 연구에 좋은 환경이었다.

나는 예일 신학교 채플 시간과 음악 예배 시간에 참여했는데, 그들의 성가들은 4성의 화음, 영혼의 울림이 천상의 소리로 들렸다.

나는 노트북 컴퓨터를 가지고 가지 않아 연락 관계와 작품 소통에 불편함과 후회함이 마음자락을 흔들었으나 틈틈이 동양화 그림 스케치도 했고, OMSC 공부 시간과 모임에서, 한인교회들에서, 미국 교회 예배에서 특송을 하여 함께 은혜를 나누었던 것은 기쁨이고 보람이었으며, 해외 선교사들과 함께 호흡하고 선교학을 배우고 우수한 학자들과 교류하고 친교를 나눈 뿌듯한 시간들은 잊을 수 없는 큰 수확으로 남아 눈 안 가득 들어온다.

속삭인 환한 감성 온누리 그려 넣고
정담 속 맑은 눈빛 올곧게 선율 타서
선교의 향긋한 열정 세계 향해 펼친다.

- 졸시조 <OMSC> 전문

미국 동부지역 4박 5일의 행복한 여행

　실바람을 호흡하며 남편과 함께 미국 뉴헤이븐 OMSC에 비치되어 있는 'Explore America(미국을 탐색하라)'를 흥미롭게 펼쳐 봤다. 미국 자동차협회에 속한 수십 명이 협력하여 미국의 명승지들과 경치들을 설명하여 편집된 알차고 호화로운 책이었다.

　미국은 과연 장려함(Grandniss)과 다양성(Variety)의 나라였다. 그림을 보는 것만으로 만족해하고 있었던 우리에게 뜻밖의 행운의 낭보가 들려왔다.

　우리가 뉴헤이븐 OMSC에 있다는 말을 들은 보스턴에 사는 홍경애님이 4박 5일의 여행을 시켜 주겠다고 알려왔다. 며칠 전에도 여러 시간 걸려 뉴욕까지 가서 우리에게 필요한 식품들을 사다 주어서 고맙고 미안했는데, 여행이라니 우리로서는 금상첨화라고나 할까.

　홍경애님은 의사인 남편의 일터인 테네시 주 차타누가에 살면서 아들 문은배 목사가 목회하고 있는 교회의 교인으로 학생들 교육 분야에 두 내외가 헌신 봉사했다. 지금은 형편에 따라 보스턴에서 시어머님과 자녀들을 돌보고 있었다.

약속된 여행 날짜에 홍경애님은 자기의 튼튼한 차를 가지고 우리에게 왔다.

"이번 여행은 저에게 맡기고 제가 하는 대로 따라만 주세요."

그리고는 우리를 태우고 3시간 달려 항구 도시인 하이에니스(Hyannis Port)에 왔다. 홍경애님은 한국에서 대학 1년을 마치고 미국에서 근 40년을 살아온 터라 영어도 능통했다. 여행도상에 우리에게 예쁜 맑은 음성으로 실감나게 설명들을 잘해주었다.

미리 예약해 놓은 해변가 전망 좋은 호텔방은 넓고 깨끗했으며 화장실은 안방처럼 넓었다. 성수기 이전이라 비교적 싼 가격이라고 했다.

우리에게 특별히 항구를 바라볼 수 있는 해변 식당에 데려갔는데 랍스터를 사 주었다. 예쁜 타원형 접시 안에 파란 브로커리 위에 빨강 랍스터가 기어가듯 맛깔스럽게 얹혀 있고 옥수수도 함께 곁들여 있었다. 해물 숩과 랍스터의 쫀득쫀득한 맛은 천하 일미였다.

우리는 식당을 나와서 배들이 정착해 있는 해변을 걸으며, 절로 흘러나오는 한국의 가곡을 불러보기도 했다.

홍경애님은 우리를 차에 태우고 조금 떨어져 있는 '케네디 공원(John F. Kennedy Park)'으로 데려갔다.

Hyannis 항구를 바라보며 공원을 거닐던 중 놀랍고 반가운 동상을 보았다. 오른손에 총을 들고 철모를 쓴 군인이 뛰어가는 모습이었고 아래 대리석면에 우리나라 지도가 38선을 중심하여 절반으로 나누어져 있었다.

지도 아래쪽에는 비석 세운 기념 날짜가(DEDICATION DATE JUNE 25 2000) 쓰여 있었으며, 무엇보다도 나의 심금을 울리고 숙연하게 했던 한반도 지도 위에 새겨진 글귀는 FREEDOM IS NOT FREE 이었다.

필자의 해석으로는 자유는 그저 공짜로 얻어진 것이 아니라는 뜻으로 이해를 하면서 미국의 군인들이 한국을 위해 얼마나 희생했는지 쩡한 고마움의 전율을 느꼈다.

공원 구경을 마친 후 홍경애님은 숙소에 와서 우리에게 말했다.

"내일은 자유롭게 이곳 바닷가 공원에서 하루 지내세요."

그러면서 정성 다해 준비해 온 음식들을 냉장고에 넣어 주고 볼 만한 책들도 가져와서 주고, 한 시간 반 걸린 보스턴 자기 집으로 돌아가는 뒷모습은 아름다운 향기가 풍겨 마음이 쩡했다.

다음날 우리는 온종일 방에서 독서하며 지내다, 해 질 무렵 호텔 가까이 있는 해변을 산책했다.

홍경애님은 우리가 머무는 곳에 다시 와서 낸터켙(Nantuket) 섬으로 가는 배를 타자고 했다. 부두에는 그곳에 가려는 사람들로 붐볐고, 우리도 선상에 올랐다.

밀려오는 해풍의 향을 만끽하며 뱃길 뒤 흰 물결의 파도는 은빛 나래로 반짝였다. 낸터   은 미국의 정치인들이 즐겨 찾는 휴양지라고 했다.

선상에서 홍경애님이 정성 들여 준비해 온 도시락과 음식들을 즐기면서 대화를 나누다 보니 어느새 바다 위에 건물들이 즐비하게 떠있는 아름다운 낸터   선착장에 도착했다.

이곳은 구경할 곳들이 있다고 했지만 우리는 시간이 없어 고래 박물관(WHALING MUSEUM)에만 들렀다. 천정에 걸려 있는 거대한 고래 박제를 보았던 것은 실로 놀랍도록 인상적이었다.

고래머리에서 채취한 기름이 아주 귀하고 비싼 것이어서 선원 중 체구가 작은 사람이 고래 입속에 들어가서 머리의 기름을 빼낸다고 했다. 과거에 어렵고 모험적이었던 고래잡이의 삶을 비춰 주는 영상도 관람했고, 맑은 크고 작은 유리병 속에 노랗게 된 고래 기름이 진열되어 있는 것도 보았다.

이 고래잡이 삶을 나타낸 소설이 있었다.

1800년대의 작가 헬만 메르빌(Herman Melville)에 의한 모비딕 (Moby-Dick) 작품은 미국의 고전(classic)에 속한다고 했다.

그의 걸작인 Moby-Dick은 항해에 대한 위대한 미국 작품이다. 흰 고래 사냥은 옛 신화의 힘을 설득력 있게 나타냈다.

의식적으로 무의식적으로, 많은 자료들에 의존하면서 Moby-Dick은 토착 미국인의 전설들과 과거 개척시대의 터무니없는 믿기 어려운 이야기들과 성경적인 언급들을 가진 사냥 이야기들과, 성스러운 익살과 홍취로 특징지어지는 음란 문학과, 셰익스피어의 시가들과, 항해자의 이야기들 및 찬가들과 동양 철학과, 청교도의 설교들과, 고래잡이 지식과 철학적인 명상과, 그리고 영적인 숙고들을 합쳐 놓은 것인데 이러한 모든 것에 덧붙여, Moby-Dick은 하나의 다문화적인 아슬아슬하고 위험한 항해 이야기이다.

아름다운 섬 낸터 을 뒤로하고 하이에니스로 다시 왔다. 케네디가(家) 사람들이 함께 모여 별장으로 사용했다는 해변에 있는 빨갛고 흰 건물들은 출입금지여서 가까이에서 바라만 보았다.

다운타운에 있는 케네디 대통령 박물관을 찾아 전시되어 있는 수집품들을 구경했다. 케네디의 부친은 아일랜드 출신으로 미국에서 거부가 되었고 정치적인 야망도 대단했다. 아버지의 이런 거대한 재산과 기대에 힘입어 케네디는 젊은 나이에 대통령이 되었다.

녹음으로 흘러나온 그의 취임연설에서, '여러분의 정부가 여러분을 위해 무엇을 할 수 있는지를 기대하지 말고, 여러분이 여러분의 정부를 위해 무엇을 할 수 있는가를 생각하십시오'했는데 그 연설은 강력하고도 설득력 있는 언어 구사였다. 야망에 차고 화려한 이력을 가진 그가 암살당했음을 아쉬워했으며, 인생의 무상함을 새삼 느끼게 했다.

우리는 보스턴을 향해 달렸다. 청교도들이 도착했다는 플리머스(Plymouth) 항구를 찾았다.

바닷가 돌비에는 1620년이라고 적혀 있었는데 이것은 도착했던 해인지, 아니면 옥스퍼드 사전(The Oxford English Reference Dictionary)에 따른 출발했던 해인지 나는 지금도 아리송하기만 하다. 청교도들을 태우고 출발했던 메이플라워(Mayflower) 모형의 배는 우리가 조금 이른 시기에 가서 전시된 배를 볼 수 없었으나, 배가 도착했던 장소만 목격하고, 주변의 언덕 위 마을들이 아름답게 형성되어 있는 것을 보았다.

드넓은 항구에 소나무 한 그루 바다를 향해 몸을 뉘어 수평선 멀리 줄지어 날아온 갈매기들과 눈길을 마주하고 있었다.

우리는 저녁이 되어 홍경애님의 집에 갔다. 시어머님을 뵈었고 중학생 예쁜 딸도 만났으며 정성 들여 차려준 식사를 하고 있었을 때 남편 백형기 의사가 도착했다. 그는 주말이어서 멀리 근무지인 차타누가로부터 애틀랜타에서 비행기를 타고 보스턴 집에 왔다.

우리는 오랜만에 서로 반갑게 만났으며 이야기를 나눈 후 예약해 놓은 호텔에 우리를 데려다주었다.

다음날 백형기 의사는 그의 고향과 같은 보스턴 도시를 우리가 보고 싶어하는 곳들로 잘 구경시켜 주었다.

남편 문 목사의 제안에 따라 하버드대 신학대학과, 그의 아버지가 오랫동안 근무했다는 중국, 일본, 한국 도서들을 소장하고 있는 옌칭 도서관을 둘러보았고, 오바마 대통령 내외가 공부했다는 하버드대 법학대학과, 그리고 하버드 대학교 Yard 건물 앞에 세워진 이 학교 설립자인 존 하버드 동상을 구경시켜 주었다.

그런데 재미있는 것은 그 동상의 발을 만지면 하버드대학교에 입학할 수 있다는 미신과 같은 말을 믿고 얼마나 많은 사람들이 만졌던지 왼쪽 발 구두의 앞부분이 닳아져서 반들반들 빛이 나 있었다. 지나간 관광객들이 만져 보고 사진도 찍는 것을 보고 나도 그들을 따라 웃으면서 한번 만져 보고 사진도 한 컷 담았다.

특별히 남편 문 목사는 마틴 루터 킹 목사가 신학을 공부하고 Ph.D 학위를 받았던 보스턴대학교 신학대학에 가 보자고 했다.

학교 앞에는 대학 교회가 있었고 그의 조각상이 있었다. 그는 천부적인 연설가였을 뿐만 아니라 그의 줄기찬 흑인 민권 운동으로도 유명하여 젊은 나이에 노벨 평화상을 받았고 미국에서는 그의 출생일을 기념하여 연방정부 휴일로 지키고 있다.

우리는 MIT 공과대학 거리를 비롯하여 보스턴 시내를 드라이브 했다. 미국에서 가장 오래된 도시의 고전미와 현대의 산뜻한 미가 어울려 아름다움을 이룬 도시였다.

오후에는 홍경애님이 우리를 안내하여 랄프 왈도 에머슨(Ralph Waldo Emerson 1803-1882) 생가를 찾았다. 아마도 미국에서 가장 잘 알려진 사상가인 에머슨은 19세기 미국 사상들의 부흥을 이끌었다. 사회에서의 개인의 고유한 영역과 모든 삶의 상호관계의 성스러움과 개별적인 사람의 고도의 잠재력을 실현하기 위한 탐색을 추구했다. 그는 실용주의자 및 이상주의자이며, 다작의 작가이며, 대중 강의자 및 시인이었다.

에머슨은 마사추세스 주 Concord에 있는 그의 집에서 성년 생활의 대부분을 살았다. 그곳에서 그는 '자기 의존과 미국의 학자 (Self-Reliance and The American Scholar)'와 같은 잘 알려진 수필들을 썼다. 브라운손 알코트(Bronson alcott)와 핸리 쏘로우(Henry D. Thoreau)와 마가렛 풀러(Margaret Fuller)와 그리고 다른 사람들과의 우정을 위해 주의를 기울여 마음을 썼다.

그는 도덕적인 특성과, 영적인 통찰과, 교육과, 정치적인 권력 및 개혁과, 예술 및 과학과, 사회 질서에 대한 강의들을 하기 위해 미국과 유럽 전역을 여행했는데, 안내자는 에머슨이 여행할 때는 손잡이가 달린 책장을 가지고 다녔다고 하며 보여 주었다. 그의 후년의 삶에 있어서 그는 노예직의 철폐를 열렬히 옹호했다.

우리는 에머슨의 집 가까이에 있었던 그의 막역한 친구인 헤밀톤 집에 들러서 그의 독특한 교육관에 대해서와 특별히 그의 막내딸의 작품인 '작은 아씨들'에 대해 들었다.

그가 살았던 집안을 둘러보는 중 신기하게 봤던 것은 부엌 싱크대 바로 옆에 샘(우물)이 있는 것이었다. 샘을 중심하여 부엌을 만들고 집을 지었다고 했다. 이것은 헤밀톤의 아내에 대한 지극한 사랑의 배려였다. 호기심에 나도 그 샘물을 한 그릇 떠보았다.

우리는 왈덴 폰드(Walden Pond)에 왔다.

이곳에는 핸리 쏘로우(Henry D. Thoreau)가 살았던 움막집이 있었고 주위에 그의 동상과 가까이에 큰 연못이 있었다. 순수한 자연을 그리며 작품을 쓰고 자연과 함께 생활하면서 살았다. 이곳은 그의 책 'Walden'을 쓰는데 영감을 주었던 곳이다.

왈덴 연못은 이른 봄인데 아이들을 데려와 수영하는 분들도 있었다. 하이킹으로 사용되는 3백 에이커 이상의 공원으로 아름다웠다. 그는 하버드 대학을 나온 작가이며, 철학자이며, 자연주의자로 연못 부근에 손수 지었던 조그만 움막에서 2년 이상을 살았다고 한다. 움막 안에는 자기가 만든 일인용 침대, 책상, 의자, 밥 지을 난로 그것이 전부였다. 집 주위에 키가 작은 그의 동상이 세워져 있어 팔을 안고 함께 사진도 한 컷 담았다.

2017년 7월 12일 그의 탄생 200주년을 기념했다. 그는 문학과 환경과 사회정의의 분야에서 공헌했다.

쏘로가 1854년에 말했다는 '단순화 하라, 단순화 하라(Simplify, simplify)', 그리고 그의 다른 말은 '단순히 선하게 되지 말고, 어떤 것을 위하여 선하게 되라(Be not simply good; be good for somting.)'는 말은 현대를 사는 우리에게도 귀 기울여야 할 말이다.

우리는 홍경애님의 딸이 다닌 고등학교를 방문했는데, 그 학교는 철저하게 교육 시키는 기숙학교였으며 대학교 이상으로 학비가 드는 특수한 고등학교였다. 미국에도 이와 같은 학교들이 있는 것을 새롭게 알았다.

주일에는 홍경애님이 출석하는 한인감리교회에서 예배드린 후 한 시간 반의 운전으로 우리를 뉴헤이븐의 숙소까지 데려다주었다. 가는 곳마다 기념이 될 만한 기념품도 사 주었고, 사진도 정성스럽게 앨범에 모두 담아 선물로 주었다.

홍경애님은 미국 대학에서 천문학을 전공하였으며 1남 3녀의 어머니로 50대가 되어 하버드대 대학원에 진학하여 5년에 걸쳐 모든 과정을 마치고 수학 교육과로 석사학위를 받았다고 했다.

그 집념과 열성과 도전 정신을 우리는 귀하게 생각했다. 물심 양면으로 빈틈없이 우리에게 베푼 친절과 사랑의 마음을 두고두고 잊지 못할 것이다.

가슴에 듬뿍 안은 신비론 전율 자락
꿈 물결 진한 향기 촉촉이 스며들고
속삭인 맘자락 위에 환한 감성 설렌다.

– 졸시조 <행복한 여행> 전문

전혜성 박사님을 찾아서

벚꽃이 피어날 무렵, 미국 코네티컷트주 뉴헤이븐에 있는 OMSC를 다시 찾았다. 전에 몇 차례 오가며 뵈었던 전혜성 박사님을 만나 뵙기를 원했으나, 세월이 많이 흘러 주소나 전화번호도 알 수 없는 상태여서 막연했다.

주일에 코네티컷 한인교회 예배에 참석한 후 서미자 권사님과 이야기를 나누게 되었다. 남편 문 목사는 권사님에게 물었다.

"권사님, 이곳 미국에서 몇 년 동안 살고 계세요?"

"저는 이곳 뉴헤이븐에서 40년을 넘게 살고 있습니다."

"아, 그러면 혹시 전혜성 박사님을 알고 계십니까?"

"그럼요. 알다뿐이겠어요. 저와 친척 관계입니다. 지금 Whithey Center에 거주하고 있어요. 그곳 휘드니 센터는 살기에 아주 편리해요. 돈 많은 나이든 분들이 사는 곳인데 그곳에 입주하기가 보통 어려운 곳이 아닙니다."

나는 박사님이 생존하여 계신 것만으로도 만난 듯 기뻤고, 그 온유하고 따스한 인품이 나를 감쌌다.

"그러면 우리가 뵙고 싶다고 연락해 주실 수 있겠어요?"

"그럼요. 매우 기뻐하실 것입니다."

다음날 우리에게 연락이 왔다. 전 박사님이 살고 있는 휘드니 센터 내에 있는 식당에서 저녁 식사를 함께 하자고 했다.

서 권사님은 우리와 함께 그곳으로 갔다. 휘드니 센터 주위에는 연둣빛 나무들로 둘러싸여 있고 아름다운 건물 안에는 도서관과 편리한 시설들이 잘 갖추어 있었는데 특별히 실내에 은행까지 있는 것을 보고 놀랐다.

약속한 시간이 되어, 박사님은 하얀 바지에 빨강 재킷을 입고 주황색 머플러를 목에 걸친, 88세의 연세임에도 머리만 은발이었을 뿐 여전히 해맑은 소녀의 모습이었다.

우리 네 사람은 함께 식탁에 둘러앉아 음식을 나누며 이야기꽃을 피웠다.

전 박사님은 6남매를 모두 훌륭하게 교육 시킨 모범 사례로 알려진 유명한 분이다. 자녀들에 대해서는 국내외에 이미 소개되었는데, 아들이 법대로는 최고 명문(名門)인 예일대 법대 학장으로, 따님이 예일대 법대 교수로 재직 중인 것은 자랑스러운 일이고, 클린턴 대통령 정부에서 두 아들이 국무성 차관으로, 보건성 차관으로 임명되어 근무했던 것은 괄목할 만한 일이었다.

식사 후 우리는 전 박사님의 사무실로 자리를 옮겨 대화를 계속 나누었다.

전 박사님은 환한 표정에 미소 지으며 말을 이었다.

"사람들은 자녀들에 대한 글은 많이 쓰지만, 나에 대해서는 별로 안 써요. 호호호."

우리도 따라서 한바탕 웃음의 꽃을 피웠다.

사실상 전 박사님 자신에 대한 생애와 업적을 아는 것은 더욱더 중요하고 흥미로운 일이다.

1989년 6월 3일 박사님의 60회 회갑을 맞이하여 자녀들과 지인들이 박사님의 삶을 회고하며 축하하는 성대한 잔치를 베풀었다고 했다.

<동암 전혜성 박사 회갑기념 수필집>에는 전 박사님이 어떤 분인가를 여러 사람들의 글을 통해 알 수 있었다.

1929년 6월 3일에 서울에서 출생하였고, 아버지 전항섭씨는 국제 제약회사 회장으로 외국을 자주 드나들었다.

전혜성은 어렸을 때부터 총명하였고, 경기여고를 나와 이화여대에서 영어와 한국 문학을 2년 공부한 후, 1948년 19세에 교환학생으로 미국 디킨슨(Dickinson)대학에 유학했다. 공부도 매우 잘 했고 우아하였으며 또 다른 사람에게 사랑과 친절을 베푸는 매우 뛰어난 인물이어서, 많은 사람들에게서 칭송을 받았다.

남편 고광림은 서울대 법대 교수로 재직하다가 미국에 유학 와서 전혜성을 만나 결혼했다. 그는 미국에서 박사학위 2개를 취득한 학구파로 한국 정부로부터 미국 특명 전권 공사(대사)로 임명을 받아 나라를 위해 활동했고, 그 후 미국에서 교수로 봉직했으며 전 박사의 회갑이 지난 후 몇 개월 지나 별세했다.

전 박사님에게 특별한 것은 결혼 후 자녀들 교육을 훌륭하게 양육한 어머니로, 가정주부로, 동시에 2가지 파트타임으로 일을 하면서 그 자신이 꾸준히 공부를 계속하여, 보스턴 대학교로부터 1959년에 사회학과 인류학 분야에서 Ph. D 학위를 받았다.

박사님은 학문 외에도 한국화를 잘 그렸고, 그 그림들이 사무실 앞 복도에 걸려 있는 산수화들은 한국을 보여 주는 것 같았다.

미국에서 오래 살면서 한국 문화와 전통적인 가치들을 미국에, 또 미국 문화를 한국에 소개하려고 '동암 연구소'를 설립하고 운영해 왔다. 국가 간의 경계를 넘어 다문화의 이해를 추구하고, 상극의 융합을 중시했다.

박사님은 미국에서도 매우 드문 '저명인사'상, 한국에서는 총리

상, 이화여대 명예 졸업장, 제주도 열녀 김만득 상도 받았는데, 상 받으면서 한국의 고유한 의상, 머리에 쓴 쪽두리와 한복차림이 잘 어울리는 화려한 사진도 벽에 걸려 있었다.

박사님은 그동안 일해 왔던 '동암 연구소' 건물을 개조해서 그의 큰 업적이 될 '한국 문화 박물관(Korean Culture Museum)'을 개관하려고 준비 중에 있다면서 조감도를 보여 주었다.

사랑스런 아내로, 자애로운 어머니로, 학자로, 교사로 일하는 바쁜 와중에서도 다른 사람들에게 마음과 가정을 오픈(Open)하고 교회에서나 사회에서 친절한 친구와 이웃으로 살아왔다. 박사님의 삶과 업적에 대해 쓸 것은 많지만 지면상 일일이 열거할 수 없어 유감이다.

나는 남편의 권유로 박사님을 위해 성가 2곡과 가곡을 불렀는데 기쁜 표정 소롯이 나를 꼭 껴안아 토닥거려 주었고, 박사님이 출석하는 교회 목사님에게 즉석에서 추천하여 미국교회에서 특송을 하기도 했다.

온유한 너른 가슴 지혜로 감싸 돌고
해학의 해돋이로 뜨겁게 저민 가슴
끝없는 열정 껴안고 꿈길 향해 날은다.

– 졸시조 <전혜성 박사님을 찾아서> 전문

예일에서의 알파(ALPHA at YALE)

    수선화가 뾰족하게 머리 내민 늦은 봄, 쌀쌀한 바람은 아직도 겨울을 벗어나지 못하고 눈발을 몰고 다녔다. 눈을 맞으며 OMSC 사무실에 다녀온 남편은 모자를 벗으며 말했다.

    "매주 목요일 6시 30분에 4회에 걸쳐 성경 공부와 토론 모임이 있는데 참석해 봅시다."

    우리가 거주하는 OMSC 입구 벽에 붙어 있는 그 광고를 나도 보았다.

    "자동차도 없고 장소도 확실히 모르는데 이 모임은 포기하는 것이 좋겠는데요."

    토론을 좋아하는 남편은 프로그램이 어떻게 진행되는지 참석해 보는 것도 좋을 것 같다며 나를 설득했다.

    말레이시아에서 온 OMSC 직원에게 주소를 보이면서 차편을 부탁했다. 겸손하고 성실한 그는 흔쾌히 "OK"하며 응해 주었다. 친절한 그 음성은 은쟁반에 옥구슬로 들렸다. 고마웠다.

    오랜 역사를 말해 주듯 길가의 아름드리 큰 고목들은 잎을 기다린 듯 잔가지들이 요염히 바람결에 한들거렸다. 운전을 하고 가는 오른쪽 길가에 '코리아 치킨'이란 식당을 손가락으로 가리키며 말했다.

"코리아 음식이 맛이 좋아 나도 이곳에 자주 갑니다."

하며 미소 지으니, 나 역시 곧 튀긴 따끈한 닭다리 생각에 군침이 돌았다.

예일대 신과대학은 가까운 인근에 있었으나 의과대학은 생각보다는 조금 멀기도 했다. 앞에 보이는 빨간 벽돌색 건물이 의과대학이라며 치생은 차를 멈추었다.

"파란 색깔이 둘러있는 예일 버스를 이곳에서 타면 OMSC 건물 앞에서 정차하니 끝나고 밤길 조심해서 오세요."

우리가 나이도 있고 외국인이어서 염려가 된 모양이었다. 그는 친절하게 우리에게 돌아오는 길도 알려주고, 살포시 구름이 지나가듯 자동차들 사이로 사라졌다.

높고 넓은 큰 문을 열고 들어섰다. 하얀색 정복을 입은 40대로 보이는 남성 안내자는 몸집이 뚱뚱해서인지 앉아서 큰 눈만 껌벅이며 바라보고 있었다.

장소와 방향을 묻는 우리에게 일어서지도 않고 왼쪽으로 시선을 돌려 가리킬 때, 마침 중국인 연구원이 지나가다가 우리를 예일대 의과대학 조그만 홀로 안내해 주었다.

참석자들은 소수였으나 정성껏 차린 뷔페 음식을 나누었다. 나는 붉고 푸른 야채 볶음에 눈이 멈추었고 이것저것 접시에 담고 보니 소복한 꽃동산이 되었다.

저녁식사 후 둘러앉아 각자 자기 소개를 했다.

예일 대학에 있는 국제학생들과 학자들을 대상으로 한 모임이므로 예일대학 내에 있는 분들은 물론 밖에 있는 교수들도 참석했다. 이 모임을 주관하고 인도한 분은 예일대학에서 종교 활동을 하는 닥터 앤드루 커닝함(Dr. Andrew Cunningham) 목사였다.

커잉함 목사는 키도 크고 인물도 훤칠한 분으로 아프리카 지역에서 선교사로, 벨지움에서 신학교 교수로, 예일 대학에서 20년 이상 선교 활동을 하고 있는 매우 친절하고 겸손한 분이었다.

우리는 먼저 성경 공부와 토론에 관련된 예수 그리스도에 관한 영상을 본 후 토론에 들어갔다.

첫째 질문은 '나는 왜 태어났는가?'에 대해서 참석자들이 돌아가며 대답하는 시간으로 각자 생각나는 대로 어떤 말이든지 할 수 있었다.

나는 "나는 우연히 태어난 것이 아니고 하나님의 뜻에 따라 태어났으며, 부모님을 통해 세상에 왔다."고 했다.

두 번째 질문은 '나의 삶은 어떤 목적이 있는가? 만약 그렇다면 그것은 무엇인가?'였다.

그 질문에는 "이 땅에서 내가 해야 할 사명, 한 가정을 이루고 자녀들을 양육하고 자녀들이 하나님과 사회를 위하여 일하게 하는 목적이지요. 내 자신 역시 선교사로 일했던 보람, 은퇴 후에는 취미 생활로 그림도 그리고 문학반에서 작품도 쓰며 성악 활동도 하는 즐거운 삶이며, 결국 하나님을 영화롭게 하고 그를 즐거워하는 것입니다."라고 했다.

셋째 질문은 '나는 무엇을 가장 두려워하는가? 왜?'이다.

갑자기 '죄의 삯은 사망이라'는 성경 구절이 뇌리에 스쳐갔다.

그래서 "죄는 마음의 고통을 동반한 두려움이고 질병은 육신의 아픔과 고통으로 사망에 이르는 두려움이라"고 말했다.

넷째 질문은 '왜 하나님이 존재 하시는가?'였다.

나는 "만약 하나님이 계시지 않는다면 우리의 삶은 허무로 끝난다. 하나님이 천지 만물을 지으시고 사람들을 사랑하여 궁극엔 독생자까지 주셔서 구속의 은총을 주시기 위해 존재한다. '하나님이 모든 것을 지으시되 때를 따라 아름답게 하셨고 또 사람들에게는 영원을 사모하는 마음을 주셨다. 그러나 하나님이 하시는 일의 시종을 사람으로 측량할 수 없게 하셨도다.'" 전도서 3:11절의 말씀을 대신했다.

알파코스 2번째 모임이었다
첫 시간과 다른 예수님에 관한 영상을 보았다
첫 질문은 '예수는 누구라고 주장하는가?'였다.
"예수님은 우리의 구속자라고 주장합니다."
다음 질문은 '예수는 특별한 인물이나 또는 위대한 도덕적 교사보다 그 이상이었는가?'였다.
"물론, 예수님은 삼위일체 하나님이며 흠이 없는 분으로 그 이상이었지요."
이어서 '예수가 사셨던 사실은 여러분에게 어떤 차이를 만드는가?'를 물었다.
"시련이 와도 소망 중에 인내하며 즐거워할 수 있어요."
또 '여러분은 예수의 모범을 본받거나 혹은 따를 만한 가치가 있다고 생각하는가?' 물었다.
"인자가 온 것은 섬김을 받으려 함이 아니라 도리어 섬기려 하고 자기 목숨을 많은 사람의 대속물로 주려고 했기에 따라야 합니다."(막 10:45)라고 성경 말씀을 인용하여 말했다.
대체로 이런 질문과 대답을 주고받았다.
두 번째 만남이어서인지 서로 마음으로 통하여 얘기하는 분위기가 한결 부드러웠다.

세 번째 모임 주제는, '예수님은 왜 죽으셨는가? 예수님의 죽음과 공자님의 죽음, 석가모니의 죽음 차이는 무엇인가?'였다.
"공자님과 석가모니의 죽음은 성인의 죽음으로써 우리가 본받을 만한 죽음인 반면에 예수님의 죽음은 십자가를 지심으로 우리 인간의 죄를 대속하여 주신 거룩한 죽음이며 속죄의 죽음이고 구원의 죽음으로 천국의 소망을 주는 것의 차이가 다르다."

이어서 '예수님의 죽음은 무엇을 성취하였는가? 그는 그의 목적을 성취했는가?'를 물었다.

"예수님은 사망의 권세를 이기시고 부활하셨고 인간 구원의 구속자로 그 목적을 성취하셨다."

다시 '여러분은 죄 문제를 처리하기 위해서 어떻게 노력해 왔는가? 여러분은 성공하는가? 인류는 성공하는가? 왜 혹은 왜 그렇지 못한가?'라고 물었다.

"우리는 죄의 문제를 해결하기 위하여 우리 자신이 노력했다. 그러나 우리 자신도 인류도 성공하지 못했다. 우리 자신이 죄인이기 때문이다."

또 '여러분은 예수님이 여러분을 위하여 무엇을 했다고 생각하는가?'라고 물었다.

"예수님은 죄 없는 하나님의 아들로서 우리 죄를 대신하여 십자가상에서 죽으셨다. 우리가 아직 죄인 되었을 때에 그리스도께서 우리에 대한 자기의 사랑을 확증하셨느니라. (롬 5:8)"

마지막 네 번째 모임은 우리가 다른 여행 계획이 있었으므로 우리 옆 룸(room)에 사는 알파 모임 참석자에게서 무슨 주제였는지 알게 되었다.

네 번째 모임 주제는 '나는 왜? 그리고 어떻게 성경을 읽어야 하는가?'였다.

내 생각은 "모든 성경은 하나님의 감동으로 되는 것으로 교훈과 책망과 바르게 함과 의로 교육하기에 유익하니 이는 하나님의 사람으로 온전하게 하며 모든 선한 일을 행할 능력을 갖추게 하려 함이라."(딤후 3:16~17)라고 대답했을 것이다.

참석자들 모두 진지한 토론이 진행되었고, 서로를 위한 기도 시간도 가졌다.

나는 광고만 보고 영어도 자유롭지 못해서 참석하지 않으려고 했으나 남편의 강권으로 참석해서 토론하며 좋은 친교가 되어 결국은 참석하길 잘했다 싶었다.

함께 참석했던 한 아프리카인 교수, 매번 오갈 때마다 우리가 묵는 숙소에 차로 라이드(ride)를 해 준 디모데 교수에게 감사 표시를 전하고 명함을 주며 한국에 오면 우리에게 꼭 연락을 달라고 했다. 그는 기뻐하면서 그 명함을 소중히 챙겨 호주머니에 넣었다.

모임 때마다 나는 특송을 하여 분위기를 한결 부드럽게 하고 고조시킴으로 강사님은 놀랍다(miraculous)고 칭찬을 하며 기뻐했을 때 보람도 느꼈다.

성공적인 나이 듦에 대하여

싱그런 봄날 주일에 한인교회 예배에 참석했다. 광고시간에 성공적인 나이 듦에 대한 강의가 있다고 했다.

나이 든 입장에서 그 제목이 나에게 호기심을 유발시켰다.

남편과 함께 OMSC 직원의 도움을 받아 그 장소에 갔다. 이 강의에 관심을 가진 사람들이 모여왔다.

강사는 John Dunlop 박사였는데 존스 합킨스 대학교 의과대학 출신으로 예일(Yale) 의과대학에 출강하는 교수이며, 기독교적인 입장에서 좋은 책들을 출판했던 저자이기도 했다.

〈하나님의 영광을 위하여 잘 마감하기(Finishing Well to the Glory of God)〉, 〈하나님의 영광을 위하여 잘 살기(Wellness for the Glory of God)〉, 그리고 그의 최근의 저서인 〈치매를 직면해서 은혜를 발견하기(Finding grace in the Face of Dementia)〉의 책들이었다.

이 책들은 강의실 입구 테이블 위에 놓여 있었다. 평소에 책에 관심이 많은 남편은 책 앞으로 가서 〈치매를 직면해서 은혜를 발견하기(Finding grace in the Face of Dementia)〉란 책을 들고 사겠다고 했다.

"시력도 안 좋은데 또 책을 산다구요."

"책이 제목도 흥미롭고, 두껍지 않아서 우리말로 번역하면 좋을 것 같아서……."

강의 후에 강사인 저자로부터 번역 허락을 얻고 한국에 왔다. 그후 저자로부터 이메일을 받았는데, 다른 출판사에서 그 책을 이미 번역 중에 있다고 알려왔다. 우리는 그 책이 한국에서 잘 출판되기를 바라고 있다.

존 던롭 박사는 신자들로 하여금 하나님을 영화롭게 하면서 그들의 신앙과 일치한 노년의 삶을 잘 살도록 돕는데 깊은 관심을 가진 분이다.

우리가 들은 강의는 세 가지 큰 타이틀이었다.

제1강의는, 〈잘 머물러 지내기: 성공적인 나이 들어감(Staying Well: Successful Aging)〉.

제2강의는, 〈나이 들어감의 도전들을 통하여 하나님을 영화롭게 하기(Glorifying God through the Challenges of Aging)〉.

제3강의는, 〈잘 끝내기: 하나님이 우리를 본향으로 부르실 때 예수 안에서 안식하기(Finishing Well: Resting in Jesus When God Calls Us Home)〉.

여기서는 제1강의의 내용을 요약 정리하고 다음에 제2강의와 제3강의를 소개하려고 한다.

강사님은 아담한 체구에 검정색 정장을 입고 빙그레 웃으며 '굿모닝!'하며 강의를 시작했다.

제 1강의에서 강사는 7가지 소제목으로 설명했다.

잘 지냄이란 무엇을 의미하는가?

육체적으로, 정신적으로, 사회적으로, 재정적으로, 영적으로,

정서적으로 잘 지냄을 말했다.

강사는 이 소제목들에 대해 구체적이며 세밀하게 잘 설명했는데 이 지면에 그의 명강의를 모두 기록할 수는 없고, 그 요지만 간단히 설명하고자 한다.

이 세상에서 잘 산다는 것은, 단순히 평화롭게 산다는 것만을 의미하는 것이 아니고 쉐마(Shema)를 실천하는 것이란다.

"이스라엘아, 들으라. 우리 하나님 여호와는 오직 유일한 여호와이시니 너는 마음을 다하고 뜻을 다하고 힘을 다하여 네 하나님 여호와를 사랑하라"(신 6:4~5)

잘 산다는 것은 하나님의 정하신 목적을 따라 삶의 모든 영역들을 경험하는 그런 복된 상태인 것이지요.

"내 이름으로 불려지는 모든 자, 곧 내가 내 영광을 위하여 창조한 자를 오게 하라. 그를 내가 지었고 그를 내가 만들었느니라" (사 43:7)

우리의 목적인 하나님의 영광을 만드는 결정적인 결과들은 무엇인가를 살펴보면, 우리에게 다가오는 염려에서 자유롭게 된다는 것이고, 우리는 공허가 아닌 충만함 가운데서 행한다는 것이다.

우리는 우리 자신들보다 훨씬 더 큰 우리 자신의 충만함과 기쁨에 대한 원천에 잇대어 있으며, 우리는 열정이 충전되며, 영원한 목적을 발견하며, 우리의 적소를 발견하며 만족을 느낀다고 했다.

또한 우리의 삶은 영원한 사랑의 강한 영향력을 갖는다. 시편 90:17은 나이 들어감에 대한 한 시이다.

"주 우리 하나님의 은총을 우리에게 내리게 하사 우리의 손이 행한 일을 우리에게 견고하게 하소서……."

강사는 이마를 들어 큰 눈을 동그랗게 돌리며 열심히 강의를 진행했다.

육체적으로 잘 지내는 것은 건강하게 잘 사는 것이라며 톤을 올렸다.

"너희 몸은 너희가 하나님께로부터 받은 바 너희 가운데 계신 성령의 전인 줄을 알지 못하느냐. 너희는 너희 자신의 것이 아니다."(고전 6:19)

몸을 잘 유지하기 위해서는 음식과 운동과 휴식과 잘 자는 것과 의학적인 돌봄이 필요하지요. 강사님의 맑은 음성은 홀 안을 가득 채웠다.

정신적으로 잘 됨이란 어떤 것인지 머리를 쓰다듬으며 말을 이었다.

뇌기능의 영역들을 잘 활용함이고, 기억과 배우기, 말과 언어, 문제를 해결하는 것을 포함한 지성, 판단, 근육의 힘과 통합, 주의력을 유지하기, 감정, 인격 등을 말했다. 여러 가지 종류의 기억인데 즉시적인 기억, 최근의 기억, 장기적인 기억, 감정적인 기억, 절차적인 기억이란다.

정신적인 악화의 3단계는 노화 증세로 잊어버림, 인식을 제대로 못함, 그다음 단계로 치매(Dementia)가 온다는 것이다

사회적으로 잘 되는 것이 무엇인지를 말해주었다.

"하나님이 이르시되 우리의 형상을 따라 우리의 모양대로 우리가 사람을 만들고 그들로 바다의 물고기와 하늘의 새와 가축과 온 땅과 땅에 기는 모든 것을 다스리게 하자 하시고"(창 1:26)

"사람이 혼자 사는 것이 좋지 아니 하니 내가 그를 위하여 돕는 배필을 지으리라"(창 2:18)

우리가 사는 상황들은 가정생활, 은퇴, 삶의 공동체, 도움을 받는 생활(치매), 너싱홈(요양원), 관계들을 허용하여 사는 상황들

을 선택하는 것은 결정적으로 중요하지요. 세대 간의 차이들을 넘어 교회에서 이상적으로 섬기는 것, 그리고 가족의 유대를 강화하는 것입니다.

교수님은 자리를 옮기며 말을 이었다.

"우리 잠깐 휴식 타임을 가질까요?"

우리는 테이블에 준비되어 있는 커피와 과일과 다과들을 각자의 취향에 따라 들면서 서로 대화를 나눴다. 7분간 휴식을 하고 제자리에 앉았을 때 강의가 계속 이어졌다.

재정적으로 잘 되는 것은 염려 없이 사는 것이라고 말했다.

"네가 이 세대에서 부한 자들을 명하여 마음을 높이지 말고 정함이 없는 재물에 소망을 두지 말고 오직 우리에게 모든 것을 후히 주사 누리게 하신 하나님께 두며……."(딤전 6:17~19)

선한 청지기가 되는 것은 잘 계획하고 분별 있게 사용하며, 저축하며, 지혜롭게 투자하며, 너그럽게 주는 삶이지요. 바울은 일하기 싫거든 먹지도 말라고 했다. 신랑을 기다리는 다섯 처녀는 끝까지 기름을 준비하지 못하여 비판을 받았다고 하며, 교수는 언짢은 표정을 지었다.

영적으로 잘 되는 것이 무엇인지 설명을 이어갔다.

"푯대를 향하여 그리스도 예수 안에서 하나님이 위에서 부르신 부름의 상을 위하여 달려가노라……."(빌 3:13~14)

영적으로 잘 되는 것은 계속하여 성장하는 생활이란다.

"나에게 이르시기를 내 은혜가 네게 족하도다. 이는 내 능력이 약한 데서 온전하여짐이라……."(고후 12:9)

죄에 대한 승리에서 성장하고, 자기연민, 교만, 자기중심, 염려, 불만의 죄에서 승리하라고 하며 말에 힘을 주었다.

영의 열매는 인내와 온순함과 자기 절제이며, 영적인 훈련을 위해서는 기도, 금식, 고독(Solitude)도 필요하다.

흔히 오늘날 우리의 생활에서 의미를 느끼기 위한 주요한 방편들은, 영적인 은사들을 활용함이고, 멘토링을 하는 것과, 하나님의 사랑을 보여 주며, 다른 사람들과 함께 일하면서 지역 봉사를 하는 것입니다.

정서적으로 잘 되는 것은 무엇인지를 다 함께 생각해 보자고 했다. 우리는 강사의 지시에 따라 성경의 다음 구절들을 찾아 합독했다.

"의인이여 너희는 여호와로 말미암아 기뻐하며 그의 거룩한 이름에 감사할지어다."(시 97:12)

"아무것도 염려하지 말고 다만 모든 일에 기도와 간구로 너희 구할 것을 감사함으로 하나님께 아뢰라."(빌 4:6)

"주 안에서 항상 기뻐하라. 내가 다시 말하노니 기뻐하라."(빌 4:4)

만족에 대한 3가지 시제들은 우리의 과거에 대해 평안해 하며, 우리의 현재에 대해 만족하며, 우리의 미래에 대해 확신을 갖는 것이라며 제1강의를 마무리했다.

나이 들어가면서 하나님을 영화롭게 하기

존 던롭 박사는 강의를 이어가면서 '행 14:22절'을 소개했다
"하나님의 나라에 들어가려면 많은 환란을 겪어야 할 것이라."
이 시간에 다룰 주요한 영역들은 질병과 고통과 상실과 우울과 치매와 죽음 그 자체를 다루려고 합니다.
고통에 대하여 성경적인 가르침으로 생산적인 고통이 있습니다. 하나님의 성격은 인자함과 권능이십니다.
"권능은 하나님께 속하였다. 인자함은 주께 속하오니 주께서 각 사람이 행한 대로 갚으심이니이다."(시 62:11~12)

'모든 것에는 목적이 있어요' 하시며 강사님은 두 손을 마주 잡았다.
"내가 지존하신 하나님께 부르짖음이여 곧 나를 위하여 모든 것을 이루시는 하나님께로다."(시 57:2)
'하나님은 모든 것을 아십니다.'
강사님은 무심코 말하는데 나는 마음이 섬뜩했다.
"여호와여! 주께서 나를 살펴보셨으므로 나를 아시나이다. 주

께서 내가 앉고 일어섬을 아시고 멀리서도 나의 생각을 밝히 아시오며 나의 모든 길과 내가 눕는 것을 살펴보셨으므로 나의 모든 행위를 익히 아시오니……."(시 139:1-3)

'하나님은 우리가 당할 시험에 대해 피할 길을 주십니다' 하시며 오른쪽을 향하여 걸으면서 말에 톤을 높였다.

"사람이 감당할 시험밖에는 너희가 당할 것이 없나니 오직 하나님은 미쁘사 너희가 감당하지 못할 시험 당함을 허락하지 아니 하시고 시험 당할 즈음에 또한 피할 길을 내사 너희로 능히 담당하게 하시느니라."(고전 10:13)

'하나님은 영원하십니다.'

타이르듯 강사는 조용히 낮은 음성으로 말했으나 나에게는 강하게 도전해 왔다.

"곧 영원부터 영원까지 주는 하나님이시니이다."(시 90:2)

"우리가 주목하는 것은 보이는 것이 아니요, 보이지 않는 것이니 보이는 것은 잠깐이요, 보이지 않는 것은 영원함이라."(고후 4:18)

앞 좌석에 앉아 있던 어떤 키 큰 신사가 일어서더니 질문을 던졌다.

"강사님, 고통에도 목적이 있다면 그것들은 무엇인가요?"

강사는 멈칫하더니 대답을 했다.

"고통은 우리를 준비시켜 다른 사람들을 돕게 하지요. 고통은 하나님의 일을 나타내게 해서 우리에게 그의 사랑과 능력을 가르칩니다. 우리의 신앙을 확인시키고 우리의 성격들을 변화시키십니다."

하시더니 성경 이사야 64:8절 말씀을 펴서 함께 읽자고 하여 합독을 했다.

"그러나 여호와여, 이제 주는 우리 아버지시니이다. 우리는 진흙이요 주는 토기장이시니 우리는 다 주의 손으로 지으신 것이니이다."

고통은 우리로 하여금 예수와의 더 깊은 교제를 하도록 합니다.

"내가 그리스도와 그 부활의 권능과 그 고난에 참여함을 알고자 하여 그의 죽으심을 본받아 어떻게 해서든지 죽은 자 가운데서 부활에 이르려 하노니……."(빌 3:10-1)

고통은 우리를 하나님 나라에 데려갈 수 있습니다.

'후년에 삶의 상실들이 있습니다' 하며 강사님은 대중들을 둘러보았다.

"후년의 삶에 있어서 보통 목적과 희망과 기쁨이 없는 그런 느낌의 우울감이 찾아옵니다. 원인들은 우울함의 상황과, 다른 원인들은 실증과 하고자 하는 의미 있는 것들의 결여를 포함합니다. 만성질환의 성인병이 있고 아편이나 술 중독은 영적으로는 무기력 상태입니다."

"치료를 위해서는 취미생활이나 의미 있는 활동들을 바쁘게 해야 합니다. 활력 있는 동료들과 함께 운동도 하고, 좋은 음식을 먹고, 카운슬링도 받으면 좋습니다. 주님과 주님의 죽으심에 대해서 명상도 좋습니다. 십자가상에서의 하나님에 대한 우리의 이해를 깊이 생각할 필요가 있습니다. 우울증에 걸리지 않게 하기 위해서는 더 기분 좋은 감정을 갖고, 자존감을 높이며 살아야 합니다." 하며 강사는 살며시 미소를 지었다.

치매도 여러 가지 종류가 있는데 알츠하이머(Alzheimer) 환자는 70% 기억력을 상실한 자입니다. 뇌의 어떤 부분이 악화되는 경우도 있지요.

치매 방지를 위해서는 운동을 하며, 보청기를 사용하며 알코올은 피해야 하지요. 적절할 때 미리 치매 진단을 받아 보는 것도 좋습니다. 치매는 하나님의 본래적인 창조의 부분은 아니었습니다. 치매는 타락의 결과입니다. 모든 인간은 하나님의 형상으로 창조되었습니다.

"이것으로 우리가 주 아버지를 찬송하고 또 이것으로 하나님의 형상대로 지음을 받은 사람을 저주하나니……."(약 3:9)

여기에 우리가 경험할 수 있는 감정의 몇 가지가 있습니다. 우울감, 지배 받았다는 것, 당혹감, 두려운 감정, 좌절감, 외로움, 무의미한 감정, 과대망상증입니다.

영적으로 하나님과의 교제가 없는 것입니다. 환자로부터의 도전은 성냄, 망설임, 감사치 않음, 냉담, 억제의 상실, 느릿함, 비난, 의사소통, 그늘지게 함, 울화, 밤낮 거꾸로 살기, 혼란을 만들기 육체적인 고갈과 스트레스, 정신적으로는 생각할 것이 너무 많고, 방해가 너무 많음, 사회적으로는 고립감, 재정적으로는 수입의 손실, 정서적으로는 우울, 성냄, 영적으로는 하나님의 침묵입니다.

하나님이 같이 있다고 하는 것을 우리는 늘 그렇게 생각해야 합니다.

"여호와께서 이와 같이 말씀하시되 지혜로운 자는 그의 지혜를 자랑하지 말라. 용사는 그의 용맹을 자랑하지 말라. 부자는 그의 부함을 자랑하지 말라. 자랑하는 자는 이것으로 자랑할지니 곧 명철하여 나를 아는 것과 나 여호와는 사랑과 정의와 공의를 땅에 행하는 자인 줄 깨닫는 것이라 나는 이 일을 기뻐하노라. 여호와의 말씀이니라."(렘 9:23-24)

하나님은 그의 형상대로 만들어진 모든 것을 가치 있다고 합니다. 하나님은 감정들과 느낌들과 그리고 관계들을 가치 있다고 합니다. 현재의 순간들을 우리로 하여금 기억하도록 격려하지요.

171

우리로 하여금 우리의 삶을 더욱더 완전한 조망 가운데서 보도록 돕습니다. 우리로 하여금 감사와 예배로 이끄십니다. 하나님은 우리로 기억하는 것을 돕기 위하여 성령을 보내셨습니다.

"보혜사 곧 아버지께서 내 이름으로 보내실 성령 그가 너희에게 모든 것을 가르치고 내가 너희에게 말한 모든 것을 생각나게 하리라."(요 14-26)

치매를 가진 자들의 존엄성을 존중해야 합니다. 예수의 본을 따라야 합니다. 여러분의 시간을 주고 그들의 자율성을 존중하되 그들의 존엄성을 보호해야 하지요. 그들로 하여금 그 당시에 그들의 완전한 가능성에 이르도록 도와주어야 하고, 그들로 하여금 의미를 발견하도록 도와야 합니다.

"아버지, 저는 아버지가 그처럼 저에게 미소 지을 때 아주 기분이 좋아요."

이처럼 그들의 세계에 들어가서 그들이 그것들을 보는 대로 사물들을 보려고 노력하며 그들의 필요들과 욕망들을 인정해야 합니다. 육체적이나 감정적으로도 인정해야 합니다. 영적으로 주님에 대하여 말하고, 십자가에 대하여 초점을 맞추고, 성경을 읽고, 음악을 듣고, 성상들(icons)을 사용해도 무방합니다. 그들을 위하여 우리는 기도해야 합니다.

교회는 그들로 하여금 신앙을 잃지 않고 굳건한 신앙 가운데서 성장하도록 어려운 시기를 잘 통과하도록 돌보고 섬기는 문화를 개발해야 합니다.

하나님은 신비로운 방식으로 움직이십니다.

잘 끝맺기 : 하나님이 우리를 본향으로 부르실 때 예수 안에서 쉬는 것

두 시간의 강의가 끝난 후 점심시간이 되었다.

주최 측에서 준비해 놓은 테이블 위에 여러 종류의 샌드위치와 빵, 다양한 음료들이 맛깔스럽게 놓여 있었다.

'금강산도 식후경'이란 말이 있듯이 삼삼오오 모인 식사 시간은 화기애애한 즐거운 분위기였다. 우리는 우연히 한국인들만 한 테이블에 앉게 되었다. 이민 온 한국인 70대로 보인 우아한 여인이 자기 접시에 담아온 햄이 듬뿍 든 샌드위치에 손을 얹으며 말했다.

"글쎄, 이렇게 미국식으로 식사를 해 먹었으면 얼마나 좋아요. 영양도 풍부하고 요리하기도 편리한데, 43년이 넘도록 이곳 미국에서 한국 음식만 선호하고 고집하며 살았으니, 참 미련도 했지 뭐예요…. 요즘은 미국식으로 먹으니 얼마나 간편하고 좋은지 몰라요. 아침식사엔 샌드위치나 토스트, 커피 한 잔이면 딱 그만인 걸요."

그녀는 함박꽃처럼 활짝 웃으며 커다란 샌드위치를 두 손으로 움켜잡고 한 입 쑥 베어 먹었다. 우리는 그녀의 말한 모습과 제스

처에 공감을 가지고 한바탕 웃었다.

점심 후에 각자의 자리에 앉았다.

존 던롭 교수의 마지막 강의를 듣게 되었다. 그는 서론으로 성경 구절 두 곳을 소개했다.

"이 말씀을 하심은 베드로가 어떠한 죽음으로 하나님께 영광을 돌릴 것을 가리키심이리라……."(요 21:19)

"살든지 죽든지 내 몸에서 그리스도가 존귀하게 되게 하려 하나니……."(빌 1:20)

성경에는 삶과 죽음에 대한 가르침이 있는데, 성경에서의 삶은 주로 우리의 육체적인 삶이 아니고 하나님과의 영원한 관계에 대한 삶이라고 했다.

"영생은 곧 유일하신 참 하나님과 그가 보내신 자 예수 그리스도를 아는 것이니이다."(요 17:3)

그리스도인에게 있어서 죽음은 영원한 것이 아니고 정복되었지요 하면서, 강사님은 대중에게 성경 두 곳을 찾아 읽게 했다.

"맨 나중에 멸망 받을 원수는 사망이니라."(고전 15:26)

"사망이 쏘는 것은 죄요 죄의 권능은 율법이라 우리 주 예수 그리스도로 말미암아 우리에게 승리를 주시는 하나님께 감사하노라."(고전 15:56-57)

이 세상에서 사는 것만이 아니고 영원을 껴안는 것이 중요하다며 하나님과 그의 임재를 동경하고 그의 통치를 동경하는 것이 필요하다고 교수님은 악센트를 넣어 말했다.

마지막 날에 할 일은 우리의 삶을 돌아보며 가족 간의 유대를 돈독히 하는 것이 중요하다면서 네 가지의 말을 즐겨 해야 한다고 했다.

'나는 당신을 사랑합니다(I love you).'

'고맙습니다(Thank you).'

'나는 당신을 용서합니다(I forgive you).'

'나를 용서해 주세요(forgive me).'

성경적인 신학은 영원하신 하나님과 창조와 타락과 구속과 통치하심이지요. 하나님은 인간이라는 도구를 통하여 일하시는데 오천 명을 먹이신 일을 통하여 알 수 있고 능력 그 자체는 하나님의 역사하심이 없이는 무력합니다. 야고보는 기름을 바르며 기도하라고 합니다. 전동장치의 변속시킴과 같다고나 할까요.

머리가 곱실한 키 큰 신사분이 불쑥 일어서며 질문을 던졌다.

"전동장치를 변속시키는 것이 왜 필요한가요?"

"그것은 복음을 존귀하게 하며 죽음은 정복되기 때문이지요. 전동장치를 변속케 하는 것은 주님이 작동하시기 때문입니다."

그분은 계속 물었다.

"그럼, 전동장치를 변속시키는 것은 언제 이루어지는가요?"

"육체적으로는 진단이 필요하며, 병의 진전에 대한 예견이 필요해요. 정서적으로, 영적으로, 사회적으로, 가족적으로 어떻게 진행되는가를 살펴보며 증상을 알고 있는 것이 필요합니다."

빨강색 재킷을 입은 여인이 의자를 짚으며 일어나 질문을 했다. 금발의 머릿결이 반짝였다.

"교수님, 전동장치를 변속시키는 것은, 그럼 어떻게 이루어지는가요?"

강사님은 빙그레 웃으며 말을 이었다.

"가족에게 그리고 주치의에게 말하고 지시를 따라 삶의 의지를 가지며, 의학적인 목적을 가지며, 왜 사는지의 가치에 대한 진술을 가져야 합니다. 가치 진술은 빌립보서 1장 21-25에서 취하여 집니다."

"이는 내게 사는 것이 그리스도니 죽는 것도 유익함이라 그러나 만일 육신으로 사는 이것이 내 일의 열매일진대 무엇을 택해야 할는지 나는 알지 못하노라. 내가 그 둘 사이에 끼었으니 차라리 세상을 떠나서 그리스도와 함께 있는 것이 훨씬 더 좋은 일이라 그렇게 하고 싶으나 내가 육신으로 있는 것이 너희를 위하여 더 유익하리라. 내가 살 것과 너희 믿음의 진보와 기쁨을 위하여 너희 무리와 함께 거할 이것을 확실히 아노니."

죽음이 오는 때 우리는 예수 안에서 쉬기를 원하는 것입니다.

"내가 사망의 음침한 골짜기로 다닐지라도 해를 두려워하지 않을 것은 주께서 나와 함께하심이라 주의 지팡이와 막대기가 나를 안위하시나이다."(시 23:4)

나는 강의를 들으면서 의학을 연구한 교수인데, 깊은 신앙을 내면에 가득 안고 성경을 인용하며 풀어나가는 실력이 대단하여 참 인상적이었다.

시편 22편에서 하나님의 침묵을 보고, 23편에서 나는 깨달았다.

곤경에 처했을 때 밤낮 주님께 부르짖고 간구했음을 돌이켜 봤다.

'어찌하여 돕지 아니 하시오며 신음 소리도 듣지 않으시고 버리시는 것처럼 응답도 없이 침묵하고 계시는지요.'

조그마한 것에 불만을 갖고 후히 주시는 주님의 뜻을 미처 깨닫지 못할 때도 있었다. 그러나 한편 내 삶을 깊이 돌아볼 때 시시때때로 돌보아 주시는 축복은 헤아릴 수 없이 많았다. 주는 나의 목자가 되시어서 내게 풍족함으로 때마다 시마다 푸른 초장으로 쉴 만한 물가로 내 영혼을 소생시키셨고, 풍성한 삶 좋은 길로 인도해 주셨음을 감사했다.

부활의 기쁨을 간직하며, 주님의 재림을 기다리며, 천국에 소망을 두고 강의를 듣는 순간마다 내게 이 정도의 건강 주심도 감사하며 남은 생애 하나님께 영광 돌릴 수 있는 삶만 지속되길 기원했다.

샌디애고(San Diego) 총회 참석

미국 장로교 한인교회 전국 총회가 2018년 5월 15~18일(화~금)까지 캘리포니아 주 샌디애고에서 '이때를 위함이 아닌가'라는 주제로 모이게 되었다.

우리 내외는 참석하기로 하고 OMSC(해외 사역 연구원)에서의 2개월 반 생활 후, 비행기를 타기 위해 새벽 4시에 출발하여 2시간 걸려 뉴욕 J. F. 케네디공항으로 갔다.

8시 30분 비행기를 탑승하고 6시간 걸려 샌디애고 국제공항에 도착했다.

미국 전역에서 모여든 사람들 중에 특별히 남편 문 목사는 대광고 동기생인 배국진 박사(장로)를 60여 년 만에 만나게 되어 처음에는 알아보지 못했으나 대화를 나누는 중에 알게 되었다.

그는 연세대에서 가르치다가 미국에 유학 와서 화학 분야의 박사가 되었고 연구실에서 일하던 중 특허를 43개나 취득했다고 해서 우리는 깜짝 놀랐고 그 재능과 연구심이 대단하다 싶었다.

우리는 총회 장소에서 기대한 대로 차타누가 한인교회 담임 문은배 목사와, 알라바마 애니스톤 한인교회 담임인 문학배 목사, 두 아들을 오랜만에 만나 서로 껴안고 반가움과 기쁨의 정을 나누고 가정의 안부도 주고받았다.

LA에서 살고 있는 조카 그린 내외도 우리를 만나려고 멀리서 총회 장소로 왔다. 꽃같이 아름다운 그들의 마음은 참 고마웠다. 많은 시간을 함께하지 못하고 헤어져 못내 아쉬움만 남았다.

천방욱 목사를 비롯하여 여러 반가운 얼굴들을 만나는 중에 특별히 한국의 원로성경 신학자이며 남편의 은사인 93세의 박창환 박사님을 뵈었던 것도 기쁜 일이었다. 박사님은 아직도 건강했고 내브라스카에서 목회하는 아들 집에 머물면서 교인들에게 성경을 가르치는 일을 통해 목회를 돕고 있다고 했다.

총회는 짜임새 있는 프로그램에 따라 진행되었고, 회의와 발표를 통해 총회가 나아갈 방향을 모색했다.

어느 해보다도 목사, 장로, 남선교회, 여선교회, 청년회 회원들이 많이 와서 전국대회의 분위기가 물씬 풍겼다.

강사 중에 미국장로교 총회 정서기인 The Rev. Dr. J. Herbert Nelson이 한국 교회 방문했던 것을 매우 긍정적으로 말하면서 미국 장로교 총회의 방향을 명백하게 설명했다. 그리고 예장통합 부총회장 림형석 목사는 총회장을 대신하여 기립박수를 받으며 인사말을 전했다.

학배 목사도 총회를 위하여 음향 시스템과 맡겨진 모든 일을 헌신적으로 섬겼다.

각각 그룹으로 나뉘어 토의하는 시간에 우리는 은퇴 목사와 사모회에 참석하여 나는 시편 34편 '내 언제나 주님을 찬미하리니'를 특송 했는데 매우 좋은 반응으로 어떤 사모님은 "녹음 못 한 것이 못내 아쉬워요." 하면서 인사를 했다.

수요일 오후에는 단체로 시내 명승지를 관광했다. 언덕 위 전망대에 올라가 사방으로 펼쳐 있는 아름다운 도시의 풍광을 바라보며 장쾌함을 느꼈고, 또 케네디 대통령이 휴양차 묵었다는 호텔 앞에 전개된 해수욕장, 바다의 은물결도 모래를 쓰다듬으며, 갈매기 떼 지어 평화롭게 구름 사이를 날고 있었다.

샌디애고는 미국에서 살기 좋은 도시로 열 번째 이내에 든다고 했는데 과연 아름다운 도시임을 실감했다.

문 목사는 오랫동안 미국에서 목회하신 임형태 목사님과 대화를 나눴다.

임 목사는 발로 뛰어 자료를 수집해서 '호남 교회사', '영남 교회사' 책을 저술했는데 그 열성이 놀라웠다.

임 목사는 볼리비아 정은실 선교사에 대해 칭찬했다.

"정 선교사는 순천 노회 출신으로 대학을 설립하여 큰 명문 대학으로 발전시켰고, 볼리비아 대통령에게 그 대학에서 명예박사 학위를 수여했대요."

"보람 있는 선교사역이네요. 감동적입니다."

버스에서나 혹은 거닐 때 두 분이 다정스레 대화를 나누는 그 모습 속으로 맑은 햇살 끼어들어 비춰주었다.

회의 끝나는 전날 저녁에는 같은 교단의 한 미국교회가 총회 참석자 전원을 초청하여 저녁 식사를 푸짐하게 대접해 주었는데 숯불에 구운 바비큐가 특별히 별미였고 여러 가지 넛을 곁들인 신선한 샐러드 역시 상큼했다.

이 교회의 미국인 담임 목사님은 미국 장로교 내에서도 보수적인 복음주의 노선에서 '펠로쉽 커뮤니티' 조직을 이끄는 분이었다.

그들의 기본 신념은 성경이 믿음과 행위에 이르게 하는 고백적 확신이고, 웨스트민스터 신조에 나오는 것인데, 우리 인간에게 부여된 큰 목적은 하나님께 영광을 돌리고 영원토록 그분을 즐거워 하는 것이라고 했다.

하나님의 말씀은 우리의 신앙 고백을 위한 권위이며, 삼위일체

와 성육신은 기독교의 두 가지 기본적 신비이고, 개혁교회 전통의 기본 요소는 그리스도 안에서 하나님의 은혜라고 했다.

하나님의 말씀에 순종하는 생활은 하나님께만 겸손히 예배 드림이고, 안식일을 성수하며 순결을 유지하며 올바른 청지기직을 실천하고, 진리를 추구하는 생활이라고 말했다.

나중에 들은 뉴스로는 우리가 떠나온 날 뉴욕에서 오전 10시부터 토네이도가 휩쓸었고, 낙뢰가 떨어져 희생자가 발생했으며, 물론 공항도 일시적으로 폐쇄되어서 비행기도 뜨지 못했다고 했다.

우리가 탈 비행기가 조금만 더 늦게 출발했다면 우리는 뉴욕에 갇혀서 총회 참석에 어려울 뻔했다.

성경에 우리가 시험을 당하나 피할 길을 주신다고 했는데, 우리의 삶 속에서 위기를 당할 때마다 늘 피할 길을 주신 하나님의 은혜를 어찌 감사치 않으리요.

한마당 어우러진 열린 꿈 하늘 시민
형제가 연합하여 동거함 신비롭고
선교의 소망 안고서 세계 향해 펼친다.

– 졸시조 <샌디애고 총회> 전문

[제12회 대한민국 낭농미술대전 입선] 유양업 作

제3부

[제13회 대한민국 남농미술대전 특선] 유양업 作

교회 창립 40주년

신록이 연둣빛으로 물들인 봄철에 또 우리 내외가 미국에 가게 된 동기는, 성장해 가는 손주들을 보는 일과, 손녀가 돌을 맞이한 일이며, 아들(문은배 목사)이 목회하는 차타누가 한인교회가 창립 40주년을 맞는 뜻깊은 일이었다.

또 막내아들(문학배 목사)이 최근에 임지를 옮겼는데 새 목회지를 방문할 일이며, 또한 미국 한인 장로교회(NKPCUSA)에 속해 있는 한인 목사, 장로, 소수의 일반 신도들이 풀로리다 주 올란도에서 모이게 되는 총회와 전국대회에 참석하기 위함이었다.

2019년 4월 25일 부푼 기대를 안고 밤새 짐을 싸고 어둠마저 잠자고 있는 이른 새벽 1시 30분 광주 집을 떠나 터미널에 갔다.

많은 여행객들도 서성이며 버스를 기다리고 있었다. 2시 20분 공항버스에 올랐다. 버스는 캄캄한 새벽길을 달려 6시 25분에 인천 제2공항에 도착했다.

딸 은영 목사도 나왔고, 인천에 살고 있는 사장 내외분도 며느리에게 보낼 짐을 부탁하기 위해 공항에 나와 반갑게 만났다. 오랜만에 공항 식당에서 아침 식사도 함께했다.

한 사람당 23kg의 짐을 2개 부칠 수 있었다. 사돈댁에서 가져온 가방 1개와 3개의 짐을 카운터 앞에 놓고, 9시 20분 애틀랜타로 향하는 비행기를 타기 위해 수속을 밟는 중 여권을 살펴본 여직원은 뒤적이던 손을 멈추고 부드러운 음성으로 말했다.

"여권에 미국 전자 비자가 없네요."

"그래요. 그동안은 이 여권만 가지고도 다닐 수 있었는데요."

"몇 개월 전부터 법이 새로 바뀌어서 지금은 비자가 없으면 어려워요. 8시 50분까지 비자를 가져와야 비행기를 탈 수 있습니다."

전혀 예상치 못한 일이 발생하여 몹시 당황했다. 비행기 표를 샀던 여행사에 급히 전화를 했다.

아침 7시, 직원들이 아직 출근을 하지 않아 통화가 되지 않았다. 얼마 남지 않는 시간 내에 딸 은영은 최선을 다해 애썼지만 쉬운 일은 아니었다. 비행기는 떠날 시간이 다가오고 우리는 어떻게 할 방법이 없었다. 결국 포기를 했다.

"이 짐들은 우리 집이 가까우니 우선 하루 보관하고 내일 아침 가져오겠습니다."

난처하게 바라보고 있던 사돈 내외가 감사하게도 4개의 가방을 차에 싣고 떠났다. 참 미안하기도 하고 고맙기도 했다.

우리는 계속 비행기 표를 샀던 여행사에 연락을 취했는데, 드디어 여행사 대표와 통화가 되었고 그는 이렇게 말했다.

"아, 그렇게 되었군요, 구여권에 비자가 있는 것으로 기억됩니다. 구여권을 확인해 보세요."

"어떻게 하지요, 구여권은 지금 소지하지 않고 광주 집에 있는데요."

우리는 궁리 끝에 광주에서 가까이 지내는 서 선생에게 전화로 자초지종 형편을 알리고 부탁을 했다. 서 선생은 쾌히 응해 주었다. 4시간여 버스를 타고 구여권을 품에 안고 가져왔다.

여권에는 2020년 10월까지 비자 기간이 남아 있었다.

우리가 타려고 계획했던 비행기는 탈 수 없었지만, 구여권에 있는 비자로 다음날 같은 시간에 갈 수 있는 비행기 표를 다시 만드는데, 남편은 23만원 추가요금을, 마일리지로 표를 샀던 나는 8만원의 추가 요금을 지불했다. 그나마 비행기 탈 자리가 있어서 다행이었다.

우리는 함께 저녁을 나눈 후 서 선생은 다시 광주로 가야 해서 고마운 마음에서 여비를 주었고, 그는 다시 광주로 떠났다. 얼마나 피곤할까, 고생시켜 미안했고 떠나는 뒷모습을 볼 때 짠한 마음이 어깨를 눌렀다.

우리는 딸의 주선으로 공항 지하에 있는 '다락휴'란 캡슐 호텔에서 하룻밤을 지냈다.

과거에 우리는 여권만 가지면 미국 입국 시 무조건 3개월씩 비자를 주었던 그 경험만을 생각하고 철썩같이 믿었던 것이 법이 바뀌고 우리가 부주의하여 황당한 일을 이렇게 당한 것이었다.

남편은 이런 일을 당하면서도 태연하게 로마서 8장 28절을 생각하며 감사하라고 했다.

"우리가 알거니와 하나님을 사랑하는 자 곧 그 뜻대로 부르심을 입은 자들에게는 모든 것이 합력하여 선을 이루느니라."

다음날 4월 26일 9시 20분 인천공항에서 애틀랜타행을 탔다. 기내 방송은 애틀랜타공항까지 12시간 40분 걸려 도착한다는 카랑카랑한 여성의 다듬어진 음성이 귓가에 머물렀다.

앞 의자 뒤쪽에 장착되어 있는 기기를 통해 한국의 가곡들을 계속 들었다. '내 맘에 강물'이라는 곡이 마음에 스며들어 조용히 따라 흥얼거렸다.

비행기는 넓은 바다 위를 잠자리 마냥 한없이 날다가, 앵커리지 해역 경유, 링컨, 디모인, 네슈빌, 애틀랜타에 도착 되는 표시가 운항 정보에 떴다. 기내 방송이 들렸다.

"우리 비행기는 곧 착륙하니 창문 덮개를 열어 밝게 해주시고, 좌석벨트를 매어주시기 바랍니다."

기내는 약간의 긴장이 감돌았다. 창밖의 강한 햇빛이 기내로 들어와 눈을 부시게 했다.

애틀랜타의 기후는 18도, 현지 도착지 시각은 밤 9시 39분이었다. 애틀랜타공항에서 아들 문은배 목사를 반갑게 만났고, 자동차로 또 2시간 걸려 차타누가 집에 도착했다. 사랑하는 며느리와 귀여운 손녀들도 반갑게 만났다.

돌이 지난 시현이는 쪼그만 발로 귀엽게 아장아장 걸어 다녔고, 며칠 지난 후 낯이 익혀졌는지 함께 놀자는 표현도 했다.

40주년 기념 성회로 미국 장로교 한인교회 사무총장인 박성주 목사를 강사로 부흥집회가 3일간 있었다. 이어 주일 예배 후 오후에는 40주년 기념행사가 진행되었다.

순서 중에 교회 2대 담임목사였던 장영일 박사(전 장신대 총장)의 축사가 있었다.

차타누가 교회는 여러 선교사들을 지원하고 있는 중 특별히 집중적으로 선교 지원을 하고 있는 코스타리카 김도경 선교사를 초청해서 선교 보고를 듣는 시간도 가졌다.

차타누가 교회에서 13년째 목회하고 있는 담임 문은배 목사는 '회고와 전망'에서 이같이 말했다.

"차타누가 지역에 교회가 없어서 안타까워했던 평신도들의 자발적인 헌신과 순수한 믿음과 열정으로 최초의 한인교회가 세워졌던 것은 의미 깊은 일이었습니다. 미국교회로부터 무상으로 땅 5에이커(약 1만평)쯤 되는 부지와 교회 건물과 시설 전체를 기증받은 것은 하나님의 큰 은혜였지요. 그 후 우리 성도들의 헌신으로 다목적 펠로우십 홀(Hall)을 건축했고, 주차장 확장, 교육관 구조 변경, 어린이 놀이터 건립, 조경 등이 이어져 지금의 아름답고 유용한 교회 건물과 시설들이 갖춰졌어요. 이민 교회로서 40년의 짧지 않은 세월 동안 많은 굴곡과 시련도 있었지만, 교회를 사랑하는 마음, 자성의 노력들, 목회자들의 헌신으로 어려움을 극복하고 여기까지 이르게 된 것도 주님의 크신 은혜였습니다."

그는 흐뭇한 표정으로 미소 지으며 계속 말을 이었다.

"미국 장로교회에 속한 한인교회로서 교단의 헌법과 정치 원리에 대한 이해 부족 및 교회 적용에 있어서의 미숙함도, 40년 역사 가운데 나타난 어두운 면도 있었으나 성도들의 기도와 노력으로 지금에 이르게 되었고, 우리 교회는 귀한 인적, 물적 자원들과 저력을 구비하고 있어서 오직 하나님 중심의 신앙과 복음의 기치를 높이 들고 성령님의 인도하심을 따라 새로운 비전을 안고 전진할 때 하나님께서는 우리 교회를 크게 이끌어 주실 것을 확신합니다."

기념식이 끝난 후 친교실로 향했다. 왼편에 자목련 나무가 눈에 띄었다. 오래전 식목일에 교회 내 조경을 하면서, 문은배 목사 기념수로 심었던 자목련 나무가 꽃망울 맺고 활짝 꽃피었을 때, 아름다운 꽃들을 만지며 '자목련' 시를 썼던 생각이 불현듯 떠올랐다. 〈오늘도 걷는다〉 시집 속에 있는 이 시를 다시 회상케 했다.

뜨락의 기념수
심호흡 적시며
우직하게 서서
하늘 향한 꽃망울들
빚어내기 바쁘네

뽀송한 은색 깎지

곱게 곱게 뚜껑 열고
자줏빛 루즈
슬그머니 엿보더니
어느새 웃음꽃 만개했네

티 없는 연보라
그 순수함 눈부시고
다습고 그윽한
은은한 향기
기쁨의 화촉 밝히네.

- 졸시 <자목련> 전문

   넓은 펠로우십 홀에서 애틀랜타 식당으로부터 주문하여 가져온 푸짐하고 맛깔스런 음식으로 친교를 나누는 시간은 화기애애한 축제의 분위기였다.

   참석한 분들을 위해 교회에서 우산을 각자에게 선물했고, 나는 나의 시조화집 <지금도 기다릴까>를 한 권씩 선물로 드렸다.

   이번 40주년의 주제인 '다음 세대를 준비하는 교회'란 주제대로 어린이들과 청소년들을 말씀과 신앙으로 잘 육성하여 든든히 잘 계승하여 나아가는 교회가 되길 기원했다.

새 임지 방문

　막내아들 문학배 목사가 몇 개월 전 새 임지인 Unity Church에 부임했다. 우리가 큰아들 문은배 목사 집에 방문하고 있는 동안에 자기 집에도 다녀가라며 비행기 표를 사서 형에게로 보내왔다.

　우리는 5월 2일 출발하여 5일간 방문할 목적으로 차타누가에서 오후 7시 미국 국내선 비행기로 디트로이트를 향했다.

　1시간 30여 분 비행하여 8시 30분에 도착했다.

　디트로이트공항은 밖으로 나오기까지 복잡하고 긴 거리였다. 아들과 만나기 위해서는 핸드폰에 wi-fi 연결을 하는 것이 급선무였다. 공항 직원의 도움으로 wi-fi를 연결하여 아들과 통화를 하고 약속한 장소에서 반갑게 만났다.

　아들 차로 한 시간여 걸려 집에 도착했다. 기다리고 있던 며느리 손녀 손자가 급히 뛰어와 우리는 서로 꼭 껴안았다.

　사랑스런 손주들은 훌쩍 커 있었다. 학교 적응도, 공부도 잘하며, 교인들로부터 사랑을 많이 받고 있단다.

　다음날 저녁에는 아들교회 정신과 의사인 김재철 장로님 내외분의 초청으로 두 가족이 한인 식당에서 반갑게 초면 인사를 나누었다.

각자의 취미에 따라 음식을 주문했는데, 난 한국 음식이 무난하겠다 싶어 된장국을 주문했다. 우리 고유의 된장, 그 깊은 맛깔스런 국물이 속을 시원하게 해주었다. 엄마가 끓여 주었던 맛과 같아서 찡하게 엄마를 그리며 향수를 느꼈다.

우리는 첫 만남이었지만 융숭한 대접과 즐거운 담소를 나눈 친교 시간은 오랜 지기의 만남 같았다.

장로님 댁에서 자랐던 여조카의 아들이 중국 상해 국제학교에서 고등학교를 마치고 이 지역의 명문인 미시간 대학교를 다녔는데, 졸업식에 와서 우리와 함께 합류하게 되었다.

그 아들이 공부를 잘해서 3년 만에 대학을 졸업하고 지금은 의과대학에 지원했단다. 한국인의 뛰어난 우수성을 보여준 그에게 나는 일부러 청하여 악수를 하고 손을 꼭 잡아 축하하며 격려해 주었다.

다음날 교인으로부터 며느리에게 전화가 걸려왔다.

"새 쑥이 자라서 부모님 오셨다는데 쑥떡을 드리려고 만들었어요. 그런데 바빠서……."

"아, 그러세요, 그러면 제가 집사님 댁으로 가겠습니다."

며느리는 바람도 쏘일 겸 우리도 함께 가자고 했다.

이곳 북쪽 디트로이트는 4월인데도 초봄처럼 도로변의 앙상한 나무들이 움트려고 꼬물거리고 튤립도 땅을 뚫고 파란 얼굴 내밀어 웃음 짓고 주위에 어린 새들이 풀을 쪼며 노닐고 있는 그곳에 햇살이 쭉 아름답게 비추었다.

그 집에 도착했다. 한지연 집사는 새파란 부추를 다듬다가 달려와 큰 눈을 반짝이고 활짝 웃으며 우리를 반갑게 맞아 꼭 안아 주었다. 옆에 서 있던 미국인 남편도 정원을 손질하다가 다가와 튼실한 체격에 큰 손으로 악수를 하며 반갑게 맞아 주었다.

"아 안녕하세요. 바안갑습니다."

한국말로 인사도 했다.

아름다운 전망을 지닌 좋은 집이었다. 넓은 주방은 청결하게 정리되었고 거실 역시 삼면에 통유리로 깔끔하게 자리한 요소요소에 한국의 전통 가구들이 놓여 있었고. 한쪽엔 반짝거리는 검정 피아노에 악보 그려진 책이 펴져 있었다.

"집사님, 피아노 공부하세요?"

"예, 피아노 배우고 있어요. 이제 내 나이 70이 넘었는데, 지금이라도 손주들이 집에 오면 피아노 치고 동요라도 함께하고 싶어서요."

그 의욕 또한 대단했다.

사방으로 둘러싸인 정원에 아름드리 큰 트리나무가 줄지어 있고 아직 제철을 만나지 못하여 그물로 덮여 있는 넓은 수영장도 나무 사이로 보였다.

갓 나온 새 쑥을 뜯어 쌀가루와 찧어 만든 파란 칼라의 동글한 떡은 집사님의 정성과 사랑이 스며서인지 유달리 쫄깃쫄깃하고 쑥향은 더욱 향기로웠다.

다듬었던 부추를 씻어 무우채를 넣고, 사과 쥬스, 마늘, 고춧가루, 설탕, 액젓, 통깨를 넣어 버무린 부추 겉절이 역시 감칠맛 나는 특유의 맛이었다. 음식 솜씨도 참 좋았다. "우리집 밥은 수돗물이 아닌 수질 좋은 지하수 약수를 사용해서 철 솥에다 밥을 짓기 때문에 어디에서도 맛볼 수 없는 특유한 밥입니다. 저녁에 맛보고 가세요."

향이 있는 쌀과 찹쌀을 혼합하여 씻고 적당한 물을 부어 자기만의 노하우로 뚜껑을 열고 끓인 후에 뒤적여 다시 뚜껑을 닫고 뜸을 들인 향기 풍기는 밥은 정말 일미였다. 한국 친구들도 이 밥을 즐겨 해서 자주 초대한다고 했다.

미국인 남편은 한국 마켓에 가면 부인이 좋아하는 한국 음식들을 사와 냉장고에 가득 채워 놓는단다.

냉장고에서 내어온 여러 가지 김치, 코다리 조림, 홍어무침, 장아찌, 부추무침, 향미 나는 따뜻한 밥 등 짧은 시간에 잔치상을 차려 놓았다. 생각지도 않았던 후한 대접을 받았다. 올 때는 쑥떡과 부추김치도 듬뿍 싸 주었다. 집사님의 따뜻한 관심과 배려와 사랑은 은은한 라일락 향이었다.

다음날 주일이 되어 교회에 갔다. 조용한 위치에 십자가 높이 세워진 교회당 건물은 운치도 있고 아름다웠다. 함께 식사할 수 있는 부대시설도 잘 갖추어졌고 아주 넓은 교회 부지도 둘러 있었다. 모든 성도들도 반갑게 만났다.

예배 시간에 아들(문학배) 목사는 현지 교인을 위하여 먼저 영어로 설교하고, 그 내용을 한국인 교인들을 위하여 한국말로 자유롭게 메시지를 선포했다.

손녀도 엄마 피아노 반주에 맞추어 바이올린 독주로 찬양을 은혜롭게 연주했고, 나도 순서에 따라 며느리 반주로 시편 23편을 특송했다.

주님의 피와 살을 기념하는 성찬식이 있었고, 축도를 맡은 남편 문 목사는 유창한 영어로 위대한 미국인 아브라함 링컨과 마틴루터 킹 박사에 대해 잠깐 언급한 후에 하나님을 위해, 인류를 위해, 위대한 꿈을 갖자고 말한 후 축도했다.

예배를 마치고 점심시간에 생일 당한 교우들 축하가 끝난 후 〈지금도 기다릴까〉 나의 시조화집을 교인들에게 선물로 주었다.

저녁에는 마취과 의사인 황수영 장로 내외의 초대로 중국식당에 갔다. 중국인이 경영하는 식당으로 오리고기만을 전문으로 요리하는 식당이었다. 훈제로 된 오리 한 마리를 상 앞으로 가져와서 얇게 썰어 접시에 소복이 담아 주었다.

네모진 전병 위에 얄팍한 오리고기를 얹고, 달콤한 무채, 파채를 얹고, 그 위에 양념 소스를 뿌려 둘둘 말아서 먹는 것으로 오리 냄새가 전혀 없는 담백하고 상큼한 맛은 참으로 일미였다. 이 맛 때문에 손님들이 많이 찾는단다.

얘기를 하다 보니 황 장로는 서울 대광고 남편 문 목사 후배여서 더욱 친근감을 가졌다.

다음날 월요일에는 디트로이트 연합교회 손혜자 장로의 점심 식사 초대로 한 시간여 드라이브하여 서로 중간 지역, 약속 장소인 한국 식당에서 만났다. 손 장로는 광주 드맹 시누의 절친한 친구여서 매우 반가워하며 극진히 대접해 주었다. 30년 이상 미국에서 살아서 교회를 중심으로 한 여러 가지 경험담을 들려주었다.

오는 길에 명문 미시간 대학(University of Mishigan)가를 둘러보았는데 남편은 법과 대학 앞에서 사진을 한 컷 담았다.

이 대학은 미시간 지역이 미국의 정식 주로 승격되기 전인 1817년 미국 최초의 공립학교로 디트로이트에 세워졌다.

2014년 영국 대학 평가 기관 QS가 집계한 세계 대학 순위에서 23위를 차지했단다. 같은 해 미국 시사주간지가 발표한 전미 종합대학 순위에서 29위에 올랐다. 총 26명의 로즈 장학생과 8명의 노벨상 수상자를 배출했다.

로즈 장학금은 1902년 세실로즈(Ceci Rhodes)에 의해 시작된 장학금 제도로 영국 옥스퍼드 대학에서 공부하는 미국, 독일, 영 연방공화국 출신 학생들에게 주어지는 것인데, 미국의 전 대통령 클린튼도 이 장학금으로 영국 옥스퍼드에서 공부했단다.

남편은 평소 유명 대학들을 방문하길 좋아하여 손주들이 이 대학에서 공부할 수도 있을 것인데 미리 보아두면 좋을 것이라 했다.

5월 7일은 큰아들이 있는 차타누가로 돌아가는 날이다. 며느리와 손주들과 석별의 정을 나누며, 6시경 아들 학배 목사의 운전으로 공항을 향해 갔다.

수속 중 보안 검색을 위해 서 있는 사람들의 줄이 상당히 길었다. 차례대로 검색을 받으니 많은 시간이 흘러 끝났다.

비행기 타는 게이트까지도 한참 멀어서 열심히 뛰었다. 8시 20분 비행기를 타기 위해 15번 korean Airline 게이트를 향해 달렸으나 이미 문은 닫혀 있었다. 우리가 약간 늦어 황당했다.

옆에 있는 카운터를 찾아 직원을 만났다. 여직원은 12시간 기다린 후 자리가 있을 경우 밤 8시 10분 비행기를 탈 수 있다고 했다.

다급한 것은 차타누가 비행장에 마중 나올 큰아들에게 우리의 사정을 알리는 일이었다.

내 핸폰으로 알리려고 했으나 wi-fi 연결이 되지 않아 통화를 할 수가 없었다. 안타까운 나머지 남편은 앞에 앉아 있는 미국인 신사에게 우리의 사정을 말한 후 그의 전화로 아들과 통화를 했다. 얼마나 다행이었는지, 그분의 친절한 도움이 무척 고마웠다.

남편은 12시간이나 공항에서 기다려야 하는 상황에 이같이 말했다.

"차타누가에서 시간을 보내든, 이곳 디트로이트공항에서 시간을 보내든 우리에게는 별 상관이 없소, 이곳을 도서관으로 삼고 독서하며 시간을 보냅시다."

어쩔 수 없는 상황이라 그렇게 할 수밖에 없었다. 밤 비행기를 기다리면서 책을 읽다가, 졸다가 했다. 다행히 빈자리가 있어서 밤 8시 10분 비행기를 탈 수 있었다.

비행 1시간 30분 걸려 차타누가공항에 오니 마치 고향에 온 것 같았다. 마중 나온 아들과 함께 집에 와서 우리가 사용하는 넓은 방에 들어오니 평안한 마음이었다.

'항상 기뻐하라. 쉬지 말고 기도하라. 범사에 감사하라. (살전 5:16~18)'라는 말씀이 떠올랐다.

시니어 컨퍼런스 참석

　해마다 갖는 리빙워터스 대회가 미국 장로교가 주최하고 미국 장로교 남대서양 지부 협찬으로 양 대회 시니어 컨퍼런스(2019. 5. 13~16)가 3박 4일 동안 열렸다.

　19개 교회가 참가한 이번 대회는 '존귀한 자는 존귀한 일을 계획하나니 그는 항상 존귀한 일에 서리라(시 32:8)'는 말씀에 기초하여 '존귀함'이란 주제로 애틀랜타 연합교회에서 개최되었다.

　이번 컨퍼런스의 강사는 매스컴으로 많이 알려진 김문훈 목사였다. 5회에 걸친 열정적인 설교 말씀은 많은 은혜를 주었다.

　특강으로 의사인 임종섭 장로는 깔끔한 양복 차림으로 나와 '백세 시대를 향한 건강 관리'라는 강의를 했다.

　"우리가 생활 습관 개선으로 식사와 운동과 긍정적인 삶을 말하고 신앙생활을 잘하면 우리의 수명은 6년 더 연장할 수 있어요. 세계 보건 기구가 2018년 1월 평균 연령 기준을 말했는데, 0~17세는 미성년자, 18~65세는 청년, 66~79세는 중년, 80~99세는 노년, 100세 이후는 장수노인입니다."

　이렇게 말해서 우리는 한바탕 웃었다.

우아하고 지성미 넘치는 여성 박수현 장로(전 어번대학교 상담교육학과 부교수, 현 어번대 한국 홍보관 원장)의 '이기심이 주는 존귀함'이란 강의도 있었다.

"우리가 보통 얘기할 때 '저 사람은 이기적이야, 이기심이 많아.' 하는 이야기는 부정적인 이미지를 담고 있지요. 이러한 사람들은 자신만을 생각하고, 자신만의 유익을 구하다 보니 기독교의 이미지로는 부합되지 않습니다. 이는 개인뿐만이 아니라 집단에도 해당 되어요."

대중을 둘러보며 미소를 짓는 엷은 보조개의 홍빛 우물이 반사되었다.

"하지만 利己心의 한자적 의미는 이로울 이(利), 몸 기(己) 마음 심(心)으로 몸과 마음에 유익을 준다는 뜻으로 부정적인 의미를 담고 있다고는 볼 수 없어요. 다만 죄성이 있는 인간들의 착각으로 몸과 마음에 유익을 주는 행위를 잘못 선택한 데서 이기심이란 단어가 부정적 의미로 고착되어 버린 것 같아요. 주님은 우리의 한 사람 한 사람을 귀히 여기시고, 몸과 마음이 건강하여, 기쁘고 감사한 생활을 하길 원하며, 이러한 삶을 통해 세상 가운데서 주님의 영광을 나타내기를 원하십니다."

이기심에 대한 뜻을 다시 헤아려 보게 했다.

워크숍 시간에 함금식(사회학 박사, 전 펜실베이니아 주립대 교수) 교수는 미국의 인구 이동 연구 기관인 이주 정책 연구원에서 2015년 기준 연방정부 인구 조사 통계 자료를 바탕으로 '미국 내의 한국인 이민자들'에 대해 말했다.

"한인들의 약 30%가 주로 캘리포니아, 뉴욕, 그리고 뉴저지의 도시 교외 지역에 거주하고 있지요. 그들의 사회 경제적 배경을 보면 평균 연령이 다른 이민자들에 비해 2살이 많은 46세이고, 미국인들에 비하면 10살이 많지요. 반면 직업 분포를 보면 51%가 전문직에 종사하고 있어요. 이 비율은 다른 이민자들이나 미국 인구의 직업 분포와 비교할 때 매우 높은 수준입니다. 또 25세 이상의 한인들 중 53%는 대학이나 그 이상의 학력을 가지고 있어요. 이 또한 다른 이민자들이나 미국인들에 비해 매우 높은 비율이지요. 한인들의 경제적인 지위를 보면 그들의 평균 연간 수입은 6만 2천 달러가 넘습니다. 다른 이민자들의 평균 수입 5만 1천 달러, 그리고 백인의 평균 수입 5만 6천 달러에 비하면 월등히 높은 수준이지요."

진지한 표정으로 싱그럽게 끝맺음을 했다.

시니어 컨퍼런스 워크숍 시간에는 반을 나누어 악기 중 오카리나, 하모니카, 수화 찬양, 주사랑 찬양 율동, 선교 고전 무용, 혼성 중창팀 등등 각 반에 한 가지를 선택하고 각각 그 반에서 배운 것을 마지막 시간에 발표하는 순서를 갖게 되어 있었다.

나는 어느 반에 들어갈까 생각 끝에 오랜 강의 시간에 앉아 있어 몸이 삐걱거려 운동하는 쪽인 '선교 고전 무용반'을 택했다.

밖으로 나가니 각 반 별로 안내자가 피켓을 들고 서 있었다. 그쪽으로 가서 안내자를 따라갔다.

넓은 홀 안에는 뒤쪽으로 의자들이 놓여 있었다,

아름다운 몸매를 가진 우효숙 선교사가 우리를 반가이 맞아 주었다. 우리는 서로 인사를 나누고 의자에 앉아 자기소개를 했다.

7명의 신청자 중에 커플인 장로님 내외도 참여했다. 남편 되신 장로님은 정신과 의사로서 파킨슨병으로 몸과 팔다리가 자유스럽지 않고 말도 어눌했다.

선생님은 우리 7명을 한 줄로 서게 하고 설명을 했다.

"여러분 처음이라 조금 힘들겠지만 하나하나 동작을 잘 따라서 해보세요."

"네."

198
행복한 여정

마치 초등학교 학예회 발표를 위해 무용 연습을 했던 어릴 때 모습이 환히 떠올랐다.

"양팔을 십자가형으로 펴고 오른발을 들어 약간 왼쪽 사선으로 발뒤꿈치부터 바닥에서 발가락 쪽으로 오른발 왼발 반복하여 지그재그로 스텝을 밟아 앞으로 나아갑니다."

선생님처럼 부드럽게 동작을 해보려 하나 마음 같이 되지 않았다. 반대 방향으로 발뒤꿈치를 먼저 내어 바닥을 밟아야 하는데 자꾸 넘어질 듯하며 사선으로 가야 할 발은 직선으로만 갔다.

정신과 장로님은 거동이 불편함에도 불구하고 운동을 해야 한다는 부인의 권유도 있었겠지만 자신 역시 비틀거리며 최선을 다하여 1시간 동안 모든 동작을 따라 했다. 그 집념이 참 대단했다.

다음날 정해진 시간에 연습을 위해 다시 모였다. 3명은 어렵다며 포기하고 오지 않았다. 남은 4사람은 열심히 연습했다. 선생님은 잘한다고 격려를 해주었다. 틈 있는 대로 연습했다.

2~3시간 연습하고 무대에 선다는 것은 무리였으나 어쩔 수 없이 정해진 순서에 응해야만 했기에 두려운 마음으로 무대에 올라갔다. 예행연습 시간에 정해 준 자기 자리에 각각 섰다. 흥겨운 음악이 흘러나왔다.

'오늘 같이 좋은 날에 할렐루야 찬양하세, 오늘 같이 좋은 날에 할렐루야 춤을 추세, 거룩하신 예수님 이 땅 위에 오셔서 우리 죄를 대속하시어 천국으로 인도하시니……'

흥겨운 리듬에 맞추어 앞에서 인도하시는 선생님을 따라 손과 발을 리드미컬하게 움직이며 노래에 제법 맞추었고, 하는 중간 관람석의 힘찬 박수도 받아가며 잘 마무리했다.

장로님은 청일점으로 끝까지 잘해 냈다. 남편을 운동하도록 무대 위에 세우고 하나하나 보살피는 부인의 따스한 배려와 섬기는 모습의 향기가 내 마음속으로 훈훈하게 풍겨 들었다.

애틀랜타 관광 코스로 스톤 마운틴, CNN 센터, 마틴 루터 킹 목사 기념관, 카터 대통령 기념 도서관 등 20여 곳의 관광지를 자유로이 관람하도록 소개하고 떠나는데 우리는 이미 보았던 곳이 많아서 합류하지 않았다.

시니어 컨퍼런스가 끝난 후 우리는 아들 가족과 함께 대전 신학교 남편의 전임자였던 이 디모데 박사 내외를 한국 식당에 초대하여 점심을 함께 나누며 즐거운 대화의 시간도 가졌다.

박사님은 큰 교회에 출석하다가 요즈음은 개척 교회에 출석하며 돕는다고 했다. 작은 교회가 조금씩 성장해 가는 것을 보며 보람을 느끼시는 것 같았다.

헤어지면서 약소한 선물과 나의 시조화집 〈지금도 기다릴까〉를 드렸다. 아쉬운 석별의 정을 나누며 헤어졌다.

우리는 타고 왔던 밴에 다시 올랐다. 운전하는 아들과 옆 좌석에는 남편, 중간석 어린이용 카시트에는 가현, 시현이, 뒷좌석에는 며느리 이양희와 내가 앉아 차타누가 집을 향했다.

집에 거의 도착할 무렵, 4살배기 어린 손녀 문가현의 또박또박한 귀여운 음성이 들렸다.

"호텔에 있으면 집이 그립고, 집에 오면 호텔이 그립다."

말하는 손녀의 그 생각과 그 어휘 능력에 깜짝 놀라 우리는 차 안에서 활짝 웃음꽃을 피웠다.

미국 장로교 한인교회 전국 총회 참석

2019년 5월 21일부터 24일까지 미국 장로교 한인교회 제48회 정기총회 및 전국대회가 플로리다 주 올랜도(Orlando)에서 열렸다.

이번 미국 방문 목적 중의 하나가 이 대회에 참석하는 것이었는데, 올랜도는 세계적인 관광명소라서 더욱 기대가 컸다.

플로리다 주 중앙 저지대로 호수가 많은 지역에 위치한 올랜도는 1844년 미국 육군 주둔지였던 개틀린(Gatlin) 요새를 중심으로 정착이 시작되었단다.

처음에는 저니건(Jernigan)이라고 불려지다가 1857년 세미놀 전쟁(Seminole War) 중에 전사한 육군 보초병 올랜도 리브스(Orlando Reeves)를 추모하여 개칭되었단다.

세계적인 최대 종합 리조트 관광 도시로 연간 4,000여만 명의 관광객이 방문하는 미국 내 최고의 관광 도시이며, 미국 내 여론 조사 결과 미국인들이 가장 가고 싶어 하는 여행지 1위, 유럽인들에게는 신혼여행지 1위로 손꼽히고 있다고 했다.

우리 내외는 총회 참석을 위해 아들 목사 가족과 함께 아침 6시 45분에 집을 나섰다. 올랜도 총회 장소까지는 자동차로 10여 시간 걸리는 먼 거리였다.

아들 내외가 교대로 운전을 하며 가는데, 도로변 가로수의 작달막한 나무들이 종려나무들과 함께 어우러져 아름다움을 더해 주었다.

녹음 우거진 정원 휴게소에서 적당한 장소에 자리를 잡고, 집에서 준비해 온 음식과 샌드위치로 아침과 점심을 해결하고 도중에 휴식도 취하면서 미국 땅의 광활함을 만끽하며 달리다 보니 어느덧 총회 장소인 Rosen plaza 호텔에 도착했다. 규모가 엄청 큰 고급 호텔이었다.

아들 목사 교회의 이상춘 장로는 우리가 올랜도에 간다는 것을 알고 전화를 했다.

"올랜도에는 랍스터를 잘하는 식당이 있는데 거기에서 꼭 식사를 한번 하세요."

우리는 그 말에 따라 식당을 찾아갔다. 식대는 1인당 51불이었는데 랍스터는 얼마든지 원하는 대로 가져다 먹을 수 있었다.

차타누가에 가서 이 장로를 만났을 때 식사 대금을 아들 목사에게 주더라고 했다. 그 따스한 사랑과 세심한 배려에 감사한 마음이었다.

이번 총회의 주제는 '남은 자는 회복하는 자 Remnants as Healers (욜2:32, 롬11:4-5)'였다.

주제 강사는 미국 장로교(PCUSA) 총회장인 Cindy Kohlmann 이었다. 신디 콜만은 여성으로서 총회장까지 된 유능하고 겸손한 분으로 잘 준비된 설득력 있는 주제 강의를 했다.

총회장은 주제 성구의 맥락을 설명하면서 강의를 했는데, 요지는 3가지였다.

그녀는 말하길, '우리가 엘리아에게서 배운 첫 번째 교훈은, 우리만 홀로 남은 충성된 사람들이 아니라는 것'이었다.

"남은 자가 누구인지를 결정하는 것은, 우리가 아닌 하나님이시지요. 엘리야는 그와 더불어 7천 명의 신실한 사람들이 있었다는 것을 몰랐어요. 엘리아는 혼자라고 생각했지요. 하나님은 하나님의 이름에 계속해서 영광을 돌리기 위한 남은 자들과 하나님의 놀라운 은혜를 증거할 사람들을 보호하시고, 그 남은 자들을 결정하시고, 신실한 사람을 결정하신다"고 힘을 주어 말할 때 단정한 금발머리는 더욱 빛이 났다.

두 번째 교훈은, "남은 자들을 세우는 것이 우리의 노력이 아닌 하나님의 은혜입니다. 종교 개혁의 핵심 교리 중 하나는 우리가 믿음을 통해 은혜로 구원받았다는 것이며, 우리 자신의 자격과 공로가 아닌 오직 하나님의 놀라운 은혜지요. 하나님의 은혜로 남은 자가 세워진다는 것은 참으로 기쁜 소식입니다. 율법과 선지자의 대강령인 마음을 다하고 뜻을 다하여 네 하나님을 사랑하고 네 몸과 같이 네 이웃을 사랑하라는 것입니다."이었다.

카랑카랑한 그녀의 음성은 사랑이 살랑거리는 듯했다.

세 번째 교훈으로, "우리만이 신실한 유일한 사람들이고 하나님의 은혜의 영원한 팔에 안긴다는 착각을 벗어날 때, 그때 우리는 벌어진 틈을 채우는 치유자들이 될 수 있고, 복음의 전달자가 될 수 있고, 주님께서 약속하시는 풍성한 삶으로 다른 이들을 초대할 수 있습니다. 우리 삶의 모든 면에서 어디에 초점을 두느냐가 중요하지요. 만약 우리의 시선이 예수님께 고정되어 있다면, 그때 우리는 주님의 사랑과 은혜를 나누는 것에 가장 관심을 가지게 됩니다. 그러나 만일 우리의 시선이 우리 자신이나 혹은 다른 사람에게 고정된다면, 그때 우리의 초점은 우리를 빗나가게 인도합니다."

초점을 고정시키라는 올곧은 말이 나의 심장 속에 깊이 새겨졌다.

주제 강사의 한 분으로 초청받은 대한예수교 장로회(통합) 총회장 림형석 목사는 정장 차림으로 단위에 서서 '영적 부흥의 마중물로서의 NCKPC(합3:2)'라는 제목으로 강의했는데, 그의 미국에서와 한국에서의 성공적인 목회를 기반으로 해서 진행된 그의 강의는 우리를 공감으로 이끌었다.

영적 부흥은 무엇인가에 대해 말했다. 그것은 영적 갱신이며, 성령 충만이며, 영적 훈련이라고 했다.

부흥에 대해서 오해하지 말아야 할 것은, 부흥은 하나님이 주시는 것이며 계속적인 경험이라고 했다.

왜 영적 부흥이 필요한가? 우리 자신을 위해, 한인교회를 위해, 미국을 위해 필요하다고 힘주어 말했다.

어떻게 영적 부흥이 일어 나는가?(행 10:42~48) 부흥은 기도를 통해 온다. (행10:1~2) 부흥은 전도를 위해 온다. (행 10:19~23) 부흥은 말씀 선포를 통해서 온다. (행 10:44) 부흥은 회개를 통해온다. (대하 7:14)

한인 교회 부흥 가능한가? 내가(목회자) 먼저 부흥을 경험하자. 우리 교회가 부흥을 경험하자. 한인교회가 부흥을 경험하자.

밝은 표정 안고 웃음 가득 지으며 열정으로 외쳤다.

아침 경건회를 위해 김충석 목사(한국기독교 장로회 총회장)의 '예수그리스도의 심정으로!(시61:1~3, 빌1:8)', 유승원 목사의 '지금은 다시 씨를 뿌려야 할 때(시126:1~6, 막4:26~29, 고전3:6~7)', 김병규 목사의 '평면적 사고와 입체적 사고(고전2:12~16)'라는 은혜로운 말씀들이 있었다.

여러 위원회의 보고가 있는 중에 나는 특별히 장로교 여성 위원회의 보고에 관심을 가졌다.

미국 장로교 여성회(Presbyterian Women) 총회장인 이정인(교수) 장로는 장로교 여성회의 역사와 활동을 보고했다.

미국 장로교 안에서 전국적인 여성 연합회가 탄생한 것은 1878

년이었고, 독립적으로 모여 선교를 하던 여러 지역의 여선교회들이 모여 1878년 뉴욕시에서 전국 연합회로 발족했다.

그 후 110년 뒤인 1988년 남 장로교와 연합 장로교가 연합하면서 지국의 명칭인 PW로 거듭 태어났다. PW는 해외에 선교사를 보내는 중 활발히 선교를 후원했다. 예쁜 머플러를 만지며 차분히 말하는 모습이 참 아름다워 보였다.

그 영향이 한국에도 미쳐와 1922년 미국 장로교 여성들이 생일 헌금으로 모은 58,875달러가 광주 수피아 여학교에 보내졌다.

그 후 광주 기독병원, 전주 예수병원 그리고 서울의 여성 쉼터와 평화의 집에도 미국 장로교 여성들의 정성 어린 헌금이 보내졌으며, 그해에 모아진 생일 헌금의 전액인 539,125달러가 장로회 신학대학교의 제3세계 지도자 센터를 건축하는 데 보냈다.

PW는 1922년에 수피아 여학교에 보낸 선교 헌금을 시작하여 지금까지 2,187,080불이 넘는 금액을 한국에 보냈으며 그 흔적과 열매가 실제로도 한국에 살아 있다고 본다며 관중을 볼 때, 장로교 여성들의 숭고한 선교 열의에 덩달아 힘이 났고, 본받고 싶은 열망 속에 박수를 보냈다.

그룹 미팅 시간에 은퇴 목사회에 참석하여 여러 가지 순서를 가지며 친목을 도모했다. 어떤 회원이 나와서 말하는 중에 '이번 총회에 3대가 참석했다'고 했다. 그것은 우리 가정을 두고 하는 말이었다.

우리 내외와 아들 목사 내외, 그리고 어린 손녀들이 참석해서 3대가 되었던 것이다.

나는 의문 되는 것이 있어서 남편에게 물었다.

"NCKPC에서 council을 3년 전에 왜 caucus로 바꾸었지요?"

"council은 협회라는 말이며, caucus는 조직 위원회인데, 말하자면 PCUSA(미국 장로교)에서 압력 단체의 역할을 할 수 있다는 것이지요. 예를 들면 동성애를 반대하는 것 등 말입니다."

　성지를 재현해 놓은 관광지를 방문했다, 이스라엘 성지 조감도
를 만들어 안내자가 설명을 하고 곳곳에서 성경의 내용들을 뮤지
컬로 연출한 것을 흥미롭게 관람했다.
　올랜도는 리조트인 월트 디즈니 월드(Walt Disney World)가 개장
한 이래 세계 각처에서 관광객들이 대거 몰려오자 관광 사업, 호
텔, 쇼핑센터 등의 설립으로 급격히 도시화되어 관광 산업과 첨단
기술 산업의 중심지가 되었단다.
　디즈니월드를 비롯해 에콥 센터(Epcot Center), 엠지엠 스튜디
오(MGM Studios), 유니버샬 스튜디오(Universal Studios), 씨 월드(Sea
World), 애니멀 킹덤(Animal Kingdom) 등등, 관광지들이 도처에 산재
해 있었는데 일일이 가 보지 못하고 온 것이 아쉬웠다.

선교사님들을 찾아서

　장밋빛 곱게 물든 오월, 샌디애고 미국 한인장로교 총회를 마치고 아들 문은배 목사와 함께 콜택시를 불러 샌디애고공항에 왔다.

　인생사에는 예기치 않는 돌발 사태가 발생하기도 한다. 우리는 휴스턴에서 비행기를 갈아타고 애틀란다까지 가는 코스였는데, 비행기가 연착되어 난감한 상태였다. 비행기가 수리 중이라며 떠날 시간도 알려주지 않아 막연했다.

　다행히도 애틀랜타까지 가는 다른 비행기로 연결이 되어 3시간 기다린 후 애틀랜타공항까지 직항으로 5시간 걸려 왔다. 공항 주차장에 두었던 자동차를 찾아 타고 밤 10시경 차타누가로 향했다.

　도중에 비가 억수같이 쏟아져 앞이 전혀 보이지 않았고 쏟아지는 빗줄기에 물이 튀고 땅에 고여 라인도 보이지 않았다. 어떤 자동차들은 가지 않고 도로변에 줄줄이 정차하고 있었다. 우리는 간신히 앞에 가는 자동차 뒤꽁무니의 안개등 불을 보고 조심스레 따라갔다. 2시간 거리인데 3시간이 더 걸려 집에 도착했다.

　며느리는 물론 보고 싶은 어린 손녀딸 가현이와 신생아 시현 손녀를 품에 얼싸안았다. 예쁘고 귀여웠다. 아들 집에 오니 내 집처럼 편안했다.

이튿날 주일에는 교회의 스케줄에 따라 야외 예배로 나갔다. 교인들도 반갑게 만났고 하나님 지으신 창조의 아름다운 자연 동산에서 예배드리니 또 다른 감사의 분위기였다. 푸짐한 음식도 함께 나눈 뒤 즐거운 게임도 하며 친교를 나눴다.

특별히 40년의 역사인 차타누가 한인장로교회를 초창기부터 섬겨 왔던 박이구 장로님(외과의사, 80세)이 약 2년 전 평생 해로해 온 아내 김현덕 권사를 하나님 나라에 먼저 보내고 홀로 쓸쓸히 지내다가 몇 개월 전 69세의 새 아내를 맞이했다.

그분은 일찍이 미국에 간호사로 와서 일하다가 45세가 되어 의사 공부를 시작하였고 50세에 뇌 분야의 전문의가 되었다고 했다. 장로님과 그분은 서로 의사로서 잘 어울리는 한 쌍의 부부였다.

우리는 새 부인과 처음으로 만나 대화를 나눴다. 우리 인생은 나이가 들어서도 혼자 살기가 힘들어 대화의 상대가 필요한가 싶었다.

우리가 차타누가에 왔으니 애틀랜타에 거주하는 이디모데 박사님(선교사, 86세)을 방문해야만 했다. 이 박사님은 대전 신학교 학장으로 계셨는데 남편 문전섭 목사를 자기 후임으로 추천했던 분이다.

우리는 이 박사님께 연락을 드리고, 아들 문은배 목사가 2시간 운전하여 찾아갔다. 실로 감격스러운 만남이었다. 근 40년의 세월이 흘러서 박사님은 예전보다는 다소 허약한 모습이었으나 그 깔끔하고 인자한 매너는 여전했다.

박사님은 한국에서 대광 고등학교와 해군 복무를 마치고, 미국에 유학하여 필립스(Philps) 대학교 졸업 후 프린스턴 신학교에서 공부했다. 미국인 아내와 미국교회 담임 목사로 5년 일한 후 뜻한 바 있어 미국 남장로교 파송을 받아 한국에 선교사로 나왔다.

주로 대전 신학교에서 학장으로, 교수로, 상담원을 설립하여 원장으로 근 30년 봉직했다.

이 박사님은 선교사로 있는 중 주로 안식년을 이용하여 장로교 기독교 교육 대학원(PSCE)에서 석사학위를 받았고 샌프란시스코 신학교에서 목회학 박사(D.Min) 학위를 받았다. 은퇴하여 하와이에서 오래 살다가 최근에 애틀랜타로 이사했다.

현재 딸 2자매와 손주들이 있는데 한 딸 가족이 애틀랜타 가까운 곳에 살고 있어서 자주 만난다고 했다.

2012년 프린스턴 신학교는 200주년을 맞는 뜻깊은 해에 '모교를 빛낸 인물' 3인을 선정하여 수여했는데, 그중의 한 분이 이 박사였다. 이것은 이 박사 개인에게만 영광이 아니었고 우리 한국인들의 영광이기도 했다.

이 박사를 아는 분들은 그분의 신앙 인격과 봉사 정신을 볼 때 당연한 것으로 생각했다. 김현자 사모님의 정성 어린 점심식사를 대접받은 후 감사한 마음 안고 우리는 차타누가 집으로 향하는데 차창 넘어 유난히 맑은 하늘에 춤추듯 어울리는 새털구름과 예쁜 산새들의 노니는 모습, 인생 삶의 장면들이 되새겨졌다.

우리가 2주간 차타누가에 있는 동안, 은퇴한 선교사님들이 살고 있는 블랙 마운틴(Black Moutain)에 가 보기를 원했다. 아들 문 목사가 그곳에 사는 제임스 린튼(James Lynton, 건축가) 장로님과 서로 통화하고 그곳을 갔다.

우리는 4살배기 손녀 가현이 재롱을 보며 아들이 운전하여 4시간 걸려 도착했다. 기다리고 있었던 린튼 장로님과 반갑게 만났고, 우리가 순천에서 알고 있었던 그의 어머니가 계신 널따란 집으로 안내받았다.

92세 된 어머니는 한국말을 잊지 않았다.

"오랜만이요. 어서 오세요. 참 반갑습니다."

휠체어를 의지해서 몸을 움직였으나 건강한 모습으로 우리를 반가이 맞이해 주었다. 린튼 장로 부인과, 은퇴하여 인근에 살고 있는 부부 의사인 토플(Topple)선교사 내외도 함께 기다리고 있었다.

우리는 모두 한국말로 말을 주고받으니 편안했고 마치 여기가 한국인가 착각할 정도였다. 선교사들은 자기들이 선교했던 한국이 때때로 그립고 가끔 생각난다고 했다.

토플 선교사는 여수 애양원 원장으로 우리 순천 중앙교회 협동 장로였다. 20여 년 여수 애양원에서 헌신 봉사의 업적으로 한국 정부로부터 대통령 표창을 받기도 했다. 한국의 사역을 끝낸 후에도 아프리카 나라들에서 의술로 선교 활동을 계속하다가 최근에 은퇴했다.

제임스 린튼 장로님의 아버지 휴 린튼은 우리가 순천 중앙교회 담임목사로 섬기고 있었을 때 협동 목사였고, 진주 노회를 비롯하여 순천 노회 등 농촌 교회 설립을 위해 불철주야 진력하던 중 불의의 교통사고로 아깝게도 별세했다. 그의 자녀들 4형제 중 3형제가 한국에서 현재 일하고 있는데, 인요한은 연세대 의과대 교수로서 한국에 귀화하였고, 두 아들은 연구소에서 근무한다고 했다.

또한 휴 린튼 선교사의 동생 인도아(Dwight Lynton) 선교사를 빼놓을 수 없다. 그는 호남 신학교 학장으로 또는 농촌 선교 사역을 한 후 미국으로 돌아가 별세했다.

정성스레 준비한 점심을 나누면서 이야기를 주고받던 중 제임스 린튼 장로님은 유진벨 재단의 활동으로 북한에 우물 파기 운동을 위해 자주 북한을 방문한다고 했다.

제임스 린튼 장로님 가계는 우리 한국과 관련하여 관심과 흥미와 감동을 불러 일으켰다. 부친은 앞서 말한 휴 린튼 선교사이고 조부 윌리엄 린튼(William Linton)은 대전 대학교(한남 대학교)를 설립한 선교사이다. 더욱 놀라운 것은 그의 증조할아버지 배유지

(Eugen Bell) 선교사인데 광주 지역의 초창기 선교사였다.

사직공원 아래 유진벨 선교기념관이 있고 아래로 내려가면 사직 도서관으로 가는 도로변에 그의 비석이 서 있다.

나는 그 길을 자주 오가면서 검은색 비석에 하얀 글자로 새겨진 글귀를 읽곤 했다. 쓰여 있는 내용은 이러했다.

〈배유지 Eugene Bell〉

배유지는 개항 이후 우리나라에 기독교를 전파하기 위해 들어온 미국인 선교사이다. 배유지라는 이름만 들어서는 한국 사람인 것으로 착각할 수도 있는데 본명이 유진벨이다.

미국 켄터키(Kentucky) 주에서 출생하여 신학대를 졸업한 후 그는 1896년 봄 28의 나이로 한국에 입국하여 목포와 광주 등지에서 선교부를 창설하여 선교 활동에 힘썼고, 북문안 교회, 수피아, 숭일학교를 설립하였다.

1925년 9월 28일 광주에서 세상을 떠나 양림동에 묻혔는데, 그 후손들이 현재 5대째 유진벨의 뜻을 이어 한국에서 봉사 활동을 하고 있다. 배유지는 1895년 4월 한국에 도착해서 1925년 9월 광주에서 생을 마감할 때까지 약 30년간 한국에서 선교 활동을 했다.

그의 후손 인요한 교수는 "우리 가문은 달걀과 같다"라고 했다. 겉은 흰둥이 백인이지만 속은 황인종 한국인이라는 뜻이리라

인근 몬트리트(Montreat)에 유명한 복음 전도자 빌리 그레이엄 박사가 은퇴하여 살다가 2018년 2월 21일 99세로 별세했다.

그는 전 세계 185개국을 돌면서 2억 1천 5백만여 명에게 복음을 전파했다. 그는 한국에도 몇 차례 방문해서 복음을 전했고 북한에도 두 차례 방문해서 김일성 주석을 만났고 김일성 대학에서 설교도 했다. 미국의 역대 대통령들의 친구와 자문역의 역할도 했다.

미국 대통령들은 그의 별세를 애도했으며 그를 높이 칭송하는 말도 아끼지 않았다.

이곳 블랙 마운틴에 온 우리는 서의필(Somervile, 90여 세) 선교사를 만나고 싶었으나 건강이 여의치 않아 밖의 출입을 못한다 했다. 서의필 선교사님은 대전 한남대학교에서 교수로 재직했고, 성균관 대학교에서 석사학위를, 하버드 대학교에서 한국 족보를 연구하여 박사학위를 받은 독특한 분이었다.

특별히 빌리 그레이엄 목사와는 동서지간이었고, 우리와는 대전에서 사귀었던 분이었다.

미국 장로교회(PCUSA)는 몬트리트 수련원(MONTREAT CONFERENCE CENTER)을 운영하고 있다는데, 관계, 휴양, 회복, 휴식을 위해 더없이 좋은 곳으로 누구든 환영한다고 했다.

우리가 하산할 무렵 토플 장로님은 그가 한국 사역을 마치고 떠나올 때 지기로부터 선물로 받았다는 병풍 가리개를 아들 목사에게 선물로 건네주었다. 병풍 가리개에는 시편 34편 글귀가 한글로 내리 쓰여 있었다. 내가 평소에 좋아하는 다윗의 시였다.

'내 언제나 주님을 찬미하리니' 시편 34편 내용의 글을 성가로 부르니 열렬히 박수로 화답해 주었다. 과거 친구들인 선교사들을 오랜만에 만나보았다는 뿌듯함을 안고 석별의 인사를 나누며 우리는 열심히 차타누가 집을 향하는데 가끔 전개되는 깎아지른 산세의 웅장함을 만끽하며 그 아름다운 풍광을 쎌폰에 담았다.

정다운 고향 떠나 복음의 말씀 들고
하늘길 텃밭 일궈 푸른 꿈 열매 맺혀
한평생 사랑의 열정 향기 펼쳐 나른다.

– 졸시조 <선교사님들을 찾아서> 전문

성가대 수련회

어느 날 가을, 단풍 구경을 다녀온 손형진 성가대원이 감격에 넘친 밝은 표정으로 환히 웃으며 다가와 했던 말이 뇌리 안에 멎었다.

"사모님, 3일 전에 스모키 마운틴을 갔다 왔어요. 자연 풍경이 사계절 모두 좋지만, 가을 단풍은 환상적이에요. 꼭 한 번 가 보세요. 미국 내에서도 손가락에 꼽히는 국립공원인데요. 연간 1천만 명이 넘는 방문객이 줄을 잇는대요."

그래서 미국의 그레이트 스모키 마운틴 국립공원(Great Smoky Mountains National Par)은 관심이 있었다. 원래 원주민(Cherokee Indian)의 본거지로 16세기 중반 유럽인들과 접촉하기까지 이곳에 살았었다. 그러나 18~19세기 초 백인들이 정착하기 시작하면서, 1830년 앤드루 잭슨(Andrew Jackson) 미국 7대 대통령(1767.3.15.~1845.6.8.)이 인디언 이주법(Indian Remeval Act)에 서명하므로 1838~1839년에 미국합중국의 강제 이주령에 따라 인디언들은 2,000km 떨어진 미시시피강 서쪽, 지금의 오클라호마(Oklahoma) 허허벌판으로 강제 이주하기 시작했다.

대부분 떠났지만 소수의 인원이 떠나지 않고 체로키족의 유명한 지도자 Tsali의 인솔하에 숨어 지냈는데, 그곳이 바로 지금의 그레이트 스모키 국립공원이란다.

그들이 고향을 떠나면서 부른 노래가 어메이징 그레이스(Amazing Grace)였단다. 작곡자는 알려지지 않고 있으며 1779년 영국 성공회 사제인 존 뉴턴 신부가 작사를 했다.

그들이 미국 기병대에 이끌려 피눈물을 흘리며 떠난 피난길을 미국에서는 눈물의 길(The trail of tears)이라고 한다. 맨몸으로 쫓겨나 추운 겨울 맨바닥에서 잠을 자야 했고 결국 추위와 굶주림, 질병으로 1만 6천 명의 부족 중 4천여 명은 도중에 목숨을 잃었다.

이 노래는 죽은 이들을 땅에 묻으면서 그들의 명복을 빌었고 살아남은 자들에게 힘을 얻게 하기 위해 불렀다고 했다.

찬송가에 실려진 '나 같은 죄인 살리신' 이 노래는 우리 한민족이 애국가를 부른 것처럼, 지금도 체로키 인디언들은 애국가처럼 부른단다.

우리가 미국 방문 중 그 기간에 차타누가 한인교회 찬양대 수련회를 2박 3일(2019. 5. 26.~28) 이곳에서 갖는다고 하며 성가대 발성법 특강을 해달라는 아들 문은배 담임목사의 부탁이 왔다.

5년 전에도 토요학교의 프로그램에 여선교회의 연중 계획에 1학기 동안 성악 발성법을 시간에 넣어 관심 있는 분들이 열심히 공부하여 발표 겸 연주회도 가졌던 생각이 났다. 마침 스모키 마운튼은 가보고 싶은 곳이어서 관심과 기대도 되었다.

문은배 담임 목사(큰아들)의 차로 남편(문전섭 목사)과 며느리, 두 손녀와 함께 네비게이션을 켜고 집을 나섰다.

오월의 맑은 햇살은 눈 부시고 차창 가로 보여 온 파란 하늘에 두둥실 흘러간 뭉게구름은 유난히 아름다웠다. 장엄한 산맥을 이은 산길의 우람한 갖가지 나무들은 온산을 연둣빛 초록색으로 옷

입어 신선한 공기를 내품어 주었다. 이 나무들이 가을이 되면 오색찬란한 단풍잎으로 갈아입을 때 참 장관이겠구나 싶어, 그녀의 말이 되새겨졌다.

2시간쯤 지나 높은 산기슭에 붉은 목조 건물들이 눈에 띄었다. 네비게이션은 신통하게도 그 높은 산골 속 아름다운 펜션 건물 앞에서 도착했단 신호로 깃발을 날렸다.

우리를 쉬게 할 이 펜션은 굽이진 계곡들이 안개 자욱한 경관들로 꽃구름으로 둘러싸인 작은 궁처럼 보였다. 안개가 자욱하다고 하여 스모키 마운틴이라고 했다는데 과연 그럴 만한 경관이었다.

성가대 대장인 이상춘 장로와 이재옥 권사(부부)는 수고가 무척 많았다. 많은 음식을 사랑 가득 담아 넘치도록 손수 준비하고, 미리 도착해서 식사 준비를 하고 있었다.

이 목조 건물은 윗층이 식당과 세미나실, 침실, 아래층은 운동과 놀이를 할 수 있는 공간과 침실, 맨 아래층엔 수영장, 옆에 따뜻한 스파장이 있어 손녀들과 함께 즐기기도 했다.

자연경관이 아름다운 숲속 펜션에서 이재옥 권사의 대단한 요리 솜씨와 사랑으로 준비해 온 푸짐한 저녁으로 30여 명은 즐거운 친교 시간을 가졌다.

식후에는 이상춘 성가대 대장의 격조 높은 인사말과 격려, 주의 사항도 들었다. 이어 담임목사는 하나님께 성가대의 사명 의식을 더욱 고취시키는 하나님께 영광 돌리라는 메시지 역시 뜨겁게 전달되어 부흥집회의 열기로 심금을 울렸다.

다음날 내 차례가 되어 먼저 준비해 간 유인물을 나눠 주고 '주님을 찬양합니다'를 준비 찬송으로 부르고 '성악의 기능적 훈련'이란 제목으로 강의를 했다.

인체 내의 여러 장기를 설명한 후 호흡법에 대하여 올바른 숨쉬기와 호흡기관, 횡경막 근육의 활동, 들숨과 날숨에 대하여 설명했다.

든든한 호흡의 공급이 없이 소리를 내려고 하는 것은 마치 원료가 없는데 제품을 만들어 내려는 원리와 같으므로, 원활한 호흡의 공급이 이뤄지기 위해서 관계되는 근육 훈련을 했다.

호흡의 조절을 위해 꼭 필요한 복부 근육과 횡경막 근육의 단련을 하지 않으면 목소리가 힘이 없고, 윤택하지 않고, 호흡의 지탱도 어렵고, 음역을 확대하기도 어렵기 때문에 평소에도 많은 연습을 하도록 하고 실습에 들어갔다.

"모두 자리에서 일어서서 호흡법을 연습해 볼까요. 등을 곧게 펴고, 가슴은 높게, 두 발을 약간 벌림과 동시, 한 발은 다른 발보다 앞에 놓고, 어깨는 올리지 말고, 편안하게 내리세요. 배는 안으로 넣으시고, 복근, 등 근육, 늑골(갈빗대)을 확장 시키면서 순간에 깊이 숨(들숨)을 들이마십니다. 늑골 허리둘레를 전체적으로 확장하세요. 양 손바닥을 늑골 갈비뼈 위에 부착시켜 늑골이 확장되는지 진단해 보세요. 이제 확장된 상태에서 밖으로 내쉰 숨(날숨)에 조금씩 절제된 '쉬……' 소리를 내면서 복근, 등근육, 늑골을 끌어당기면서 25까지 천천히 속으로 세면서 밖으로 내보내세요. 이때 복부에서부터 위쪽으로 이동하는 느낌이 들어야 됩니다."

노래를 시작할 때도 위의 방법으로 호흡을 폐에 가득 넣고 시작해야 한다. 이러한 호흡법을 반복 연습하도록 했다. 대원들은 호흡이 30까지 길게 된다며 서로 바라보고 깔깔 웃으며 흥미를 갖고 열심히 임했다.

"쉽게 예를 든다면, 납작한 고무풍선에 조그만 입구를 통하여 공기를 가득 넣으면 둥그렇게 팽창이 되어 단단해 지지요. (들숨: 복근, 횡경막, 등 근육, 늑골 허리둘레가 팽창해짐) 다시 풀어 놓으면 '삐비비비'하는 소리를 내면서 공기가 빠지고 원위치로 됩니다. (날숨:'삐비비비' 하는 소리는 가사를 실은 노래 소리와 같음) 즉 들숨에 호흡을 가득 넣고 날숨에 노래 가사를 실어 보내는 원리와 같습니다. 또 소리는 모든 화살이 앞으로 나가듯 밖으로만 나가야 합니다."

다음으로 인체의 공명강 기관에 대해 설명을 했다.

"유인물에 그림을 잠깐 보면서 설명을 들으세요. 우리 얼굴 속에는 공명강이 있지 않아요. 전두동, 사골동, 상악동, 접형골동 각각 2곳이 있고 비강 공명도 있지요, 가슴을 공명체로 사용하는 저음, 비강 부비동을 공명체로 사용하는 중음, 척추의 뼈대를 통해 소리를 머리 위쪽으로 보내어 상 인두를 사용해서 두개골 자체를 울리는 두성을 내는 고음들이 있어요. 가장 실제적이고 효과적인 공명강은 구강과 인두강(목구멍)인데요. 인두는 코의 뒷부분에서 성대의 윗부분으로 이어지는 긴 튜브처럼 생긴 공간인데, 성대의 진동으로부터 생긴 음파는 인두를 제일 먼저 통과하여 음의 색깔이 생기고 소리가 커집니다."

고음과 중음 배음을 실습하고 고음의 공명 처리를 향해 잠깐 실습을 했다.

"노래할 때 입은 하품하듯 연구개와 목젖이 올라가도록 상 인두의 공간을 최대한 넓혀 주어야 하며 특히 고음을 낼 때 목과 어깨에 힘이 들어가면 안 됩니다. 아래쪽 골반 부위에 힘을 가해 주면 등줄기를 타고 공명강을 통하여 성대의 울림이 위로 향할 때 이마에 있는 전두동 쪽으로 소리가 모아지면 소리에 힘이 있고, 탄력이 붙고, 맑고 깨끗하게 앞으로 쭉쭉 뻗어 나가고, 공명이 잘 됩니다. 공명이 잘 되면 소리가 맑게 울리고, 부드럽고, 멀리 들리고, 아무 것에도 속박되지 않고, 따뜻하고 자연스럽게 아름다운 소리가 나오게 됩니다."

우리는 실습을 하면서 하품하듯 입을 열어 보라 했더니 어떤 분들은 입술만 동그랗게 그렸다.

"다시 크게 하품을 하듯 해보세요? 어떻게 달라졌지요?"

평소에 활발한 성격인 김정미 성가대원이 눈을 번쩍이며 신기한 듯 말했다.

"예, 목젖 부근이 둥그렇고 목구멍이 평 열려요."

"그래요. 맞아요. 그 상태를 유지하면서 소리를 올려 곡, 가사, 악상부호를 살려 가며 지금 공부했던 이론들을 활용해서 노래를 하면 됩니다."

다음 정해진 성가대 연습 시간이 기다려서 마음이 조급했다.

"다음은 성대 기관에 대해서 잠깐 설명을 하려고 합니다. 성대의 위치는 후두(갑상연골)라고 불리는 곳에 들어있어요. 목의 앞쪽에 손을 댄 채로 침을 삼켜 보면 상하로 움직이는 곳입니다. 남자목의 앞쪽 돌출(아담의 사과)되어 있는 그 속에 성대가 있어요. 성대 부근까지는 음식물도 공기도 모두 입속의 하나의 구멍을 통해서 내려가다가 이곳부터 밑 부분은 숨 쉬는 폐 속으로, 한 곳은 식사를 통과시키는 식도 쪽으로 향하는 두 개의 통로가 있어요. 성대 본래의 역할은 음식물이 기관 쪽으로 들어가지 않도록 근육으로 기관의 입구를 닫는 작용을 하는데, 이 성대를 이용하여 목소리를 만들어 냅니다. 노래할 때 성대는 지속적인 닫힘을 반복(성대의 진동)하여 늘어나기도 하고, 줄어들기도, 두꺼워지기도, 얇아지기도 하는 근육 작용을 합니다. 성대의 진동으로 생겨난 소리는 음색이 없으며 미약하고 보잘 것이 없어요. 이 소리가 공명강들을 통해 성대에서 생긴 진동이 전달되어 배음이 첨가됨과 함께 음이 더욱 아름답게 커지지요. 바로 이 현상이 공명입니다. 건강한 성대는 매끈하게 되어 잘 닫혀지지만 반면 성대를 잘못 사용하면 좁쌀 같은 혹이 생기고 굳은살 같은 단단한 느낌, 노래나 말할 때 잡음이 심하거나, 쉰 소리가 나지요. 결절이 된 성대는 잘 닫혀지지 않기 때문에 잡음이 있어요. 성대는 악기의 현과 같아요, 바이올린이나 첼로 같은 악기를 보면, 긴 현 중심에 둥그런 공명통이 있어서 활로 현에 힘을 가하면, 그 울림에 따라 아름다운 소리가 나오는 것처럼, 우리의 목소리도 공명을 통해서 아름다운 소리를 내는 것입니다. 노래는 연습을 많이 해야 합니다. 하루를 안 하면 내가 알고, 이틀을 안 하면 이웃이 알고, 삼일을 안 하면 세계가 안다고 합니다.”

처음 불렀던 ‘주님을 찬양합니다’를 다시 실습 삼아 불렀다. 호흡과 색깔이 매우 달랐다.

처음보다 달라진 현상을 체험한 이재옥 권사는 보람을 안고 신기한 듯 고음이 부드럽게 올라가고 호흡이 길어졌다며 함박꽃처럼 활짝 웃으며 “정말 신기하네요.” 체험을 얘기할 때 나 역시 뿌듯한 보람을 느꼈다.

제4부

[제14회 대한민국 남농 미술대전 입선] 유양업 作

영국기행-1

작년(2018년)에 우리 내외가 미국 New Haven에 있는 OMSC(해외사역 연구원)에 잠시 머물고 있었을 때 2박 3일의 일정으로 무슬림에 대한 협의회가 있었다.

각지에서 선교회 대표들과 교수들이 모여왔다. 그 모임에 참석했던 남편 문 목사는 영국 옥스퍼드(Oxford)에서 오신 마크(Mark) 목사님과 잠깐 이야기를 나누면서 말했단다.

"유명한 대학교가 있는 옥스퍼드를 방문하고 그 분위기를 호흡하고 싶다."

마크 목사님은 흔쾌히 수락해 주었다.

"혼자 살고 있으니 우리 집에 오는 것을 환영합니다."

우리가 영국에 가게 된 동기는 마크 목사와의 만남이 중요했고, 또한 방문하고 싶다는 의사 표현이 결정적으로 주효했다.

사실 나는 여러 가지 형편에서 여행을 하고 싶지 않았지만, 남편은 study tour를 해야 한다면서 밀고 나갔기에 할 수 없이 따라나설 수밖에 없었다. 그러나 생각해 보면 두 주간의 영국 여행은 복되고 보람찼다. 결혼생활 50여 년을 살면서 중요한 일에는 언제

나 남편이 결정하고 이끌어 주었다. 생각하면 감사할 따름이다.

2019년 3월 4일 쌀쌀한 새벽 5시에 광주에서 인천 제2공항을 향해 버스를 탔다. 9시경에 도착했다.

서울에서 사는 딸 은영 목사가 환송 차 나와서 반갑게 만났다. 딸은 이런저런 도움을 주었다, 밤을 새워 짐을 챙기는 바람에 내가 잊고 미처 못 챙겨간 모자도 내게 벗어 주었고, 핸드폰 배터리와 충전기도 사 주었다.

우리는 나이도 들고 보행이 불편하여 휠체어를 신청했다. 한가족 서비스 직원들은 휠체어를 밀고 데려다주었다.

인천공항은 국제적으로 움직이는 승객들도 많았고, 깨끗하기로도 이름이 났는데, 요즈음은 무인 로봇이 안내를 하고 다니기도 했다. 공항 직원들은 매우 친절하고 정성스럽게 섬기려는 자세가 아름다웠다.

비행기는 시동을 걸고 한참 뜸을 들인 후 이륙하여 하늘 높이 구름 위로 올랐을 때, 영국 런던 Heathrow공항까지 11시간 45분 걸린다는 기내방송이 들려왔다.

내 옆자리 창가로 남편이 앉았고 통로 쪽으로 한 남자분이 앉았다. 나는 곧 그에게 말을 건네게 되었고 비행시간 내내 대화를 나누었다. 그는 회사생활을 해 오면서 불란서에서 오랫동안 생활하였고 4년 전부터 영국 회사에 취직하여 근무한다고 했다.

그래서 영국에 대해 이것저것 묻게 되었다.

"영국에서 한인들은 어느 곳에서 많이 살고 있던가요?"

"여러 곳에 흩어져 살고 있지만, 런던과 부리튼에서 많이 살고 있지요."

"그럼, 영국인들이 즐겨 먹는 음식들은 주로 어떤 것들이던가요?"

"카레가 들어간 음식들을 많이 먹습니다."

생각 밖의 대답이었다.

"카레요, 카레는 냄새도 독특하고 맵기도 하는데요, 주로 카레는 인도 사람들이 많이 먹지 않아요."

"그래요. 인도가 영국 식민지로 지배를 받고 있을 때 인도 여성들이 영국 가정에서 가정부로 일하게 되고 가정부들은 인도에서 사용한 카레를 자연히 요리에 넣고 그들이 즐겨 먹었던 카레가 식단에 오르게 되었다 합니다."

남편이 외손자 얘기를 했다.

"금년에 대학에 들어간 외손자 박종윤이 재미로 Toic 시험을 보았는데 200문제 중 2개 틀려서 975점을 취득했데요. 딸 내외가 미국 유학 생활할 때 초등학교 4학년까지 미국에서 공부했고, 또 한국에서 대학 입시를 위해 문법적으로 철저히 공부한 덕인 것 같네요."

"아! 그래요, 나도 직장에서 도태되지 않으려고 10년간 토익 시험을 보았는데 850점 맞았어요, 손자가 대단하네요."

기내에서 항로 안내 책자를 보니 우리가 탄 비행기는 코펜하겐, 프랑크푸르트, 브르쎌 상공을 경유하여 런던 히드로공항에 도착하도록 되어 있었다. 드디어 공항에 도착했으나 히드로공항은 크고 복잡하여 공중에서 4바퀴째 돌고 있을 때, 그는 이렇게 말했다.

"런던 히드로공항은 매우 바쁘고 복잡한 공항이어서 착륙할 자리가 날 때까지 공항 주위를 몇 번이고 돌다가 착륙합니다."

우리가 탔던 KAL기도 4바퀴 돌다가 안착했다.

대화를 나눈 회사원(정용호 50세)은 우리 큰아들 나이와 동년배여서 더욱 친근감을 느꼈고 그도 극진히 우리에게 대하면서 이번 여행 중 어려운 일이 있으면 전화로 연락해 달라고 명함을 주어서 나는 나의 작품 시조화집 〈지금도 기다릴까〉를 주었더니 소중히 챙겨 넣었다.

비행기 타고 가면서 옆 사람과 자연스럽게 대화를 하니 지루함도 덜하고 여러 가지 유익한 정보도 나눌 수 있었다. 우리말에 침묵은 금이라고 했는데, 적절하게 대화를 나눌 수 있다는 것은 더욱 귀한 일이기도 했다.

다음에 우리의 과제는 옥스퍼드에 가는 일이었다. 옥스퍼드로 가는 방법은 버스를 타든지 혹은 열차를 이용하는 것이었다.

우리로서는 열차를 타는 것이 편리하게 느껴져서 역무원의 도움을 받아 표를 샀고 기차를 탔다. 20분 후 파딩톤에서 기차를 다시 갈아타야 했다. 우리는 히드로공항에서 샀던 기차표로 옥스퍼드까지 갈 수 있겠다고 생각했는데, 역무원은 그 표는 되지 않고 옥스퍼드 가는 표를 다시 사 오라고 했다.

승객들은 차 안으로 모두 들어가고 급한 상황이었는데, 역무원이 우리를 표 사는 데로 데리고 가서 표를 사 주었고, 우리는 뛰어가서 겨우 기차를 탈 수 있었다.

옥스퍼드까지는 1시간 걸리는데 옥스퍼드에서 우리를 기다리고 있을 마크 목사님에게 우리의 도착 시간을 알려야 해서 옆에 앉아 있는 승객에게 우리의 사정을 말하고 전화를 해주도록 부탁해서 알렸다.

영국 사람들의 친절한 안내와 도움으로 모든 일이 순조롭게 잘 되어서 감사한 마음이었다.

차창 밖은 어두워 가고 도로변에 건물들은 고층 건물들이 아닌 나지막한 집들을 지나서 기차는 계속 달려 옥스퍼드 기차역에 도착했다.

우리는 대합실에 앉아 마크 목사님과 통화했고 곧바로 반갑게 만났다. 10여 분 걸은 후 그의 차로 집을 향하여 갔다.

남편은 마크 목사님 옆자리에 앉아서 계속 이야기를 했다. 그의 집까지는 상당히 먼 거리였는데, 마치 물고기가 물을 만난 듯 활발하게 계속 끊이지 않고 대화하는 것을 보고 들으면서 새삼 국제적인 환경에서도 잘 적응하겠다 싶었다.

마침내 마크 목사님 집에 도착해서 집 안으로 들어갔다. 혼자 사는 집으로는 크고 응접실도 넓고 많은 책과 장식품과 소파와 옆에는 큰 식탁이 놓여 있었다. 저녁 식사를 차려 주려고 하시는데 우리는 비행기 안에서 충분히 했다고 사양하고 차를 들면서 잠깐 이야기를 나누었다.

남편은 목사님과 이메일을 교환하면서 하루를 지내는데 50파운드씩 계산하기로 해서 10일간의 비용 500파운드를 드렸다.

이 금액은 목사님이 쓰지 않고 선교기금으로 사용한다고 했다. 우리가 가져간 약소한 선물과 시조화집을 드렸는데, 목사님은 그것들을 받고 나의 시조화집을 펴 보며 벽에 붙어 있는 액자들을 가리켰다.

"이 그림들은 저의 어머님이 그린 것입니다."

그림은 서양화로 멀리 보이는 바닷가와 아름다운 화조들로 조화를 이뤄 아름다웠다. 그림을 매개로 그의 어머님과 나 사이에 공통분모를 발견하여 기쁨을 더해 주었다;

우리가 긴 여행에 피곤할까 봐 2층에 있는 guest room으로 우리를 안내하여 주었고, 우리는 짐을 풀고 푸근한 분위기에서 여기까지 인도해 주신, 하나님의 은혜와 사랑에 마음 깊이 감사드렸다.

영국기행-2

　이국땅 영국에서 하룻밤을 지나고 새날이 밝았다. 마크 목사님은 우리에게 말했다.

　'여행 중 피곤할 테니 푹 쉬세요. 잠시 일보고 11시 30분경에 집에 오겠다'며 밖으로 나갔다.

　우리는 그 시간을 기다리며 있었으나 시간이 지나도 아무런 인기척이 없어 조금 늦을 수도 있겠지 하며 기다렸다. 1시 30분이 되어도 오지 않아서 걱정을 했다. 우리가 국제 고아가 되는 심정이었다.

　그런데 1층에서 우리를 불렀다. 목사님 음성이었다. 2층에서 소리를 듣고 반가워 급히 내려갔다. 목사님은 식당에서 분주히 점심을 위한 음식 준비를 하고 있었다.

　"목사님 오셨네요. 우리는 기다렸는데 언제 오셨어요?"

　"그래요. 11시에 집에 와서 제가 왔다는 sign을 주었는데요."

　"그러셨어요, 우리는 듣지 못했어요, 혹 무슨 일이 생겼나 싶어 염려했지요."

　우리 세 사람은 서로의 둥그런 눈을 마주 보며 함께 한바탕 웃었다.

사실 목사님은 11시에 집에 와서 우리에게 왔다는 sign을 줄 때 우리가 들었을 줄 알고, 정원 안에 있는 그의 사무실로 가서 일을 보다가 점심시간이 되어 식사 준비를 해놓고 불렀던 것이다.

거실 옆 정원 sun-room에 하얀 테이블보로 덮인 식탁 위에 토마토 슙과, 예쁜 바구니 속에 빵과 치즈가 놓여 있고, 너른 접시 안에는 피자와 샐러드 딸기요깡이 맛깔스럽게 소복이 담겨 있었다.

유리창을 반사하여 들어온 태양 빛을 받은 선룸은 안방처럼 따뜻하고 밝았다. 주위에는 삼면이 화분들로 가지각색의 꽃들이 아름답고 탐스럽게 피어 있었다. 제나리움 꽃들이 더욱 빨갛게 피어 눈빛을 끌었고, 이름 모를 꽃들의 배경으로 황홀한 분위기에서 식사를 마쳤다.

설거지는 내가 하겠다고 했으나 목사님이 손수 씻으셨다. 따뜻한 물에 세제를 넣고 거품 속에서 그릇을 씻어 헹구지도 않고 그대로 올려놓았다. 나는 거들다 말고 멈칫하다가 물었다.

"목사님 맑은 물에 깨끗이 헹구어야 되지 않을까요?"

"괜찮아요. 염려 없어요."

하며 옆에 놓인 조금 전 사용했던 노란 세제를 보여 주며 소독물이라고 했다. 그래도 나는 석연치 않아서 한참 바라만 보았다. 훌쩍 큰 키에 커다란 손은 날렵하게 움직여 순식간에 설거지를 마쳤다. 깨끗한 수건을 가져와 씻었던 그릇들을 하나하나 말끔하게 닦아서 찬장 안의 제자리에 모두 정리해 넣었다. 물은 석회가 많아서인지 깨끗이 씻어도 마르면 얼룩이 하얗게 남았다.

목사님은 옥스퍼드 시내에서 주차가 불편해서인지 차가 있음에도 불구하고 주로 시내버스를 이용했다. 우리에게도 일주일간 한정된 버스에 자유롭게 이용하도록 버스표를 30파운드를 주고 사도록 했다.

우리는 버스를 타고 목사님과 함께 옥스퍼드 시내 중심가에 있는 The Centre for Muslim-Christian Studies 건물에 갔다.

목사님과는 5시에 버스정류장에서 만나 함께 집에 가기로 하고, 우리는 그곳에서 강의를 들었다. 발표자는 옥스퍼드 대학에서 박사 학위 과정에 있는 무슬림 신자였다.

그 내용을 다 이해할 수 없어서 원고를 달라고 했으나 앞으로 학술지에 발표한다면서 거절했다. 무슬림-크리스챤 연구센터는 진리를 추구하면서 객관적으로 학문적으로 연구하는 단체였다.

그 단체는 기독교인들이 만든 단체이며 직원들도 크리스천들이었다.

특별히 남편은 미국 OMSC에서 무슬림에 대한 협의회가 있었을 때 주강사가 IDA GLASER였는데, 이 단체의 전임 원장이었다.

그분은 방글라데시에서도 사역했던 분으로 무슬림에 대한 연구가 깊은 여성 학자였고 저서로는 〈THINKING BIBLICALLY about ISLAM 이슬람에 대해 성경적으로 생각하기〉가 있다.

남편은 마크 목사님을 통해 이 책을 구입해서 매우 기뻐했다, 한 번이라도 만났던 분의 책을 입수한다는 것은 그만큼 친근감을 가지고 읽을 수 있기 때문이리라.

우리는 마켓을 둘러보며 한국 음식을 대접할 요량으로 필요한 물건들, 불고기용 소고기, 쌀, 양파, 파, 마늘, 간장 채소 등을 샀다. 약속한 장소에서 목사님을 만나 버스를 타고 집에 와서 한국 음식인 샐러드, 김밥, 불고기 등을 요리하여 대접했다.

'남에게 대접을 받고자 하는 대로 너희도 남을 대접하라(마 7:12)'는 것이 복이 있다는 말씀을 실감했다.

마크 목사님은 케임브리지에 있는 성공회 신학교를 졸업한 후 젊은 시절에 목회활동도 하였고 그 후 CMS(Church Mission Society(교회 선교 협회))에 오랫동안 근무해 오면서 부대표로 봉직하다가 지난해 정년(67세)이 되어 은퇴했다며 그때를 생각하는지 오른손을 들어 뒷머리를 매만지며 계속 말을 이었다.

CMS는 1799년에 설립되었고 노예무역 철폐를 주장했고 국내적으로 억압된 사람들의 권리를 위해 투쟁했으며 또한 예수님을 세계와 함께 나누기 위하여 위험한 바다를 건너기도 했다고 하면서 성경을 찾아 읽어 주기도 했다.

"여호와께서 내게 기름을 부어주셨으므로 주 여호와의 영이 내 위에 내리셨다. 이는 여호와께서 나를 보내셔서 가난한 자들에게 아름다운 소식을 전하게 하시려는 것이다. 또한 나를 보내셔서 마음이 상한 자들을 싸매어 주고, 또한 사로잡혀 간 자에게 자유를, 갇힌 자에게 석방을 선포하게 하시려는 것이다(이사야 61:1)"

'지금은 faith2share를 설립하여 운영하고 있지요' 하며 마시다가 둔 커피잔을 매만지며 계속 말을 이었다.

이 단체는 변화하는 세계에서 지구적인 제자들이 되는 운동인데 서로 간에 협력하여 주님의 일을 이루는 운동이란다.

이러한 이력을 가진 마크 목사님은 매주 수요일 OXFORD CENTRE FOR MISSION STUDIES에서 자원봉사를 하고 있었다. 이 단체는 선교에 대한 PhD 학위 과정을 제공하기도 하는 학교였다.

우리는 함께 그곳에 갔다. 묵직한 유럽풍의 넓은 건물 안에는 스테인드 글라스 유리창이 아름답게 빛을 반사하고, 여러 가지 책들도 도서관처럼 많이 꽂혀있었다.

수난절이 시작되는 날이어서 ASH WEDNESDAY(재의 수요일) 행사로, 직원들과 방문자들과 함께 회개하며 주님의 십자가를 깊이 묵상하면서 경건하게 예배를 드렸다.

각자의 소개 시간도 가졌다. 나는 권유에 의하여 나운영 곡 시편 23편을 우리말로 불렀다. 반응이 좋았다.

여러 남성분들은 칭찬을 하며 악수를 청해 왔고, 두 여성 직원은 기다렸다가 은혜를 받았다며 껴안아 주고 함께 사진을 찍자고 했다. 아프리카에서 온 PhD 과정에서 공부하는 목사님은 CD가 있으면 달라고 했으나 없어서 유감이었다.

모임이 끝나자 버밍햄에서 영국인 교회를 목회하고 있는 한국인 전귀천 목사님이 우리에게 와서 인사를 했다. 오랜만에 은혜로운 한국 찬양을 듣게 되어 감사하다며 두 손을 마주 잡았다.

전 목사는 이 학교에서 PhD 학위를 받았고 수요일이면 차로 한 시간 걸려 이 학교에 와서 가르친다고 했다. 버밍햄은 무슬림 인구가 35% 정도 된다고 했다. 영국법은 일부일처제지만 무슬림 제도에서는 한 남자가 네 사람의 부인까지 둘 수 있다고 했다. 영국법에는 남편 없는 부인과 자녀들도 영국의 사회보장 제도에 의하여 삶의 혜택을 충분히 누리고 있단다.

남편은 전귀천 목사에게 물었다.

"영국이 EU에서 떨어져 나온 것이 잘된 일인가요?"

"그렇고 말구요. 잘된 일이지요. 유럽 나라들은 교회가 쇠잔해 가고 있지만 영국은 그렇다고 볼 수는 없지요. 영국을 통하여 이스라엘까지 복음화되면 예수님의 재림이 있겠지요."

다른 때에 남편은 이 문제의 질문을 마크 목사님에게도 물었을 때 대답은 달랐다.

"EU에서 떨어져 나온 것은 잘못된 것이지요."

두 목사님의 대답은 정반대였다. 나는 어떤 문제에 대해 결론을 내릴 때는 신중해야겠다 싶었다.

우리는 마크 목사님이 출석하는 St James Church Cowley 교회에 보슬비를 맞으며 걸어서 갔다. 길가와 건물 주변에는 수선화와 목련, 개나리꽃 들이 활짝 피어 장관을 이루었다. 한국은 아직 꽃봉오리들이 머물고만 있었는데, 영국은 이미 봄이 와 있었다.

이 교회에서도 저녁에 사순절이 시작되는 '재의 수요일' 예배였다. 예배 이전에 교인들은 토마토 케첩 국물에 핫도그와 감자와 파랗고 긴 콩줄기를 섞어 요리한 음식을 접시에 담아 와 삼삼오오 모여서 간단한 저녁 식사를 했다.

우리와 같은 식탁에 앉았던 역사 선생 출신인 나이든 할머니는 옥스퍼드에서 가장 아름다운 교회가 Christ Church Cathedral이니 우리에게 꼭 가 보라고 해서 우리는 염두에 두었다.

식사가 끝난 후 옆자리에 앉아 있는 본 교회 담임 목사님에게 남편은 나에게 물어보지도 않고 시편 23편을 특송하도록 추천했다. 목사님은 쾌히 승낙했다.

재의 수요일 성대한 예배가 시작되기 전 나는 마음을 다하여 성곡을 불렀다. 사회를 보며 예배를 집례한 여자 부목사는 찬양이 매우 아름답고 은혜로웠다고 한참 동안 칭찬의 말을 했다. 성서는 세계가 하나로 시편 23편의 내용을 알고 있기 때문에, 언어는 비록 달라도 마음과 감정과 느낌은 하나로 통하는 것 같았다.

성공회 예배는 처음으로 참여했다. 남녀 두 부목사가 흰 드레스의 긴 예복에 자색 띠를 두르고 잘 준비된 순서에 따라 진행했다.

의식 중에 교독 순서가 많았고 성도들이 줄을 서서 앞으로 나가 이마에 십자가를 받으며 성만찬도 이어졌다.

담임 목사님의 간절하고도 진지한 설교 말씀도 이색적이었고, 아이들 순서 중 골리앗과 다윗을 내용으로 한 성극 역시 잘 준비되어 인상 깊었다.

영국기행-3

옥스퍼드 하면 유명한 옥스퍼드 대학교를 떠올리게 된다. 우리가 이 도시에 오게 된 것도 옥스퍼드 대학교를 호흡하기 위해서였다. 옥스퍼드 대학교의 기원과 시스템을 알기는 그리 용이하지 않았다.

옥스퍼드는 런던에서 서북쪽으로 약 96km 정도 떨어져 있으며 자동차로 1시간 20분 정도 걸린다.

대학교가 생기기 시작한 것은 12세기 초엽(1167), 파리에서 온 학생들의 이주 결과였다. 처음에는 신학부, 법학부, 의학부, 교양학부가 개설되었다.

1249년 유니버시티 칼리지가 최초로 세워졌고, 첫 여자대학인 Lady Margaret Hall은 1878년에 창립되었다.

영국의 가장 오래된 옥스퍼드 대학교는 38개의 대학들과 종교단체에 의해 운영되는 6개의 영구 사설 학당(Permanent Private Halls)과 합쳐 44개의 연합체(federation)이다.

옥스퍼드 대학교라는 이름의 캠퍼스는 찾을 수 없다. 단과 대학들은 독립적으로 운영된다. 크라이스트 처치 칼리지에 다니는 것은 곧 옥스퍼드 대학에 다니는 것이다. 올 소울스(All Souls) 칼리지에 다니는 것도 곧 옥스퍼드 대학교에 다니는 것이다. 칼리지가 아닌 6개의 영구 사설 학당도 옥스퍼드 대학교에 다니는 것이다. 붉은 벽돌담을 두르고 육중한 큰 대문 주위에 옥스퍼드 대학교 간판이 띄엄띄엄 있는 것을 보았는데 이제야 이해가 되었다.

마크 목사님은 일어서더니 둥그런 진청색의 마크를 가져와서 보여 주었다. 왕관이 4개가 그려진 중심에 책이 펴있는 곳에 글자가 쓰여 있었다.

옥스퍼드 대학교 문장인데 라틴어였다.

'Dominus Illuminatio Mea'

영어로는 'The Lord is my Light'이다.

한국어로는 '여호와는 나의 빛이요(시 27:1)'이었다.

성경 말씀을 중심으로 하여 세워진 학교로구나 새로이 알고 감회가 깊었다.

마크 목사님은 개인 일로 외출을 한다며 우리에게 물었다.

"집에서 잠시 쉬시겠어요?"

남편은 손을 볼에 대고 생각한 표정이더니 말을 했다.

"가시는 길에 어제 지나쳤던 옥스퍼드 신학대학에 우리를 내려 주면 좋겠어요."

"아, 그렇게 하지요."

남편은 내심 신학교 교수를 만나 얘기라도 나누고 싶었던 모양이었다. 그러나 그것은 오산이었다. 우리가 방문한 신학대학 건물은 초창기에 지어진 건물로 이미 다른 곳으로 옮겨갔고 지금은 관광객을 위한 박물관과 같은 건물로 사용되고 있었다.

그 건물 앞에 서 있는 설립자의 큰 동상을 지나 입장료를 주고 그 건물 안으로 들어갔다. 텅 빈 아름다운 홀 안은 그때 당시 사용했던 물건들만 진열해 있고 관광객들이 관람하고 있었다.

우리는 부근에 있는 대형 서점에 들러 책들을 둘러보았다. 남편은 Mark Chapman 저 〈ANGLICANISM(성공회)〉라는 책을 샀는데 이 저서는 매우 간결한 소개서(A Very Short Introduction)인 책이었다. 난 기념으로 냉장고에 붙이려고 크라이스트 대성당이 그려 있는 마그네틱을 샀다.

그 후 집에서 남편은 영국 교회사에 대한 관심을 말했을 때 마크 목사님은 자기 서가에서 J.R.H. MOORMAN 저 〈A HISTORY OF THE CHURCH IN ENGLAND 영국 교회사〉 책을 꺼내 보여 주었다.

"이 책을 나도 구입하고 싶네요."

"아, 그래요, 그러면 이 책을 가져도 됩니다. 다음에 내가 사도록 하지요."

그래서 남편은 책값 11파운드를 건네주었다. 책을 손에 든 남편은 무척 기쁜 표정이었다. 시력도 여의치 않은데 학문적인 관심이 대단하구나 싶었다.

다음 날 마크 목사님은 아침 식사시간에 토스트를 집으며 말했다.

"오늘은 시내에 나가 C.S. Lewis(1898~1963) 유적지를 방문할까요?

"그래요, 그렇지 않아도 가 보고 싶은 곳인데, 좋습니다."

목사님은 오렌지 주스가 든 컵을 식탁 위에 놓고 일어서서 C.S. Lewis 저 〈나니아 연대기〉 케이스에 든 일곱 권의 책을 가지고 와서 그분에 대해 말해 주었다.

"〈나니아 연대기〉는 fantasy(환상) 소설의 바이블이라 일컫지요. 전 세계 29개 언어로 번역되어 8천5백만 부 이상 판매된 베스트셀러였지요.

"목사님, C. S. 루이스를 말한다면 어떻게 말할 수 있을까요."

"우리 시대 그리스도인들에게 가장 큰 영향력을 끼친 인물로 꼽히는 기독교회 변증가이자 시인, 작가, 비평가, 영문학자이지요. 1898년 아일랜드 벨파스트에서 출생했지요. 1925-1954년까지 옥스퍼드 모드린 대학에서 개별 지도 교수(fellow)를 했고, 1954년 켐브리지 대학교에 교수(professor)로 취임하여 중세 및 르네상스 문학을 가르쳤지요. 무신론자였던 루이스는 1929년 회심한 후, 종교적 도덕적 문제들에 대해 널리 글을 썼고 방송도 했습니다."

목사님은 커피잔에 남은 차를 비우고 말을 계속 이었다.

"루이스는 미국의 여류 작가 Joy Davidman(1915-1960)을 50세에 만나 사랑을 나눴는데, 사랑하는 그녀는 암으로 병원에서 투병 중인데도 병실에서 결혼식을 올렸데요. 그러나 얼마 살지 못하고 안타깝게 죽음을 맞았지요. 그들의 사랑은 널리 알려져 유명한 영화 〈Shadowlands〉(1993)가 제작되었어요. 각 방면의 수다한 저서들 중에 〈고통의 문제〉와 〈마음을 헤아리는 슬픔〉이 있는데, 전자의 책에서는 남의 고통의 문제를 종교적으로 잘 설명해 주었으나, 후자의 책은 결혼생활도 제대로 못하고 사랑하는 아내의 죽음으로 인해 억누를 수 없는 슬픔을 표현한 내용이었지요."

우리는 이런 사전 지식을 알고서 마크 목사님을 따라 Lewis가 살았던 유적지로 향했다. 그가 생전에 다녔던 교회 앞에서 내렸다.

화창한 봄 날씨는 꽃바람 싣고 따스한 햇볕에 향기를 물씬 풍겨 주었다. 잔디가 좌우로 깔려 있는 이 좁다란 길을 통해 교회를 다녔겠구나 싶었다. 조그만 교회 안으로 들어갈 때 밝은 햇살이 환하게 비춰 주었다. 루이스가 늘 여기에 앉아서 예배드렸다고 말해 주었다. 나는 루이스를 떠올리며 그 자리에 앉아 정면 강단 쪽을 바라보았다. 마음에 평안이 왔다. 벽에는 그의 작품과 초상화도 걸려 있었다.

교회 앞뜰은 평토작으로 된 공동묘지로 정원이었으며 정원사 5

명이 손질하고 있었다. 수많은 교인들의 묘가 수선화 꽃으로 둘러 있었고, 루이스의 묘는 교회 정문 바로 앞 가까운 곳에 있었다. 하얀 대리석으로 덮여 있었으며, 그의 생애가 간결하게 쓰여 있었다. 무덤 주위에는 노란 수선화와 아름다운 여러 꽃들로 감싸있었다.

루이스가 살았던 가옥으로 갔다. 누가 살고 있었는데 약속을 하지 않으면 안으로 들어갈 수 없다 하여 밖에서만 바라보았다.

집 가까이에 숲으로 둘러싸인 아름다운 넓은 호숫가에 벤치들도 놓여 있고 새들도 날아 다녔다. 이런 절경의 환경에서 좋은 작품들이 나왔겠다 싶었다.

점심때가 되었다. 목사님은 루이스가 자주 다녔다는 식당을 말했다. 우리는 호기심에 그곳으로 가자고 했다.

별로 크지 않는 식당이었다. 5~6명이 앉을 수 있는 두툼한 나무로 칸막이가 모두 되어 있었고 나무로 된 벽에는 조각을 새겨 꽃모양의 문양들이 아름다움을 더해 주었다. 특별히 눈에 띈 것은 넓은 벽에 세계 지도가 붙어 있었는데, 식당에 들어온 손님들은 그 지도에 자기 나라가 있는 곳에 자기 나라 지폐를 꽂아 놓았다.

나도 그렇게 하려고 이리저리 뒤적이며 Korea를 찾아 보았으나 지폐들이 조그만 산을 이루고 있어서 도저히 찾지 못하여 포기했다.

손님들이 무척 많았다. 우리는 망고 쥬스와 샌드위치를 주문했다. 양도 많고 맛도 있었다. 기어코 목사님이 식사값을 지불했다.

저녁에는 옥스퍼드에서 제일 오래되고 제일 아름답다는 Christ Church 대성당으로 걸어서 갔다. 가는 도중에 길거리에서 많은 학생들이 줄을 지어 걸어가고 있었다.

"저 학생들은 어떤 학생들인가요?"

"아마 불란서에서 수학여행 온 학생들인 것 같아요."

시내 구경을 하며, 계속 걸어가면서 남편은 미소를 짓고 물었다.

"옥스퍼드 시장을 뽑을 때는 직선이에요? 혹은 간선이에요? "

"런던 같은 큰 도시는 직선인데 이곳은 의회가 뽑는 간선이에 요."

얘기를 하고 가면서 목사님은 크고 흰 건물을 가리키면서 시청 이라고 했다. 드디어 크라이스트 처치 대성당에 도착했다

크라이스트 처치 대성당 바로 옆에 크라이스트 처치 대학이 있 었다. 캠퍼스도 제일 크고 학생 수도 제일 많은데, 총 681명이었 다. 옥스퍼드의 대부분 단과 대학이 일반인에게 개방을 하지 않는 데, 이 대학은 입장료를 받고 관광객에게 개방을 한다. 우리도 입 장료를 내고 대성당에 들어갔다.

매주 토요일 밤 7시 찬양 예배가 있었다. 관광객들도 많이 참석 했다. 성가대원들은 하얀 가운을 입고, 어린 소년 소녀의 뒤를 이 어 청년 성인들의 순서로 줄을 지어 관중 앞을 지나 입장을 했다.

밝은 불은 꺼지고 대신 모두 촛불을 켰다. 성가대원들은 좌우 로 앉았고 지휘자는 중간에 서서 지휘를 했다. 찬양은 반주 없이 4성으로 불렀다.

한 여성 대원 맑은 목소리로 선창하니 성가대원들이 화답하였 다. 눈과 마음이 함께 열려 찬양의 정수를 듣는 감동이었다.

영국기행-4

   영국은 비가 자주 내렸다. 화창하게 개인 날씨가 갑자기 이슬비로 변하여 날마다 내렸다. 거리의 사람들은 몸에 배어 있어서인지 우산도 별로 쓰지 않고 비를 맞고 다녔다.

   마크 목사님도 우산을 쓰지 않고 다녀서, 우리도 가랑비를 맞으면서 다녔으나 그나마 모자를 쓰고 있어서 다행이었다.

   주일이 되어서 우리는 한인교회에서 예배를 드리고 싶었다. 마크 목사님은 전화번호부에서 한인교회 주소를 찾아 우리를 그곳에 미리 데려다주고, 목사님은 자기가 나가는 교회에서 오후 예배 설교를 해야 되어서 급히 떠났다.

   한인교회가 처소를 빌려 예배드리는 곳은 Wesley Memorial Church(웨슬리 기념교회)였다.

   웨슬리는 감리교회를 세운 분으로 한국에도 익히 알려져 있다.

   이곳 '한인 선교 교회'가 이 웨슬리 기념교회를 빌려서 오후 2시에 예배를 드리고 있었다. 우리는 일찍 와서 아직 예배 시간이 남아 있었다. 기다리면서 나는 남편에게 질문을 했다.

   "우리가 시내에 다닐 때 처형당한 교회 고위성직자 몇 분의 사진을 밟지 않아요. 그런데 그분들은 누구에 의해 처형을 당했지요?"

남편은 바람 타고 사뿐사뿐 내리는 가랑비를 바라보며 대답했다.

"영국에서 왕이 가톨릭을 지지하느냐, 혹은 영국교회(성공회)를 지지하느냐에 따라 그 반대편은 처형을 당하기도 하고 박해를 받기도 했지요. 이 문제는 영국 교회사의 일부를 면밀히 공부할 필요가 있어요. 그래서 내가 〈앵글리컨니즘〉 책을 샀지요."

"그러면 감리교는 어떤 교단에서 분리된 것인가요."

"감리교회는 성공회에서 분리됐어요."

"아, 그렇군요. 그러면 감리교의 창설자인 John Wesley(1703-1791)의 역할과 위치는요?"

"존 웨슬리의 역할은 대단했지만, 엄밀히 말하면 감리교의 공동 창설자(co-founder)였지요. 존 웨슬리는 그의 형 Charles(1707-1788)에 의해 1729년에 형성된, 옥스퍼드에서 한 작은 그룹의 지도자였어요. 그 그룹의 멤버들은 'Methodists'(감리교, 규율을 잘 지키는 사람들)라는 별칭으로 불리어졌어요. 1738년에 존 웨슬리는 런던에서 루터의 로마서 서문을 읽는 중에 영적인 회심을 경험했지요."

"그런데, 왜, 존 웨슬리가 성공회에서 나가게 되었나요? 무슨 이유라도 있었나요?"

"그는 그의 삶을 복음 전도에 헌신하기로 결심했지만, 그러나 성공회는 그들의 태도가 마땅치 않아서 교회당을 사용하지 못하도록 했지요. 그래서 존 웨슬리와 그의 추종자들은 교회 밖으로 나와 영국 전역을 다니며 열심히 설교했어요. 그 후에 노동자 계급의 회심자들을 얻으며 광범한 성공회 성직자들의 지지를 받았지요. 웨슬리가 안수하여 선교사들을 파송했는데, 안수를 주었다고 해서 성공회는 그를 분리시켰어요(1791). 사실은 그는 성공회 내에 남아 있기를 원했지요. 존 웨슬리의 감동적인 생애와 전 세계적인 감리교 운동에 대해 할 말은 많은데, 교회 예배 시간이 다 되어가네요."

우리는 교회당 안으로 들어갔다. 넓은 교회당 앞쪽에 그랜드 피아노가 먼저 눈에 띄었다. 꽃같이 예쁜 아가씨들이 긴 머리를 찰랑거리며 반주에 맞추어 찬양 연습을 하고 있었다. 다음에 알고 보니 목사님의 딸들이었다.

옆쪽에서 핸섬한 신사분이 걸어오는데 목사님 같았다. 전계상 담임 목사님이었다. 처음 인사를 나누고, 우리가 이곳에 온 경위와 이런저런 대화를 나누었다.

남편은 나에게 물어보지도 않고 예배 시간에 내가 특송을 하면 어떻겠느냐고 하니 목사님은 '아, 그렇게 하지요. 좋습니다.'하고 쾌히 승낙했다.

전계상 목사님은 21년 전 유학차 옥스퍼드에 왔고 옥스퍼드대 신학대학에서 PhD 학위를 받고 한인교회를 시작하여 담임으로 시무하고 있었다.

조금 후에 검정 투피스를 입은 우아한 분이 미소를 지으며 우리 앞으로 다가오는데, 사모님이 아닐까 하는 직감에 나는 일어섰다.

"사모님이세요?"

"네. 그렇습니다."

우리는 초면이지만 그리스도 안에서 한 자매이므로 반갑게 손을 마주 잡고 대화를 나눴다. 드맹 문광자 시누님이 여행 중에 꼭 선물 할 분에게 쓰라고 준 스카프와 나의 책 시조화집 〈지금도 기다릴까〉를 전하니 매우 기뻐했다. 시화집도 펴보고 스카프를 풀어 목에 두르니 분홍 빛깔은 어깨를 넘어 살랑살랑 화사함을 더해 주었다.

교회의 교인들은 주로 유학 온 학생들인데 2~30명 정도 모였다. 한국인들이 타국에 와서 함께 모여 예배드리니 피차 친밀감이 더해졌다.

조금 후에 예배가 진행되었다. 목사님의 네 딸들은 아버지의 목회사역을 아름답게 돕고 있었다. 큰딸은 반주를 하고, 둘째는 사회를 보고, 셋째는 프로젝터를 띄우고, 넷째는 바이올린을 했다. 딸들은 예배 중에 3성으로 특송도 잘 했고, 교회와 성도들을 섬기는 모습도 지극했다.

나도 시 23편 '여호와는 나의 목자시니'를 불렀다. 예배가 끝난 후 교인들로부터 인사를 받았으며, 딸들은 나에게 와서 성악 전문가 같다고 해서 나는 그들을 칭찬하며 손을 잡고 웃기만 했다.

예배 후에 교인들은 음식을 들며 친교 시간을 함께 갖고 싶어 했으나, 우리는 마크 목사님과 교회 앞에서 만날 약속이 되어 그 친교의 시간을 함께하지 못하고 떠나와야만 했다.

특별히 베이지 색깔처럼 포근한 성품이 배어 있는 분이 가까이 와서 매우 아쉽다고 했다. 따스한 지성미가 권사님 같았다.

"권사님이신가요?

나는 의심 없이 물었다.

"아닙니다, 교수입니다."

우리는 시간이 없어 이분과 얘기를 나누지 못했고 나중에 전계상 목사님과 시간을 가졌을 때 그 여성에 대해 물었다.

"그분은 옥스퍼드 대학교 교육심리학 명예교수 정미령 교수입니다. 정교수는 이화여대를 졸업한 후 스코틀랜드 에딘버러 대학에 유학하여 PhD 논문으로 EQ에 대해 썼는데 그 논문이 크게 인정을 받아 옥스퍼드 대학교 교수로 초빙 받았데요. 수십 년 근무한 후 지금은 명예교수로서 아직도 대학교에서 일합니다. 그동안은 IQ(지능지수)에 대해서는 알려졌지만 EQ(감정지수)에 대해서는 개척 분야였다고 했어요."

전 목사님은 봄기운에 물안개가 끼어 오른 정원을 바라보다가 다시 말을 이었다.

"정교수의 남동생도 미국에서 우주선 로켓 발사에 크게 기여했지요. 정교수의 어머니는 전도사이었는데 그녀의 생시에 예수님의 재림이 있을 거라고 믿고 기다리다가 별세했다고 합니다. 어머니의 귀한 신앙을 본받아서인지 정교수는 일생을 홀로 살면서 교회에 헌신적이며 한 달에 한 번씩 교인들 식사를 대접하는데 어제 주일에도 수고를 많이 했어요."

시간에 맞추어 마크 목사님은 한인교회에 와서 우리를 데리고 자기 교회 부목사인 인도 목사님의 부인 50회 생신 잔치에 갔다.

한국은 60회를 회갑이라고 해서 성대하게 지내는데, 인도는 50회 생일을 그렇게 지내는 것 같았다.

인도 사람들의 의상은 원래 화려하고 특색이 있는데, 오늘은 유난히 화려한 꽃밭이었다. 경쾌한 음악이 흘러나오고 100여 명의 교인들이 둥근 잔치상 앞에 삼삼오오 둘러앉은 흥겨운 분위기였다.

무대의 정면에 생일을 맞이한 주인공의 반짝이는 빨강 드레스의 화려함이 돋보였다. 머리는 길게 땋아서 등위로 넘기고 남편과 함께 나란히 서서 선물도 받고 하객들과 인사도 나누었다.

음식은 뷔페로 차려져 있었다. 마크 목사님은 식판 위에 닭튀김, 샐러드, 카레를 끼얹은 생선요리, 볶음밥을 우리에게 가져다주었다.

음식을 먹은 후 나는 주인공의 손을 잡고 '내 맘의 강물' 수많은 날은 떠나갔어도 내 맘에 강물 끝없이 흐르네… 가곡을 불러 축하해 주니 박수로 환호하며 즐거워했다.

오늘은 월요일, 옥스퍼드에서 머물 시간은 하루가 남았다. 마크 목사님은 일이 있다면서 런던에 다녀오겠다고 했다. 우리는 꿈

짝없이 집에만 있어야 할 형편이었다. 그러나 그렇게만 있기에는 좀 아쉬웠다.

남편은 어제 교회에서 만났던 전계상 목사님께 전화를 하고 우리의 형편을 말했다. 목사님 내외는 기꺼이 우리가 머물고 있는 집으로 와서 우리를 데리고 옥스퍼드 시내와 윈스턴 처칠 유적지를 가겠다고 했다. 참 고마웠다.

우리는 전 목사님 내외의 안내로 옥스퍼드 대학에 들어가 구경도 했는데, 우리가 듣고 알고 있었던 홀만 헌토의 그림 '세상의 빛 그리스도'를 볼 수 있었다. 그림은 빛으로 감싸있었다. 감개무량했다.

길을 걷다가 전목사님은 오른쪽을 보라고 가리키면서 말했다.

"저 건물은 옥스퍼드대 링컨 대학인데 미국의 클린턴 대통령이 유학 와서 공부했지요."

남편은 그 말을 듣고 알았던 사실을 확인한 듯 매우 기쁜 표정이었다.

우리 일행은 약 20분 떨어진 처칠 박물관을 향했다. 처칠의 친족들이 처칠을 기념하여 아름다운 호수를 낀 넓은 땅에 처칠 박물관을 지었단다. 뜰에 서 있는 고목들의 우람함은 역사를 증명해 주었다.

처칠은 유명한 정치가일 뿐만 아니라 이름 있는 화가이기도 했다. 그의 수많은 그림들과 그의 유품과 사용했던 가정용품들도 화려하게 장식되어 있었다.

둘러보는 순간 유명한 윈스톤 처칠의 의회 연설(1940. 51. 13)의 한 구절이 생각났다.

"I have nothing to offer but blood, toil, tears, and sweat. (나는 피, 수고, 눈물, 그리고 땀밖에 드릴 것이 없습니다.)"

점심때가 되어 구내식당에서 맛있는 음식으로 대접을 받고, 목사님 댁으로 데려갔다. 목사님 집 가까이에 이르렀을 때 한 아담한 건물을 가리키며 말했다.

"저 유리창에 커튼이 가려진 집이 옥스퍼드대학 교수 도킨스의 집입니다."

남편은 놀란 듯 눈을 크게 뜨고 고개를 돌리며 말했다.

"그분이 기독교를 반박하는 무신론적인 책을 쓴 분으로 한국에도 알려졌어요."

사모님이 말을 이어받았다.

"저 집은 커튼이 걷혀 있을 때가 없고, 여름에도 항상 가려져 있어요."

주위에는 하얀 목련꽃이 눈송이처럼 소복소복 봄소식을 알리고 있었다.

목사님 사택에 도착했다. 집은 남향으로 밝은 햇빛이 창을 타고 들어와 거실에 밝은 조명이 되었다. 여러 자녀들과 함께 지내기엔 비좁을 정도였지만 피아노와 소담한 가구와 그림들이 조화를 이루었다. 수요일과 금요일 새벽마다 기도회를 좁은 이 거실에서 가족들과 교인 몇 분이 모여 갖는다고 했다.

사모님은 김치와 된장국, 찰밥을 식탁에 또 차려 놓고 외국에 나오면 한국 음식이 최고라며 권했다.

우리 고유의 음식은 늘 먹어도 싫증이 없다. 여행 중에 간식으로 먹으라며 김과 견과류도 싸 주었다. 우리가 대접을 하려고 했는데 오히려 거꾸로 된 셈이 되고 말았다.

저녁이 되어 런던에 다녀오신 마크 목사님은 우리가 앞으로 여행할 세 지역, 웨일즈의 카디프, 스코틀랜드의 에든버러, 아일랜드의 벨파스트 방문 스케줄을 위해 교통편과 호텔편을 일일이 전화하여 예약해 주었고 자세하게 복사까지 해주었다. 엄청난 수고였다. 말로 표현할 수 없는 감사한 마음이었다.

영국기행-5

오늘도 이슬비는 땅이 젖을 정도로 촉촉이 내리고 있다.

옥스퍼드에서 8일간 마크 목사님과 보람 있는 시간을 보내고 웨일즈 카디프(Wales Cardiff)를 가기 위해 헤어져야만 했다.

출입문을 열고 나오는데 참새 닮은 새 두 마리가 보슬비를 맞으며 종종걸음으로 와 우리를 보며 눈을 깜박이고 뾰족한 입을 위아래로 움직여 이별의 인사인 양 날개를 흔들었다.

마크 목사님은 기차 플랫폼에까지 우리를 배웅해 주고 여행 중 간식하라며 예쁜 쇼핑백을 건네주었다. 목사님의 다정하고 친절한 손사래를 받으며 우리 내외는 옥스퍼드에서 기차로 웨일즈의 수도 카디프로 향했다.

1시간 30분 후에 카디프 역에 도착했다. 이미 예약해 놓은 숙소로 가야 해서 택시를 타고 저렴한 기숙방(ML Lodge)을 찾아갔다. 가져간 짐을 정리하고 마크 목사님이 주신 쇼핑백을 열어보았다.

정성들여 싸 주신 샌드위치, 요구르트, 쥬스, 과일, 접시, 스푼, 티슈 등 자상한 배려가 가득 담겨 있었다. 정성과 사랑을 가슴에 담은 행복한 저녁 식사였다.

다음 날 아침, 식사를 하기 위해 호텔 식당으로 갔다. 우리는 진열대에 놓여 있는 음식 중에 토스트, 오렌지 주스, 요구르트, 과일 칵테일 등을 접시에 담고 자리에 앉아 먹으려고 할 때 웨이트리스가 메뉴판을 들고 우리 앞에 왔다.

"무엇을 드시겠어요?"

우리는 의아했다. 으레 호텔 비용에 아침 식사가 포함된 것으로 알고 있었다. 그녀는 아침 식사는 따로 시켜야 한다고 했다

"호텔 예약에 아침 식사가 포함되어 있지 않나요?"

그녀는 확인을 다시 하고 와서, 아니라고 했다.

"아. 그러세요, 그러면 주문하면 아침 식사 값은 얼마지요?"

"각각 다르지만 보통은 65파운드입니다."

우리 돈으로 약 7만 5천원 정도 되었다. 잠시 머뭇거리니 가져다 놓은 그 음식 먹으라고 하며 더 필요한 것 없느냐 물었다.

우리는 더 요구할 처지도 아니고 감사할 따름이라 이것으로 충분하다고 했다. 우리는 감사한 마음에서 주인 할머니 룻(Ruth)과 함께 사진을 찍으며 이 친절은 잊지 못할 것이라며 인사를 나누고 숙소로 돌아왔다.

시내 관광을 위해 10시에 출발하는 투어버스를 타기로 했다. 한 번 표를 사면 하루종일 몇 번이고 사용할 수 있었다. 1인당 11파운드 되는 표를 22파운드를 주고 2장을 샀다. 시내 한 바퀴 도는 데 1시간 걸린다고 했다.

우리는 1층에 앉아 있을까 하다 시내를 더 잘 보기 위해 2층으로 올라가 앞자리에 앉았다. 우뚝우뚝 뾰족하게 솟아 있는 건물들도 시야에 들어오고 두둥실 떠 있는 뭉게구름은 창공에 그림을 펼치고, 어여쁜 새들의 날아다니는 모습들도 환히 잘 보였다.

60대 정도의 건장한 남자 가이드는 하얀 와이셔츠에 빨강 넥타이를 매고 상의 오른쪽 가슴에는 노랑 수선화 꽃 한 송이를 달았다.

왼쪽 가슴과 등에는 City sightseeing이라 쓰여 있는 그들의 정복을 입고, 왼쪽 앞자리에 앉아 마이크를 들고 출발과 동시에 시내 광경을 열심히 설명했다.

나는 그 설명들을 다 알아들을 수가 없어 안타까웠다. 도로변 나무들은 아직도 앙상한 가지들이 잎을 쏟아 내기에 바쁘고 시내를 끼고 흐르는 길고 넓은 만(Bay)은 굽이굽이 넘실대어 더욱 아름답고 운치가 있었다.

도시는 깨끗하고 하얀 교회당 건물, 시청, 뮤지엄도 사철나무들이 파랗게 넘쳐 보여 조화의 어울림이 무게를 이루어 보였다.

수선화, 목련, 췌리꽃들은 여전히 유럽풍의 건물과 잘 어울렸다. 옥스퍼드엔 붉은 벽돌의 집이 많았는데 이곳 웨일즈는 하얀 색깔의 건물들이 주를 이루었다.

30분이 지났을 때 초등학생으로 보이는 50여 명의 학생들이 재잘거리는 소리와 함께 버스 2층으로 올라왔다.

옆에 있는 가이드에게 물었다.

"저 학생들은 어떤 학생들인가요?"

"좀 떨어진 지역에서 관광하러 온 학생들인가 봅니다."

새파란 두 기둥을 뒤로하고 분수가 위를 향해 치솟을 때, 건물 위를 빙빙 돌고 있는 새 무리는 마치 강강수월래의 한 장면을 연출하듯 공중 쇼를 하는 듯 보였다. 이때 아이들은 함께 '와~!'하고 느끼는 대로 소리치며 환호했다.

비비시(BBC) 방송국 건물은 하얗게 기둥이 둥글고, 우체국 건물도 3층으로 조각상이 아름다웠다. 박물관 건물 앞에서 학생들은 내려야 하는지 갑자기 재잘거리는 소리는 소음처럼 들리다가 마침 내가 사는 사직공원의 숲속에서 새들의 지저귀는 소리로 변하여 아름답게 들렸다. 어느새 어린 학생들은 모두 내려 조용했다.

1시간이 걸려 투어버스는 시내를 한 바퀴 돌고 가이드는 카티프

성(Cardiff Castle) 앞에 도착하여 다음 관광할 손님들을 기다렸다.

머리가 하얀 노인 한 분이 양손에 커피를 조심스럽게 들고 와서 내 옆에 앉아 있는 할머니에게 한 컵을 건네주었다. 정다운 그들의 모습이 길가에 피어 있는 수선화처럼 아름답게 보였다.

"어디에서 오셨어요?"

"미국 텍사스주에서 왔어요." 그들과 인사를 나누고 바로 앞에 있는 카디프 성안으로 들어갔다. 카디프 성은 영국에서 가장 매력 있는 건물들 중 하나였다. 많은 관광객들이 높은 성벽의 아름다운 광경을 향해 사진들을 찍고 있는 모습들을 보니 중요한 관광명소 이구나 싶었다.

로마의 침략 시대로 돌아가 펼쳐지는 긴 역사와 더불어, 우리가 오늘날 보고 있는 자리는 곧 재건된 로마의 요새이며, 인상적인 노르만(Norman) 성이며, 또한 예외적으로 특별한 빅토리아 시대 고딕의 환상적인 궁전으로, 세계의 가장 부자들 중의 한 사람인 빅토리아를 위해 19세기 William Budges에 의해 옛 시대의 기념비적인 건축과 또한 그것의 마술적인 변형이 이뤄진 것을 볼 수 있었다.

우리는 숙소로 돌아와 로비에서 커피를 마시며 쉬는 중에 젝(Jack)이란 사람과 대화를 나누게 되었다, 젝은 본인도 크리스천이라고 하면서 웨일즈의 부흥 운동을 얘기했다.

나는 18세기에 영국에서 존 웨슬리 운동이 크게 영향을 미쳤던 것처럼 19세기에 웨일즈에서 일어났던 부흥 운동이 영국은 물론 세계 각지와 특히 한국에도 1907년 평양을 시발로 하여 전국에 크게 영향을 끼쳤던 사실을 대충 알고 있어서, 나는 흥미를 갖고 질문을 했다.

"웨일즈 부흥 운동은 어떻게 누구에 의해서 일어났는지 설명해 주실 수 있나요?"

그는 얼굴에 미소를 짓고, '오, 예쓰'하며 얘기를 시작했다.

"1904년 웨일즈 부흥 운동은 이반 로버츠(Ivan Roberts 1878-1951)라는 무명의 청년에 의해 시작됐어요. 그 진원지 역시 웨일즈의 한적한 시골에 있던 모리아 교회라는 작은 교회였지요. 웨일즈 부흥 운동의 주역인 이반 로버츠는 웨일즈 지방 글레모건에서 광부의 아들로 출생했어요. 생활이 넉넉하지 못한 가정에서 14형제 중 아홉째로 태어나 교구학교에서 공부했지요. 그는 12살 때부터 아버지를 따라 광산에서 힘든 일을 했으며, 한때는 대장장이 일을 배우기도 했어요."

키가 큰 젝은 앞 탁자 위에 놓여 있는 커피잔을 바라보다 다시 말을 이었다.

"그러던 중 26세 때(1904) 칼뱅파 감리교회 목회 후보자로 선발되어 뉴캐슬 에블린에 있는 대학 예비학교에 들어가게 되었고, 가난한 생활 속에서도 철저히 하나님을 의지하는 신앙으로 '삶의 모든 면에서 하나님을 영화롭게 하고 싶다'는 강한 영적 욕망을 가지고 자랐지요. 남달리 기도에 전념하고 밤새워 성경을 연구하며 성령의 도우심을 구하면서 자주 시대적인 환상을 보고 성령의 임재를 체험했지요. 로버츠를 비롯한 기도용사들이 영적 침체에서 벗어나 오랫동안 기도해 오던 중 그해 10월 30일 고향으로 돌아가라는 주님의 음성을 듣게 되었답니다."

젝은 체크무늬 셔츠를 매만지고 한 손에 힘을 주며 계속 말했다.

"다음날 지체없이 고향으로 돌아가 모리아 교회를 중심으로 기도 집회를 시작했지요. 그날이 공교롭게도 마르틴 루터의 종교개혁 기념일을 하루 앞둔 날이었어요. 성령에 사로잡힌 로버츠는 모리아 교회 담임목사 다니엘 존스에게서 자신이 체험한 비전을 얘기하고 설교할 기회를 얻은 로버츠는 외쳤어요. '성령님께 순종할 준비가 되어있지 않은 사람은 나가도 좋습니다.' 그 결과 그의 첫

집회는 남아 있던 17명, 그중에는 로버츠의 동생과 세 자매도 포함되는데, 오순절 마가의 다락방 같은 성령의 강력한 역사가 일어났고 소문은 삽시간에 전국으로 퍼져 나갔으며 첫 집회 이후 30일 만에 3만 7천 명이 주님께 나아가 회개하고 놀랍게도 5개월 만에 웨일즈 전역에서 10만 명이 교회를 찾게 됐지요."

열심히 설명하는 순간 나도 그 말에 흡수되어 그의 큰 눈을 쳐다보며 말했다.

"젝 선생님, 그 말을 들으니 제 자신도 마음이 뜨거워지네요."

젝 자신도 성령체험을 한 것처럼 얼굴이 빨갛게 상기된 채로 차를 한 모금 마시고 입을 닦고 계속 말을 이었다.

"이러한 놀라운 사건으로 사람들은 로버츠에게 '웨일즈의 존 웨슬리'라고 불렀어요. 성령 집회에는 탄광에서 일하는 광부들이 피곤한 몸을 이끌고 대거 참석했는데 그들은 눈물로 회개하며 훔쳐온 연장을 돌려주거나 함부로 다룬 당나귀를 껴안고 사과하는 일까지 있었고요. 웨일즈의 부흥 운동은 사회정화 운동을 가져와 술집과 당구장이 텅텅 비고 형무소 죄수들에게까지 전도 운동이 일어났지요."

옆에서 열심히 듣고 있던 남편 문전섭 박사도 한마디 말을 이었다.

"무엇보다 우리가 주목할 것은 이처럼 뜨겁고도 강력한 웨일즈 부흥 운동은 유명한 신문기자들, 종교지도자들, 영국 전역과, 미국, 캐나다, 인도, 미얀마, 아프리카, 남미, 중국뿐 아니라 한국에까지 영향을 미쳤으니 그것이 바로 '1907년 대부흥 운동, 한국의 오순절'이라는 사실이었지요. 당시 미국의 저명한 목사 존스턴 박사가 직접 웨일즈를 방문하여 로버츠의 부흥회를 목격했을 뿐 아니라 이반 로버츠 목사에게 부흥의 비결을 자세히 물어보기도 했지요."

남편은 하얗게 변한 머리를 매만지며 말을 계속했다.

"그 후 존스턴 박사는 중국의 여러 곳에서 웨일즈의 부흥 운동을 증거하다가 1906년 9월 서울에 오게 되었는데 그 무렵 마침 장로회 연합회가 개최되었고 존스턴 박사는 그곳에서 웨일즈 부흥 운동을 간증했지요. 그때 그곳에 모인 선교사들과 목사들이 큰 감동과 도전을 받고 한국 교회의 부흥 운동을 갈망하게 되었어요. 특히 당시 한국 교회의 중심인물이었던 길선주(당시 장로) 목사도 큰 은혜를 받게 되었는데 이것이 1907년 평양 장대현 교회를 중심으로 일어난 회개와 영적 대각성 운동의 시발점이 되었지요. 참으로 시공을 초월한 성령의 놀라운 역사였지요."

얘기하는 중에 우리는 그리스도 안에서 한 형제요, 자매임을 확인하는 소중한 시간을 가졌다.

영국기행-6

카디프에서 이틀을 지내고, 스코틀랜드 에딘버러를 가는 도중에 맨체스터에서 기차를 갈아타야 했다.

맨체스터 하니 우리나라 축구선수 박지성이 맨체스터팀에 참가하여 크게 활약했던 모습이 스쳐갔다.

창밖의 넓은 들판 푸른 초원에는 많은 양들이 한가로이 노니는 모습들이 자주 나타났다. 하얀 털을 입은 엄마 양, 아가 양들은 꽃송이처럼 땅 위에 엎드려서 풀을 뜯고 있는 모습은 귀엽기만 했다. 말들은 꼬리를 흔들며 풀을 뜯고 새들도 함께 풀을 쪼는 평화로운 광경을 보고 있을 때, 청색 정복 입은 남자 역무원이 우리 앞에 와서 말했다.

"Show me ticket."

방긋 웃으며 손을 내밀어 티켓을 보여 달라 했다. 급히 꺼내 보여 주었다

"Thank you."

그는 지나갔다.

어느덧 맨체스터에 도착했다는 안내 방송이 들렸다.

우리는 열차에서 내렸다. 연두색 잠바를 입은 키 작은 여 스태프(staff)가 우리 쪽으로 뛰어와 우리 이름을 물었다.

"Excuse me, Mr. Moon……."

"O, yes."

"Quikly follow me."

우리 가방을 덥석 들고 먼저 급히 서둘러 걸으며 빨리 오라고 손짓했다. 2층 계단에 올라서 승강기를 타고 다시 내려서 플랫폼(platform)에 도착하여 남자 직원에게 우리를 부탁하고 그녀는 뛰어갔다. 연두색 의상을 입은 남자 직원을 따라 우리도 함께 뛰었다. 곧 열차가 도착 되어 우리가 타야 할 Coach A칸으로 안내해 주자 열차는 곧 출발했다.

직원들의 민첩한 도움이 없었더라면 13분 내에 갈아탄다는 것은 도저히 우리로서는 불가능했을 것이다.

차 안에서 우리의 좌석 39, 40번을 찾았다. 맨 뒤쪽에 예약의 표시가 꽂혀 있었다. 이제 목적지인 에딘버러에서 내리면 된다는 안도의 숨을 쉬며 자리에 앉았다.

랑카스타 역이라고 안내 방송이 들렸다. 조그만 마을로 강을 끼고 있는 아름다운 곳이다. 비가 와서인지 마을과 밭에 물이 고여 있었다. 언덕 같은 곳은 보였지만 높은 산은 보이지 않았다.

젊은 여자 직원이 흰 가운을 입고 대형 흰 비닐봉지를 들고 통로를 지날 때 승객들은 쓰레기를 비닐봉지 안에 넣었다. 나도 따라서 가방 안에 넣어두었던 쓰레기를 꺼내어 그 비닐봉지에 넣었다. 우리나라에서는 볼 수 없는 현상이었다.

'에딘버러'하면 이미 많은 말을 들어서 낯설지 않은 도시였다. 1910년에 최초로 세계 선교대회가 열렸던 도시였고, 2010년에 세계 선교대회 100주년을 맞이하여 성대한 행사를 했던 것을 보도를 통해 접했다.

또한 에딘버러는 윤보선 전 대통령이 유학했던 도시였고 에딘버러 대학교 신학대학에서 우리와 알고 지낸 이문장 박사와 호신대 김동선 박사가 공부했던 곳이었다.

에딘버러에서 조금 떨어진 아버딘 신학교에서 한국 교회사의 권위자인 민경배 교수와 싱가포르에서 알았던 이형일 박사가 공부했던 곳이며, 우리가 지나갔던 글라스고 대학에서 김철영 박사가 공부했던 곳이다. 일일이 거명하지 못하지만 많은 분들이 이곳 에딘버러 대학과 주변 대학들에서 공부했다. 차 안에는 독서하는 젊은이들과 컴퓨터를 사용하여 작업하는 사람들도 많이 눈에 띄었다.

웨일즈 카디프 중앙철도역에서 출발하여 맨체스터에서 갈아타고 거의 8시간 걸려 오후 5시 34분에 에딘버러(스코틀랜드 수도)에 도착했다. 과연 수도답게 웅장하고 품위 있는 번화가였다.

열차에서 내리니 빨강색 재킷을 입은 핸섬한 청년이 우리 앞에 와서 이름을 부르며 확인하고 우리의 가방을 모두 끌고 택시 스탠드까지 안내하여 택시 기사에게 예약해 놓은 York House B&B 호텔에 잘 안내하도록 부탁까지 하고 '즐거운 여행 되길 바란다'며 그는 떠나갔다.

마크 목사님이 전화로 역마다 잘 안내하라는 부탁이 있었음을 직감할 수 있었다. 깊은 관심과 배려에 참으로 감사한 마음이었다.

다음날 시내 관광버스를 타려고 호텔을 나섰다. 지나가는 몇 사람에게 물어 투어버스 타는 곳으로 찾아갔다. 크로스 로드에 빨간색 버스가 눈에 들어왔다. 웨일즈 카디프에서 본 차와 똑같이 모형도 같고 'City sightseeing' 글자도 같았다. 물어보고 확인할 필요도 없어 급히 그곳으로 갔다. 버스 앞에서 표를 사려고 하는데 차장은 우리에게 물었다.

"Are you senior?"

"Yes, we are."

할인이 되어 우리는 28파운드를 냈다. 이어폰을 하나씩 주었다. 자리에 앉아 시계를 보니 10시였고 차는 출발하여 시내 관광을 하게 되었다. 한번 티켓을 사면 시내를 몇 번 돌아도 되고, 종일 사용할 수 있었다.

이곳 투어버스는 안내자의 설명은 없고, 각자 이어폰으로 설명을 듣게 되어 있었다. 이어폰을 꺼내어 시도해 보았다.

앞 의자 뒷부분에 붙어 있는 네모난 TV같은 적은 화면에 이어폰 선을 꽂으니 각 나라의 국기가 나왔다, 우리나라 국기는 아무리 찾아도 보이지 않았다. 우리나라 관광객이 이곳을 별로 방문하지 않았음을 알 수 있었다.

그 나라 국기를 클릭하니 그 나라의 언어가 나왔다. 나는 영국 국기를 눌러 영어로 들었다. 중요한 건물 앞에서는 설명을 하고 그렇지 않은 곳은 계속 클래식 음악이 흘러나왔다.

전화기를 발명한 사람 Graham Bell이 부근에서 태어났다는 설명도 나왔다. 애딘버러 신학대학에 이르렀을 때는 더 관심 있게 보았고, 대학 졸업식을 위해 사용하는 웅장한 건물도 있었다. 공주(Princess) 거리에는 탑이 뾰족뾰족한 검은 색의 건물이 특색 있게 뛰어났다.

두 바퀴를 돌고 차에서 내렸다. 부근에는 상가가 많았고 음식점도 있었다. 샌드위치로 점심식사를 하고 바로 옆에 마켓이 있어서 여러 가지 식품 빵, 라면, 바나나, 귤, 상추, 당근, 요구르트, 고추 장아찌를 집어넣고 계산하니 15파운드 값이 나왔다.

비바람이 세차게 불고 우리가 거하는 숙소까지는 상당히 떨어진 거리였으나 택시 잡기도 마땅치 않아서 짐을 나눠 들고 걸어서 숙소까지 무사히 갔다. 사 온 음식으로 호텔 방에서 여러 끼니를 떼울 수 있어 경비 절약도 되었다.

다음날 토요일 우리는 에딘버러에서 하루를 더 지내야 했다. 남편은 호텔방에서만 있을 수 없다고 하면서 전화번호를 찾아 생면부지인 임춘우 목사님께 전화를 하였는데, 목사님은 쾌히 응했고, 안내차 우리 숙소에까지 와서 반갑게 만났다.

유명한 종교 개혁자이며 장로교를 시작했던 존 녹스(John Knox)가 목회했던 세인트 자이어스 교회를 찾았다.

건물은 크고 웅장하고 아름다웠다. 실내에는 존 녹스의 검은 동상이 크게 조각되어 있었는데 빵모자를 쓰고 수염은 길게 가슴까지 내려왔고, 가운은 발등까지 철렁거렸으며 두 손으로 성경을 들었는데 위엄 있게 보였다.

창에 비친 스테인드글라스에는 존 녹스가 오른손을 들고 설교를 하는데, 열심히 쳐다보며 청종하고 있는 교인들의 모습 또한 진지하게 보였다.

하얗게 생긴 조각상이 이쪽저쪽 동, 서쪽에 누워 있었다. 종교 싸움으로 의견이 대립한 그 지도자들의 동상들인데, 역사를 사실대로 남기기 위해 그대로 보존해온 것이라 했다.

교회 안에 있는 shop에서 남편은 한 권의 책도 샀다.

존 녹스의 무덤을 보기 위해 우산을 쓰고 밖으로 나왔다. 자기의 무덤은 다른 곳으로 옮기지 말라고 해서, 평토작인 사각형으로 되어 있는 땅바닥에 23이란 숫자와 글자가 쓰여 있었는데 비가 내려 흐려서 글자는 읽을 수가 없었다.

넓은 도로변에 유난히 큰 파란색 동상이 눈에 띄었다. 오른손으로 무릎 위에 한 개의 돌비를 세우고, 돌비 하나는 왼발로 밟고 있었다. 나는 궁금하여 물었다

"저 커다란 파란색 동상은 누구인가요?"

"철학자 데이비드 흄(David Hume)입니다."

"오, 그래요. 데이비드 흄은 이신론자(理神論者, Deism)이지요. 창

조자로서의 하나님의 존재는 믿지만, 지금은 활동하거나 역사하지 않는다고 했지요."

이렇게 남편은 말했다. 임 목사님도 이어 말을 받았다.

"그래서 그는 반쪽 신앙을 가졌기에 에딘버러 대학교 교수로 채용되지 않았답니다."

"아, 그랬어요. 그런데, 오른쪽 엄지발가락은 왜 저렇게 반질반질하지요?"

"사람들이 그의 발을 만지면 행운이 온다고 하여 길가를 지나간 사람들이 많이 만져서 그래요."

나는 그 말을 듣고 하버드 대학교 정원에 세워놓은 설립자 존 하버드 동상이 떠올랐다. 그의 발을 만지면 하버드 대학교에 들어갈 수 있다는 속설로 그의 왼쪽 구두가 구릿빛으로 반질반질했던 것이 연상되었다.

점심시간이 되어 임 목사님을 대접하기 위해 부근에 있는 식당에 들어갔다. 손님들은 북적거렸고 대기자들은 줄을 길게 서 있었다.

차례를 기다리면서 임 목사님은 웃으며 말했다.

"이렇게 줄을 서서 기다리는 것은 음식을 잘하는 식당입니다."

"목사님이 좋아하는 맛있는 음식으로 주문하세요."

그러나 목사님은 비교적 싼 음식으로 주문했는데 먹음직스러운 빵과 하얀 접시 위에 길고 여린 콩 줄기를 깔고, 파란 청경채 배추를 얹고 주황색 고추가 섞인 튀김과 생선찜이 맛깔스럽게 얹어 나왔다. 종류마다 맛이 있었다.

에딘버러는 일찍이 학문과 문학이 발달되어 소설가 해럴드 스코트(Heral Scot) 동상도 볼 수 있었다. 부근에 그의 이름을 따서 영업하는 'Herald Coffee-shop'도 있었다. 그는 그의 작품 인세(印稅)로 인해 돈을 많이 벌어 병원도 지어 주고 자선사업도 했단다.

행복한 여정

토요일은 목사들에게 있어 설교 준비를 위해 다른 일에 시간을 내기가 어려운데도, 우리에게 하나라도 더 보여 주려고 애쓰는 목사님의 따스한 마음이 고마웠다.

　　우리는 임 목사와 택시로 우리의 숙소로 왔다. 함께 얘기를 나누고 목사님이 떠날 때 고마움의 표시로 나는 그의 부인을 위해 하늘색 바탕에 분홍 꽃무늬가 어우러진 예쁜 스카프와 나의 책 시조화집을 선물로 드렸다.

영국기행-7

에딘버러에서 세 밤을 지내고 우리 내외는 마지막 지역인 아일랜드 벨파스트(Island Belfast)로 가게 되었다.

호텔 방에서 성경을 읽고 기도를 드린 후 가까이에 있는 버스정류장으로 갔다. 버스 역은 쾌적하고 컸다. 출구가 A~K까지 있는데 Gate J에서 우리는 기다렸다.

11시 가까이 되어 하얀 색깔의 큰 버스가 왔다. 에딘버러 시내를 벗어나 달렸다. 노란 수선화와 개나리꽃이 한창인 들녘을 1시간쯤 지났을 때 승객 8명이 탔다. 글라스고라고 했다.

이곳 글라스고는 건물 자체가 유럽풍이 아닌 다양한 아시아 계통의 집들처럼 보였다.

우리는 차 안에서 아침에 준비해온 샌드위치를 점심으로 해결하고 당근 남은 것을 디저트로 대신하니 그것 또한 일미였다.

버스는 해변을 끼고 계속 달렸다. 바닷물로 둘러싸인 지역이 섬이라고 한다면 이곳 이 지역을 아일랜드라고 한 것은 그럴 만했다. 바닷가엔 굴 껍질들이 크고 작은 검은 돌들 위에 반짝이고 조그만 게들이 그 바위 위에서 무슨 놀이를 하는지 달음질쳐 서로 오갔다.

고동, 굴, 해삼, 멍게, 따개비 등이 물 고인 돌 틈에서 엿보이는 듯, 자연의 신비를 느꼈다.

버스는 해변을 지나 마을로, 다시 해변으로 나와 다른 마을로, 몇 차례 반복하여 해변을 타고 가다 드디어 선착장에 도착했다.

바다로 탁 트인 선착장은 넓고 깨끗하고 공항 같았다. 끝없는 수평선은 마음도 시원하게 해주었다.

3시 30분이 되어 벨파스트로 가는 배를 타기 위해 물 위로 높이 만들어진 긴 브리지(Bridge)를 걸어야 했다. 평소에 운동을 하지 않던 남편은 걷기가 불편해서인지 몹시 힘들어 헐떡이며 뒤처져서 따라오느라 힘겨워했다. 겨우 배에 승선했다.

배는 엄청나게 컸다. 우리가 유럽에서 탔던 크루즈와 비슷한 느낌을 주었다. 일찍이 영국은 선박 제조로 유명했는데, 우리가 이 배를 타고 보니 실감이 났다. 이런 선박 제조의 발전으로 인해 산업혁명의 주역이었던 것을 짐작할 수 있었다.

배는 지하, 지상 8층인데 우리가 자리한 곳은 7층이었다. 삥 둘러 있는 식당들은 엄청 큰 규모를 갖고 있고, 게임장, 커피숍, 여러가지 필수품을 갖추고 있는 상가들, 배 안은 마치 하나의 백화점 분위기를 연상케 했다.

집안 응접실처럼 탁자를 중심하여 소파들이 놓여 있었다. 승객들은 안락한 소파들에 앉아 삼삼오오 담화를 나누었다. 우리도 창가에 자리하여 광활한 망망대해 파란 물결 넘실거림을 바라보며 창조자의 위대한 솜씨를 만끽했다.

갈매기들은 하늘 향해 날개 펴 바다 위를 날고, 저 멀리 높고 낮은 빌딩들이 줄지어 서 있는 광경이 눈앞에 선히 다가왔다.

드디어 벨파스트 선착장에 도착했다. 아주 긴 브리지를 또 걸어서 밖으로 나왔다.

문제는 숙소를 찾는 일이었다. 다행히 벨파스트까지 연결해 주는 리무진 버스가 있었다. 옆 좌석에 앉았던 60대로 보이는 부인에게 우리의 예약된 호텔 주소를 물었다.

"아, 나도 그쪽으로 지나갑니다. 함께 가지요. 안내해 드리겠어요."

"예, 정말 고맙습니다."

차가 도착했을 때 그녀는 자기 짐을 끌고 호텔 앞까지 우리를 안내해 주고 떠났다. 석양의 예쁜 노을이 해맑게 그녀의 등 뒤를 비쳐주었다.

예약된 이지 호텔(Easy Hotel)이었다. 안으로 들어가니 데스크에 50대로 보이는 핸섬한 아저씨가 우리를 맞아 주었다.

남편은 우리 여행은 study tour라고 했는데, 호텔 직원 아저씨에게 아일랜드 지역에 대해 관심을 가지고 물었다.

"실례지만, 우리는 아일랜드를 더 알고 싶어서 왔는데, 아일랜드에 대해, 특히 영국과 관련하여 말씀해 주시면 감사하겠네요."

그는 활짝 웃으며 커다란 눈을 동그랗게 뜨고 손을 폈다 오므렸다 하며 말했다.

"아일랜드는 섬입니다. 서유럽, 북대서양 동북부에 위치해 있는데 외부로부터의 잦은 침입을 막아내었고, 1921년 영국으로부터 된 헌법에 의하여 아일랜드 공화국(Republic of Island)으로 개정 되었고, 수도는 더블린(Dubline)이고요, 이곳 북아일랜드 수도는 벨파스트이지요."

"아, 그래요, 그럼 종족 구성과 종교 분포 등은 어떠하지요?"

"종족은 아일랜드인 87.4%, 아시아인 1.3%, 백인 7.5%, 흑인 1.1%, 기타 1.6%입니다. 공용어는 영어를 쓰고 아일랜드어도 쓰지요. 종교는 로마 가톨릭 교회 87.4%며, 아일랜드 교회가 2.9%, 기타 기독교 1.9% 등입니다."

"아, 미국 케네디 대통령 선조가 아일랜드 출신인데 그 가정이 가톨릭 출신인 것이 이제 이해가 되네요."

남편은 신난 듯 말했다. 나는 확인차 또 물었다.

"북아일랜드는 영국에 속하고 남아일랜드는 독립국가라고 했지요."

"그렇지요, 영국과 아일랜드 전쟁에서 당시 아일랜드 섬의 32개 군 중 6개 군은 영국령 북아일랜드로, 26개 군은 아일랜드 자유국으로 분할되었어요."

다른 손님이 호텔 안으로 들어와서, 우리는 더 이상 얘기를 나누지 못하고 호텔 키를 받아 엘리베이터를 타고 3층에 있는 방을 찾았다.

다른 호텔과는 달리 물을 끓여서 차를 마실 도구도 없고 컵도 없어서 불편했다. 그러나 깨끗한 환경에서 하루종일 차 타고 배를 타서 피곤한 몸을 편히 쉴 수 있다는 자체만으로도 감사했다.

다음날 시내 관광을 하려고 투어버스를 타기 위해 장소를 물어 찾았다.

25파운드를 주고 티켓을 2장 샀다. 2층으로 올라갔다. 마침 전망이 잘 보이는 앞자리가 비어 있었다. 시내 거리에는 유독 2층 빨강색 시내버스가 많았다. 다른 도시보다 도로도 넓고 바다를 끼고 있어서 경관이 한층 더 아름답고 공기도 신선한 느낌이었다.

봄바람을 싣는 나무들은 연둣빛으로 하늘을 향하고, 수선화, 목련, 매화, 개나리꽃들은 집 뜰 담장 넘어 환하게 웃어 주었다.

바닷가에 다다랐을 때 갯내음이 살며시 코 주위를 스치고, 이름 모를 새들은 창공에 날개 펴고 유유히 날며, 주황색 거대한 배들은 많이 정박해 있었다.

이곳 아일랜드 벨파스트에서 C. S. Lewis가 출생했는데, 그래서인지 루이스와 관련된 글씨들이 건물 위에 새겨져 있었다.

나중에 한국에 돌아와 알게 된 것으로, 새문안교회에서 제5차 서울 C.S. Lewis 컨퍼런스를 가졌는데, 주 강사는 옥스퍼드대 앨리스터 맥그래스(Alister McGrath) 교수였다. 그 자신이 저명한 교수인데도 C.S. Lewis를 자기의 평생의 멘토로 삼은 인물로서, 2013년 C.S. Lewis 서거 50주년에 그의 전기를 썼다고 했다.

갈수록 복잡해져 가는 현대 문화 속에서도 문화적 개연성과 지적인 설득력을 가진 풍부한 통찰과 접근법을 제시해 주는 Lewis는 진리를 보여 줌으로써 진리를 말해내는 작가였다고 하며, 또한 강력한 시각 이미지를 이용해 하나님을 세상의 합리성의 근거이자, 그 합리성을 파악하도록 해주는 존재로 보여 주었다고 했다.

그는 '루이스는 이야기를 통해 기독교가 최고의 선택지임을 알리고자 했다'며, 현대에 기독교 신앙을 이해하고 소통하는 일에 관해 중요한 가능성을 열어 주는 사람'이라고 평가했음을 알 수 있었다.

관광버스가 널따란 큰 건물 앞에 멈추니 육중한 철문이 저절로 자연스럽게 열렸다. 아름다운 사철나무들이 정원 가득 넓게 펼쳐 있고 중앙 높은 곳에 하얗고 아름다운 큰 건물이 우뚝 서 있는데 국회 의사당이라고 했다.

실내는 들어가지 못하고 밖에서 건물만 바라보았다.

이곳에서 이틀을 지나고 오늘(2019.3.20)은 벨파스트공항에서 출발하여 런던 히드로공항에서 KAL기를 갈아타고 한국으로 가야 하는 스케줄이었다.

공항을 가기 위해 일찍 일어나 식품가게에서 샀던 라면으로 아침 식사를 때우고, 비행기를 타기 위해 벨파스트공항으로 갔다. 공항 안에 와서 내 핸드폰에 wi-fi를 연결해야 했다.

"Excuse me. Would you Please connect wi-fi to my handphone?"
"Sure."

젊은 남자 직원은 친절하게 연결해 주었다. 비행시간을 기다리는 동안 이 핸드폰을 사용하여 한국에 있는 가족들에게도 메시지를 보냈다.

안내 방송에 따라 히드로행 비행기에 올랐다. 비행시간은 북아일랜드 벨파스트공항에서 런던 히드로공항까지 1시간 20분 걸린다고 했다.

기내에서 스튜어디스는 coffee와 tea를 판 위에 얹어 지나갔다. 으레 무료 서비스인 줄 알았는데 그렇지 않고 돈을 받았다. 비행기 안의 서비스도 천차만별이구나 싶었다.

히드로공항에 도착했다. 대규모의 공항이었다. 히드로공항에서 바로 쉽게 KAL기를 탈 수 있겠다 싶었는데 KAL기 타는 곳까지는 간단치 않았다.

코리언 에어라인 있는 곳을 찾기 위해 콩코드를 타고 한 정거장 가서 4번에서 내려서 한참 걸었다. 코리아 에어라인 F홈을 찾으니 한국인 공항 직원이어서 무척 반가웠다.

예약된 표를 주고 Boarding Pass를 받아야 했다.

"앞뒤로 좌석을 드릴까요?"

"아니요, 나란히 앉아서 갈 수 있는 좌석을 주세요."

밖은 캄캄하고 비행기는 활주로를 타고 가다 잠깐 쉰 후 속력을 최대한 가속하여 7시 12분 하늘 높이 날아올랐다.

무사히 한국까지 잘 도착하여 착륙되길 기도했다.

KAL 직원이 했던 말이 떠올랐다. 주위에 빈자리들이 많이 눈에 띄었고, 어떤 승객들은 팔걸이를 뒤로 밀고 길게 누워 자고 있었다. 이런 자리를 우리에게 각각 주려고 '앞뒤로 자리를 드릴까요?' 했었는데 우리는 늘 미국에 가고 올 때 만원인 비행기만을 타고 다녀서 그 뜻을 몰랐었다. 그의 물음은 우리에 대한 배려였고 우리의 요청은 전적으로 오산이었다.

기내에서 준 이어폰을 연결하여 한국 가곡을 들으며 앉아서 눈을 감았다. 비행시간은 10시간 31분 걸리며 도착 시간은 한국 시간으로 인천공항에 2시 45분에 도착한다는 안내 방송이다.

비행기는 바이칼 호수, 베이징, 다롄, 상공을 날아 인천에 도착했다. 한국에도 영국처럼 비가 내리고 있었다. 그러나 한국에 오니 고향처럼 긴장이 풀리고 안락한 안도감을 주었다.

딸 은영 목사가 2시간 걸려 공항에 나와 반갑게 만났다. 얘기를 나누며 함께 공항 지하 식당에서 식사를 하고, KT 일보는 곳과 마일리지 일 보는 곳을 찾아 일처리를 했다. 딸은 서울 저희 집에서 쉬었다 가라 강권했지만 우리는 광주로 가야 해서 리무진 버스에 올라 딸과 아쉬움을 안고 헤어졌다.

실로 먼 여행의 고된 여정이었으나 2주간의 알차고 보람된 영국 여행으로 인해 마음은 뿌듯했다.

[제18회 전국 순천시미술대전 특선] 유양업 作

제5부

[제31회 광주광역시 미술대전 입선] 유양업 作

이리나의 방문

"똑, 똑, 똑."

대문을 두드리는 소리가 크게 들렸다.

'누가 왔을까?'

급히 뛰어갔다. 문을 열려는 순간 손이 멈칫했다. 당시 러시아
는 과도기여서 외국인에 대한 마피아들의 타켓이 심했기 때문에
선뜻 문을 열어 주기가 두려웠다.

나무로 된 육중한 대문은 틈도 없어 밖을 내다볼 수도 없고, 그
렇다고 모르는 체 할 수도 없었다. 살며시 고개만 기웃거려 조심
스럽게 문을 열었다.

오른쪽 눈을 하얀 안대로 덮고, 왼손에는 보따리를 들고, 갈색
털모자를 비스듬히 쓰고, 보라색 두터운 오바를 입은 이리나 할머
니가 힘없이 서 있었다.

"이리나 할머니, 어서 들어오세요. 눈은 왜 안대를 했어요?"

"눈 수술을 하고 입원했다가 오늘 퇴원을 했어요. 집에는 가기
싫고 바우만 스카야 가까운 곳에 여 조카가 사는데 그곳으로 갈까
하다 사모님 집으로 오는 것이 더 마음이 편할 것 같아 이렇게 염

치불구하고 이리로 왔네요. 죄송해요."

"무슨, 죄송하긴요, 참 잘 오셨어요. 요즘 못 봬서 매우 궁금했는데 눈 수술을 하셨군요."

그리고는 얼른 방으로 안내했다.

"이 방에서 우리 집이다 하고 맘 푹 놓고 평안히 쉬세요."

방 정리를 해주고, 간식을 드린 후 곧바로 마켓에 가서 필요한 식품들을 사 왔다. 소꼬리와 양지머리 고기를 솥에 넣고 푹 고았다. 친정엄마 간호하듯, 음식도 정성을 다해 빨리 회복되기만을 바라며 섬겼다.

"사모님 이렇게 따뜻하게 잘해 주시고……. 미안해서 어떻게 해요?"

"염려 마시고 평안한 마음으로 계세요. 그래도 조카 집으로 가지 않고 우리 집을 찾아오셔서 나는 더 고마웠어요. 조금도 부담 갖지 마시고 동생 집이다 생각하고 맘 편히 계세요. 그래야 빨리 회복됩니다."

이리나 할머니는 우리가 선교사로 러시아 모스크바 장로회 신학대학교에 갔을 때 그분은 고려인으로 한국말 통역을 도우며 학교 직원으로 일하게 되어 알게 된 분이다.

인정 많고 착한 성품으로 부지런하며, US$가 손에 들어오면 아끼면서, 근검절약하고 자기주장이 강한 분이었다.

두 살 때 어머니를 잃고 올케의 도움으로 자라서 결혼도 했으나 헤어지고 자녀도 없이 홀로 산다. 왜소한 체구에 키도 작지만 당찬 멋쟁이 할머니였다. 모스크바 대학교 약대를 졸업했다. 그래서인지 스탈린 시대를 그리워하며 그때가 좋았다고 했다.

고르바초프 시대나 옐친 시대는 공산주의가 없어지고 자유의 바람이 불었으나, 나이 든 분들은 과도기의 혼란상은 싫은 것 같았다.

"조선도 통일되어야 해요. 내가 김일성에게 편지를 쓰려고 몇 번이나 벼뤘는데 이제라도 써야겠오."

이런 말을 자주 하여 우리 내외를 웃기기도 했다.

러시아 상징의 나무인 자작나무 가지에서 자라는 버섯(차가버섯)으로 엑기스를 내고 고약처럼 졸여진 약을 '무미오'라고 하며 몸 전체 어디든지 아프면 먹기도 하고 바르기도 했다.

오직 그분이 선호하는 상비약이다. 끓은 물에 무미오를 연하게 희석해서 눈에도 자주 넣은 것을 보았다.

"할머니, 눈은 예민한 곳인데 무미오만 자꾸 넣으면 눈이 싫어 할 것 같아요."

"염려 말아요. 무미오보다 더 좋은 약은 없오."

무미오도 별 효력이 없었는지 결국 눈 수술을 했다. 우리 집에 있는 동안 병원도 다녔고 눈도 좋아지고 기력도 회복되었다.

자기 집으로 간다고 했으나 연약한 노인분이어서 더 있기를 강권했다. 40일이 되는 날에는 아예 짐을 챙기고 떠날 준비를 하고 방에서 나왔다.

"사모님. 너무 고마웠수다. 은혜 꼭 갚으겠수다."

"별말씀을요, 또 오세요."

우린 눈물로 서로 손을 잡고 작별 인사를 했다.

지중해 및 종교개혁 순례 여행

　이른 봄 남편은 여느 때와는 달리 상기된 얼굴에 웃음을 띠고 문을 열며 집안으로 들어섰다.

　무슨 기분 좋은 일이라도 있는 표정이다.

　"기독공보에 종교개혁 500주년을 맞아 2017년 5월 27일~6월 9일까지 기독공보 주최로 지중해 크루즈 성지순례와 종교개혁지 탐방을 하는데, 스페인, 이탈리아, 프랑스, 스위스, 독일 등 여행이 있어 우리 두 사람 신청했어요."

　"그래요. 좋은 기회네요. 그런데 운동을 하지 않아 보행도 어려운데 하루 이틀도 아닌 14일 간이나 5개국을……. 그 몸으로 긴 여행 지탱이 될까요. 감당 못 할 텐데요. 나도 자신이 없네요. 아무래도 포기하시는 게 좋겠어요. 일행들에게 폐가 되면 안 되니까요."

　"그건 염려 말아요. 당신 못 가면 나 혼자라도 갈 테니까 그리 알아요."

　항상 건강은 멀리 두고 책 보기만 좋아한 남편은 한번 결정하면 포기가 어려운 성격이어서 염려하면서 따를 수밖에 없었다.

　5월 27일 떠나는 당일 광주에서 인천 가는 공항버스를 탔다. 인천 국제공항 3층 만남의 광장 집결 장소로 갔다.

주최 측 스텝진과 여행자 일행이 모이고 있었다.

최연소 7세 아이 한 명과 최고령 89세, 주로 목사, 장로, 권사, 집사로 구성된 156명의 일행은 팀 배정 및 조 편성을 했다.

유년시절 소풍 갈 때 가방 메고 줄 서는 추억의 분위기를 새롭게 떠올렸다.

우리 모두는 4팀으로 나뉘었다. 비행기 사정으로 함께 가지 못하고 두 팀씩 나누어 출국하게 되었는데, 먼저 떠나게 된 비행기에는 지방에서 온 일행과 나이 많은 분들로 두 팀이 밤 10시 25분에 출발해서 11시간 20분 비행하여 터키 이스탄불공항에 도착했다.

먼저 경유지 이스탄불공항에 도착해서 기다리는 동안, 전 국회의장(장로) 김형오 지음 〈다시 쓰는 술탄과 황제〉에 대해 저자로부터 강의를 들었던 말들이 떠올랐다.

터키의 수도 이스탄불은 350년 동안 이어진 십자군 전쟁이 결국 유럽의 기독교 세력과 튀르크(터키) 이슬람 세력 사이의 격돌지였다.

1453년 4월 오스만(이슬람) 제국의 술탄 21세의 메흐메드 2세가 거대한 군사를 이끌고 기독교 세력인 제국으로 쳐들어와 콘스탄티노플을 완전히 포위해 버렸고, 급기야 그해 5월 29일 화요일, 51일 동안의 치열한 전투 끝에 난공불락의 철옹성은 무너지고 이슬람 세력인 오스만 깃발이 하늘 높이 나부꼈다.

인구 1,500만으로 터기 최대의 도시이며, 역사, 문화, 경제의 중심지, 도시 가운데를 흐르는 보스 포러스 해협이 아시아와 유럽을 가르고 그 위로 2개의 다리가 있다고 했던 말들이 소록소록 뇌리를 스쳤다.

처음에 기독교 세력의 중심지가 어찌하여 이슬람 세력의 중심지로 바뀌었을까 내내 생각에 잠겼을 때, 인천에서 다음에 출발해

온 팀이 도착했다. 기다렸던 우리는 합류하여 연결된 비행기에 전원 탑승하고 스페인 바르셀로나 국제공항에 도착했다.

4대의 관광버스가 가이드와 함께 우리 일행을 기다리고 있었다. 팀들은 각각 해당되는 버스에 타고 기대에 찬 여행길을 나섰다.

크루즈 승선 시간을 맞추어야 해서 유명한 건축가 가우디가 설계한 스페인에서 가장 인기 높은 사그라다 파밀리아 성당을 차창 밖으로만 보았다. 가이드가 말했다.

"지금도 건축은 진행 중이며 총 12개의 첨탑이 세워지는데 그것은 12사도를 의미하며 가장 높은 첨탑이 예수그리스도를 상징한다."고 했다. 그 아름다움은 실로 장관이었다.

역시 가우디가 설계했다는 가우디 공원에 들러 산책한 후 'Royal Caribian Freedom of the Seas(프리덤호)'에 여러 가지 수속 절차를 밟고 승선하게 되었는데 각국에서 관광 온 여행객들도 질서 지켜 빽빽하게 서 있었다.

프리덤호는 총 15만 4,407톤으로, 전폭 56m, 길이가 339m에 이르는 세계에서 최대 규모의 크루즈 중 하나로 총 승무원 1,360명, 층수 15층, 객실 1,817개에 이르는 어마어마한 규모를 자랑하고 바다 위의 호텔로 불리었다.

크루즈를 탄 첫날이 주일이어서 우리 일행은 선상에서 예배를 드렸는데 나에게 특송을 부탁해서 시편 23편 '여호와는 나의 목자 시니'를 불렀다.

사회자는 80이 넘은 분이 아주 은혜롭게 높은 음을 잘 처리했다고 칭찬했는데 실은 내 나이는 70대 중반이다.

일주일의 크루즈 생활에 대해 우리 일행 중 89세 권사님은 이렇게 말했다.

"부자인 우리 조카도 이런 호사스런 배를 타보지 못했을 것인데……!"

엄청난 광경을 보고 체험하며 그렇게 표현했다.

지중해를 지나면서 15층 위 수영장에서 저녁노을이 물든 망망대해의 수평선을 바라보았다. 노을에 비친 반짝이는 바다의 물결은 은구슬이었다.

여행 4일째 프리덤호는 지중해를 지나 나폴리 항구에 도착해서 세계 3대 미항인 나폴리 해안의 절경을 구경하고, 화산재에 묻혀버린 고대 도시 폼페이를 관광한 후, 사도 바울의 이탈리아 첫 방문지인 보디올을 갔는데 바닷가 길옆에 기념비가 있었다.

우리 일행은 아름다운 바다의 풍경을 바라보며 나는 이천년 전의 바울의 체취를 느끼면서 마음이 벅찼다.

로마 여행 중 바울의 참수터 트레폰타네의 세 분수 교회에 도착했다. 참수형으로 순교 당한 건물 안 오른편에 대리석 흰 기둥이 말뚝처럼 서 있었다.

이곳에서 사도 바울의 잘린 머리가 땅에 세 번 튀며 튄 자리마다 샘물이 솟아났는데, 이를 'Three Fountains', '세 개의 샘'으로 불리며, 이 세 곳에서 아직도 샘물이 솟아나는데 뚜껑으로 덮여 있었다.

"살든지 죽든지 내 몸에서 그리스도가 존귀하게 되게 하려 하나니 이는 내게 사는 것이 그리스도니 죽는 것도 유익함이라(빌 1:20하-21)."

오직 복음을 위해 살겠노라고 외치는 사도 바울의 음성을 듣는 듯하여, '나에게도 이런 믿음을 주소서'하고 머리 숙여 기도했다.

5월 30일 여행 5일째인 날에는 로마 근처의 치비타베키아 항구에 도착, 바티칸 시국 박물관을 찾았다.

바티칸 박물관은 세계 3대 박물관 중의 하나인데, 시스티나 소성당 천정화인 미켈란젤로의 '천지창조'와 '최후의 심판' 그림은 4

년 5개월 걸려 혼자 그렸는데, 허리 아픈 고통과 피부염도 걸려 고생하면서 그렸던 그림들을 직접 눈으로 볼 수 있어 감탄과 감회가 새로웠다.

미켈란젤로는 최고 권력인 교황청의 의뢰에도 불구하고 당시 종교를 타락시킨 실제 인물들을 그림에 그려 넣어 비판한 것으로 유명했다. 예술인이자 신앙인이었던 미켈란젤로의 의지와 신념은 감동적이었다.

베드로 대성당의 화려함 앞에 감탄이 연발했으나 이면 뒤에 참담한 삶을 살아야 했던 건축가들의 고통을 알았다. 건축 재정을 감당하기 위해 면죄부를 팔고, 결국은 종교개혁으로 이어지게 했던 아이러니를 느낄 수 있었다.

우리 일행은 산 칼리스토 카타콤베(Catacombe)를 찾았다. 로마인의 지하 무덤인데 기독교 공인 전에 그리스도 교도들이 박해를 피해 숨어 지냈던 지하 교회다.

여행 9일째 되는 날 6박 7일의 크루즈 '프리덤호'의 여행은 마지막 프랑스 마르세유 항구에 도착하여 아쉽게도 하선해야만 했다.

잔물결 은반 위에 한마음 꽃피어서
달콤한 음률들로 지중해 넘실넘실
훈풍에 타오른 열정 뿜어내는 그리움

검푸른 수평선에 구름과 누운 물빛
신바람 일렁일렁 허공을 뛰어넘고
아련히 춤춘 물보라 은빛 나래 펼친다

황혼녘 풀어 담아 향수를 끌어안고
싱그런 꿈길 따라 설레임 쏟아놓아

부풀은 마음 한 켠에 연민 가득 채운다.

- 졸시조 〈크루즈〉 전문

프랑스 마르세유는 지중해 연안에 위치한 프랑스 제2의 도시이며 지중해 최대의 항구 도시로 그리스 식민지였다가 후에 상업 도시로 번영해 왔다.

스위스와 이탈리아 국경에 인접한 사모니로 이동했다.

산악 열차를 이용하여 제1회 동계 올림픽이 열린 사모니 몽탕베르 전망대에서 아름다운 몽블랑의 만년설을 감상하려 했으나 날이 어두워서 포기하고 스위스 제네바로 이동하는데, 맑은 파란 하늘, 꽃구름 사이로 수놓은 새의 무리, 숲속 마을의 건물들은 동화 속의 그림처럼 아름다워 마음을 흔들었다. 스위스는 과연 산들과 호수들이 아름답기로 유명하다는데 그 절경을 실감했다.

제네바는 장 칼뱅(Jean Calvin, 1509~1564)이 신학을 강의하며 종교개혁을 이끌었던 곳으로 1557년부터 수년간 매일 오전 7시에 복음주의(프로테스탄트)에 대해 강의를 하고 토론회를 개최하는 장소로 활용한 곳이었다.

칼뱅의 생가는 마을 중앙 광장의 한쪽에 3층으로 다소곳이 자리 잡고 있었다. 겉으로 보기에는 벽돌로 둘러싸여 단단해 보였지만 내부는 나무로 되어 방들은 작고, 천정은 낮았으나 르네상스 시대 프랑스어를 비롯한 유럽 각국 언어로 번역된 성경 원본들이 줄지어 전시되어 있었다.

칼뱅이 설교를 한 후 프로테스탄트 교회가 된 성 피에르(성당) 교회 방문은 계획 중에 있었으나 들리지 못했다. 또한 제네바에서 WCC도 방문하여 주일 예배를 드리기로 계획되어 있었으나 시간 관계로 각각의 버스 안에서 이동하며 예배를 드렸다.

종교개혁자들 연구가인 김인주 목사는 강의 중에 말했다.

루터의 긴밀한 협력자인 멜랑히톤이 말하기를 '역사상 신학자가 두 분이 있는데 그중에 한 분이 칼뱅이다.'라고 극찬했다고 했다.

또 다른 개혁 장소인 취리히로 가서 츠빙글리가 사역하고 개혁을 주도했던 그로스뮌스터 교회를 들렀다. 성당 내부는 스테인드글라스로 장식되었고, 성당의 상징인 2개의 탑이 매우 아름다웠다. 스위스에서 가장 크고 중요한 성당으로 '종교개혁의 어머니 교회'였다.

중세의 종교 개혁가로 유명한 츠빙글리가 이곳에서 1529년부터 임종할 때까지 설교를 했다.

우리 일행은 스트라스부르로 갔다. 칼뱅이 제네바에서 쫓겨나서 3년 동안 목회도 하고 결혼도 하여 행복한 시절을 보냈던 교회와 사택을 볼 수 있었다. 칼뱅은 다시 초청받아 제네바로 가서 개혁사업, 교육사업, 구제사업에 매진했다.

오래전에 이곳에 방문했던 남편 문 목사는 아름다운 시내 중심을 유유히 흐르는 강물을 바라보며 엷은 미소를 띠고 말했다.

"이곳에서 두어 시간 가면 슈바이처 박사 탄생지 군스바흐가 있는데……."

우리 일행은 독일로 떠났다. 호텔에서 웃기는 일이 발생했다. 나는 방 키를 받은 후 남편이 건네준 가방을 무심코 끌고 우리 호실로 올라갔다. 가방을 풀려고 하니 가방은 비슷했으나 우리 가방이 아닌 것을 발견했다. 나는 깜짝 놀랐다.

"어머, 우리 가방이 아니네!"

나는 낯선 가방을 끌고 급히 1층 로비로 내려갔다. 사람들은 거의 각각의 방으로 흩어졌고 아직 너덧 사람만 서 있었다.

"미안합니다. 이 가방 누구의 것이지요?"

나는 가방 주인을 두리번거리며 찾았다.

남편 친구 김 목사 내외가 나타났다. 가방에 우리 이름이 쓰여 있는 것을 보고 우릴 기다리고 있었다.

"아이구 미안합니다. 우리가 가방을 잘못 가져갔네요……."

오히려 사모님은 반색을 하며 미안한 표정으로 말했다.

"아닙니다. 우리 목사님이 잘못했어요, 가방 지키지 못한 목사님이 책임이 크지요, 누가 가방을 가져가면 우리 것이라고 하며 가져가지 못하게 붙잡았어야지요."

친구인 두 분 목사는 이야기에만 열중했지 자기 가방들에 대해서는 무관심이었다. 자기 가방이 어떤 것인지조차 두 분은 확실히 몰랐다. 이런 실수에 우리는 서로 깔깔대며 한바탕 웃고 각자의 방으로 갔다.

다음날 루터의 유적지들을 돌아보게 되었다. 가장 오래된 대학이 있는 하이델베르크로 이동하여 하이델베르크 고성에 올랐고, 건너편에 있는 '철학자의 길'을 바라만 보았다.

괴테, 헤겔, 야스퍼스, 하이데거 등 당대의 유명한 사람들이 저 길을 거닐며 사색에 잠겼겠구나 싶었다.

루터의 유적지인 보름스로 갔다. 루터를 비롯하여 종교개혁자 12인의 동상들이 있었다. 이 보름스는 교황청과 신성로마제국에 의해 열린 제국회의에서 루터가 사흘간 심문을 받았던 곳이다.

이곳에서 그를 심문한 요한 에크 대주교는 루터의 주장을 철회할 것을 강력히 촉구했다. 그러나 루터는 확고했다.

"저의 양심은 하나님 말씀에 사로잡혀 있습니다. 아무것도 취소할 수 없습니다. 양심에 어긋난 행동을 하는 것은 옳지 않을 뿐 아니라 안전하지도 않습니다. 하나님, 이 몸을 도우소서. 아멘."

이러한 말을 남긴 것으로 유명하다.

이 결과 황제 카를 5세는 루터를 '법외자'로 선언, 누구든 루터에게 위해를 가하더라도 책임을 묻지 않겠다는 결론을 내렸다.

보름스 당시 제국회의가 열린 곳, 루터가 서 있던 자리에 큰 철 신발이 설치되어 있었다.

당시 루터를 정죄했던 제국회의의 결정으로부터 500여 년이 지난 지금 보름스의 시민들이 황제나 당시의 교황이 아닌, 거대한 권력에 맞서 하나님 한 분만 의지해 홀로 서 있던 루터를 기억하고 그가 서서 항변했던 그 자리에 기념으로 만들어 놓은 신발은, 백마디의 설교보다 깊은 감동을 안겨 주었다.

특별히 루터부인 카타리나 폰 보라 동상이 있는 곳을 방문했다. 수도사였던 루터와 수녀였던 폰 보라가 결혼하여 동역자로 살면서 3남 3녀를 출산하여 행복한 가정생활을 하였는데 13살의 첫째 딸과 3개월 된 막내딸의 죽음으로 인해 쓰라림과 슬픔을 겪기도 했다.

프랑크푸르트를 거쳐 아히제나흐로 이동했다.

바르트부르크성은 16세기의 개혁자 루터가 종교재판 이후 교회로부터 파문당하여 이곳에서 11개월 숨어 지내는 중 11주간에 헬라어 신약성경을 독일어로 번역했던 곳인데, 루터가 작업했던 그 작은 방에는 책상과 루터의 초상화가 걸려 있었다.

일반 신도들이 자국어인 독일어로 성경을 읽을 수 있었던 것은 종교개혁과 교육개혁을 위한 획기적인 사건이었다. 때마침 구텐베르크의 인쇄술이 발명되어 개혁 운동에 크게 도움이 되었다.

루터가 대학 생활을 했던 에르푸르트로 이동해서 루터가 설교했던 이벤젤릭 교회, 앙거 광장, 수도사 생활을 했던 아우구스티누스 수도원, 신부 서품을 받은 성당을 보았다.

아이슬레벤으로 이동하여 루터의 생가와 사망한 집, 루터가 유아 세례를 받은 교회를 방문했다.

루터가 신학공부를 하고 교수로 재직했던 비텐베크로 갔다.

루터가 1517년 10월 31일 성안교회 벽에 95개 조 반박문을 부쳤는데 그날을 종교개혁의 날로 정하여 금년이 500주년이 되었다.

'교회는 항상 개혁해야 한다'는 것이 개혁자들의 표어였는데 오늘날에 있어서 가톨릭교회나 개신교회가 하나님의 말씀에 비추어 끊임없이 개혁함으로 참된 교회를 지향해 나아가야 하지 않을까?

개신교인이며 폴란드 출신인 독일대학의 교수요, 학자인 호르스트 푸어만이 지은 '교황의 역사(차용구 옮김)'를 읽는다면 가톨릭교회와 개신교회에 대한 공부가 되리라 믿는다.

이 책의 저자는 그 책을 객관적으로 기술하려 했다고 했기 때문이다.

베를린으로 이동하여 무너진 베를린 장벽 앞에서 고시영 목사의 인도로 동, 서독이 하나된 것처럼 우리나라도 남북이 하나님의 손안에서 통일되기를 기원했다(겔 37).

우리 모두는 부슬부슬 비가 내리는데도 개의치 않고 손에 손을 잡고 '우리의 소원은 통일' 노래를 부르며 남북통일을 위해 간절히 합심기도했다.

어떤 가이드의 말에 의하면 여행은 집에까지 무사히 도착하고서야 잘 했다고 했는데, 우리가 집에까지 무사히 왔으니 에벤에셀 되신 하나님의 인도하심이었다.

이 여행을 위해 잘 준비하고 계획했던 기독공보사와 티원여행사의 노력과 수고를 기억하며, 특히 대전 신학교 제자였던 유영덕 목사와 김기해 목사의 정성스런 부축으로 남편 문 목사는 어려움 없이 많은 걸음을 걸을 수 있었고 여행을 잘 할 수 있었다.

또 하나, 이번 뜻깊은 여행 중 감사한 것은, 여행 전에 공모했던 작품들, 전국 용아 박용철 백일장 시조 입선, 전국 5·18 휘호대회 입선, 목포 남농 미술대전 입선, 전국 춘향미술대전 특선 등, 연달아 날아온 소식은 여행 중인 나에게 특별한 선물이었다.

중국 기행

    하늘 가득 국화향 짙게 풍기는 가을 한국문화해외교류협회(대표 김우영 작가)주관으로 문화교류차 중국을 방문했다.

    중국은 33개 성(省)인데 기껏 길림성의 장춘과 훈춘을 다녀와서 중국 기행이라 제목을 붙이려니 어설프다.

    그동안 40여 개국을 방문했으나 중국은 가보지 못한 터에 내가 회원으로 참여하고 있는 이 단체를 통해 남편 문전섭 목사와 나는 중국 가는 것을 신청했다.

    2017년 9월 18-22일 4박 5일의 일정으로 출국 당일 이른 새벽 광주에서 버스로 인천공항을 향했다. 공항 아시아나 발권 카운터에서 함께 갈 동료들이 모였는데 회원들이 대개는 중국을 이미 다녀와서인지 신청자는 아홉 명이었다.

    우리 일행은 기내로 들어가 정해진 자리에 앉았다. 창밖 광활한 하늘을 보며 뭉게구름 잡아 중국을 그려보면서 혼자 짧은 시를 암송해 봤다.

中國 大 중국은 크고

人口 多 인구는 많고

方言 多 방언도 많고

歷史 長 역사는 길다

이 시를 외우고 중국의 광활한 땅을 생각해 보는 사이 어느덧 1시간 40분 걸려 중국 장춘(長春)에 도착했다. 중국 땅을 밟은 발걸음은 구름을 탄 듯 가벼웠다.

호텔에서 여장을 풀고 오후에는 장춘 사범대학교를 방문했다.

당초에는 중국 연변문화연구소의 초청으로 이곳을 가기로 되어 있었는데, 사드 문제로 한중 국가 간의 관계가 악화되어 단체문화교류가 무산되었다.

그런데 본회 제2대 대표였던 국립 한밭대학교 국제교류원 원장인 강희정교수의 주선으로 한밭대학교와 장춘 사범대학교가 자매결연이어서 가능한 일이었다.

장춘 사범대학교 한국어과 학생들과 시간을 가졌는데 학과 교수님들도 참여했다.

그 대학교의 외사처장의 따뜻한 환영사가 있었고, 우리 일행은 각자가 저술했던 책들을 선물로 기증했다. 그리고 학생들을 위해 준비해 간 순서들을 발표하는 중, 남편 문전섭 목사는 링컨의 게티스버그(Gettysburg) 연설을 영어로 유창하게 외워 발표했다.

그 연설의 마지막 구절에 국민의, 국민에 의한, 국민을 위한 정부는 지상에서 멸하지 않을 것이라고 했는데, 이 말은 민주주의의 원리를 간명하게 표현한 것이었다.

뒤이어 독창으로 선구자 노래를 불렀는데 그 노래는 과거 일제 치하 때 주로 중국 땅에서 우리의 선구자들이 나라의 독립을 위해 말 달리던 그 땅이어서 의미가 있음을 느꼈다.

순서에 따라 나는 우리 한국 가곡 '청산에 살리라'와 이태리 가곡 'Non ti Scordar di me(날 잊지 말아요)'를 부르니 앙코르가 있어서 '그리운 금강산'을 불러 학생들의 환호를 받았다.

한국어학과 학생들도 서투른 한국말로 시를 낭송하고, 합창도 하고, 무용을 겸한 무언극도 흥겹게 연출했다.

김우영 대표의 능숙한 사회와 기타 반주로 '날이 갈수록' 노래를 열창하고 모두 일어서서 함께 아리랑을 부르며 즐거운 시간을 마쳤다.

저녁에는 호텔 식당에서 대학교 측의 융숭한 접대로 화려한 둥근 테이블에 계속 가져다주는 풍성한 중국 음식들을 맛볼 수 있었다. 내가 한국화를 그려서 선물로 가지고 간 그림을 학교 측에 전달했다.

다음날 우리는 영장백년(影藏百年) 위만주국 황궁을 참관했다.

일본이 중국을 쳐들어와서 지배하게 될 때 왕은 장춘으로 피난을 왔다. 그런데 일본은 왕궁을 지어 주면서 명목상으로 왕 노릇을 하게 했지만 실상은 일본이 지배하고 마음대로 통치했다.

왕궁 이곳저곳을 거닐며 구경하던 중 '일본의 침략을 결코 잊지 말자.'는 강택민 주석의 말이 새겨진 글귀를 보았을 때 독일의 뮌헨에 히틀러 치하의 유대인 학살 묘소에 '용서하라. 그러나 결코 잊지 말라.'는 글귀가 떠올랐다.

우리 일행은 3일째 되는 날 훈춘을 가기 위해 가벼운 짐만 챙기고 호텔 뜰로 나왔다. 그런데 이해 못 할 일이 눈앞에 전개되었다.

"어머, 이게 웬일이야, 이럴 수가, 어제만 해도 시멘트 바닥이 있었는데 웬 잔디가 파랗게 융단을 덮어놓은 듯 깔려 있다니……."

다른 곳에서는 볼 수 없는 현상이었다. 새파란 잔디를 듬뿍 쌓아놓고 네댓 명의 인부들이 저쪽에서 시멘트가 깔려 있는 바닥 위에 나란히 나란히 네모진 시루떡을 펼치듯 넓은 뜰을 잔디덩이로 살짝살짝 덮고 있었다.

"시멘트를 걷어내고 땅을 파서 부드러운 흙을 깔고 잔디를 올려야 뿌리 내리고 땅속의 수분을 빨아올려야 살지, 단풍이 노랗게 물들여 있는 이 가을날, 겨울 지나면 100% 하얗게 죽을 것은 뻔한 일인데……."

혼자 중얼거리고 있는데 옆에서 듣고 있던 일행 중 한 사람이 대뜸 말을 이었다.

"아마 고위층에 속한 누가 이곳을 방문하는가 봐요."

"글쎄요."

우리 일행은 훈춘을 가려고 열차 시간을 맞추기 위해 택시를 잡으려 했으나 장춘이 길림성 수도로서 더욱이 아침 출근 시간이므로 택시 잡기가 쉽지 않았다. 급한 나머지 그곳에서 공무원과 교수로 오랫동안 살고 있었던 강정모 박사가 지나가는 봉고차를 무조건 잡고 요금은 줄 테니 기차역으로 가자고 했다.

그래서 겨우 시간을 맞춰 열차를 타고 3시간 걸려 훈춘에 가는 도중 경제학 교수인 강희정 박사는 중국의 경제를 논할 때는 중국이 하도 급변하여서 금년에 작년의 통계를 들어서 말할 수 없다고 했다. 정보를 늘 새롭게 들어야 한다고 했다.

훈춘을 향한 기차는 안락하고 쾌적했다. 승객들도 매너가 좋았고 여러 면에서 발전해 가고 있음을 알 수 있었다.

한적한 들판을 지나는데 가을의 정취가 별로 느껴지지 않았다. 날씨는 흐리고 가로수도 조그마한 나무로 띄엄띄엄 심어 있는데 도로변의 한쪽에 갈대꽃들이 한아름 어울려 함초롬히 출렁이며 웃는 듯 시선 마주칠 때 훈춘에 도착했다는 안내방송이 들렸다.

훈춘은 장춘보다 분위기가 달랐다. 하늘도 맑고 공기도 신선하고 거리에 꽃들도 흔들리는 바람 따라 춤을 추고, 오고 가는 사람들의 옷맵시 하며 외국인들도 많이 눈에 띄고 시내가 활기에 넘쳤다.

이어 남편은 일행에게 중국에 대한 정보를 말했다.

우리말로도 번역된 풍우란 작가의 〈중국 철학사〉에 대한 것인데 그가 대학자인데도 그의 책을 몇 번이나 개정판을 낸 것을 보면 학문의 세계가 얼마나 지난한가를 알 수 있다고 했다.

최근에 미국 트럼프 대통령이 일본과 한국을 들러 중국에 갔을 때 중국의 주석 시진핑이 자금성에서 트럼프 대통령을 대접하면서 자금성 방은 7,704개라고 하며 하루에 관광객이 10만 명 정도 오는데 미국 대통령을 맞이하기 위해 하루 관광을 취소했다고 하니, 시진핑 주석의 권력과 중국의 규모와 저력에 대해 놀랐다.

러시아가 중국 훈춘과 가까워서 러시아인들이 훈춘에 많이 산다고 들었는데, 그래서인지 러시아인들이 많이 눈에 띄었다. 그들이 지나갈 때는 과거 우리가 선교사로 러시아 모스크바에서 러시아인들과 함께 지냈던 그때 삶이 떠올라 친근감이 들었다.

남편은 상냥한 조선족 안내원에게 이 도시에도 교회가 있느냐고 물었다. 안내원은 그렇다고 했다.

평소에 중국 선교 실태에 대해 관심이 있었던 남편은 중국 15억의 인구 중 공산당원이 약 8천만 명이 있다고 하며 정부에 신고하고 교인 노릇을 하는 삼자(자치, 자급, 자전) 교인들이 있으며 신고하지 않는 가정교회 교인들은 훨씬 더 많아서 1억 명이 넘는다고 했다. 중국도 하나님을 목말라 찾는 사람들이 부지기수라고 했다.

일행은 차를 타고 가서 삼국을 동시에 볼 수 있는 전망대에 올랐다. 중국 땅과 러시아 땅과 북한 땅 3국의 접경지대였다.

건너편에 세 나라가 묶여 있는 듯 국경 지역이 한눈에 들어왔다. 두만강을 경계로 하여 북한의 마을들이 훤히 보였다. 목숨을 걸고 이 강을 헤엄쳐 중국으로 탈출한 북한 동포들의 생사(生死)가 눈앞에 그려졌다.

중국 강변 쪽에는 북한사람들이 강을 건너 들어오지 못하도록 강변 따라 철망이 쭉 줄지어 얽혀 있었다. 러시아 땅과 중국 땅은 육지로 함께 널리 어울려 있었다.

세 나라 국기도 전망대 위에서 나란히 다정하게 손잡듯 햇살 깔고 두만강 바람 잡아 펄럭였다. 대단한 공동목표가 결속되어 있음을 확인할 수 있었다.

일행은 훈춘 시내를 관광하고 고속철을 이용하여 다시 머물렀던 장춘 호텔로 왔다.

여행 중에 안타까운 일은 김우영 대표님이 핸드폰(40MB 용량)을 분실했다. 김 대표님은 그 후 그야말로 맨붕(맨탈붕괴 Mentality) 상태였다. 여행의 모든 일정의 사진과 자료, 개인정보가 빼곡하게 들어 있었는데…… 중국 여행의 즐거움과 보람의 뒤편으로 참 그늘진 난감한 일이었다.

그러나 얻은 것도 있다. 21세기 현대문명의 총아로 일컫는 SNS 선두주자 핸드폰에 우리가 너무 의존하고 있었다는 것이다.

앞으로 핸드폰 분실은 또 있을 수 있다는 생각에 평소 컴퓨터나 메모장에 중요한 자료는 부지런히 저장해 놓아야 한다는 것이다.

인생만사 일실일득(人生萬事 一失一得)이라더니 그런 체험의 계기였다.

일필휘지(一筆揮之) 두만강을 생각하며 시조 한 편이 흘러나왔다.

백두산 보듬으며 동해로 흐른 물결
꿈 향해 살고픈 맘 그 아픔 다독이며
갈증의 언저리에서 눈물겨워 맴돈다

강기슭 묵은 추억 붉은빛 능선에서
무언의 연민 자락 아릿함 쏟아 내며
푸른 물 온몸 내밀어 울렁이며 흐른다

강줄기 삼면 안아 국경선 서로 품고
세 국기 환히 올려 드높이 펄럭이며
오랜 날 애절한 사연 곡선 그려 휘돈다.

                          – 졸시조 <두만강> 전문

[제31회 전국 춘향미술대전 특선] 유양업 作

선교 현장에서

　열대지역 도로변의 아름다운 꽃들은 웃음 보듬어 만개해 있을 때, 한국에서 딸 목사의 카랑카랑 울리는 소리가 전화기를 통해 귓전에 머물렀다.

　"저, 은진이에요, 자살방지 한국협회에서 교육 강사를 모집하는데 저도 신청하면서 엄마, 아빠 것도 신청해 놓았어요, 자격증 받아 놓고 은퇴 후에 활동하시면 보람 있는 일일 것 같고, 싱가포르 사역 중에도 필요할 것 같아서요. 인터넷으로 공부하기 때문에 어디에서나 할 수 있대요."

　"그래, 뜻이 있는 좋은 일이니 한번 해볼 만도 하겠구나."

　막상 접수하려고 하는데 구비서류가 만만치 않았다. 서류를 보내고 기다렸다. 합격 통지서가 왔다.

　싱가포르에서 인터넷으로 1주에 한 과씩 컴퓨터에 뜨면 찾아서 공부하기에 바빴고 제출해야 할 과제도 많았다.

　이렇게 1과부터 30과를 공부했고 시험도 합격하니 3급 교육사 자격증이 나왔다. 계속 공부하여 상담사, 아동·청소년 상담사, 학교 폭력 상담사, 가족치료 심리 상담사, 효·예 지도사 이런 2급 자격증들을 취득하니 지부설립 허가증도 나왔다.

20평이 넘은 장소를 구비하고 수강생들 모집해서 교육도 시켜야 한다는 것이다. 난 장소를 얻을 형편이 여의치 않았다. 그래서 선교사역과 함께 형편 따라 주어진 환경에서 활동을 했다.

뜻있는 선교사들 모임이 있던 날 순서에 따라 각자 자기소개와 활동보고를 하는 시간에 한국에서 파송 받고 온 한 교사가 보고 중에 놀란 사실을 얘기했다.

"아침 일찍 등산을 하러 산으로 갔는데 나무에 목매달아 자살한 사람을 2건이나 보고 경찰에 신고했어요. 젊은이들이었어요. 미래를 향해 꿈을 갖고 전진해야 할 10, 20, 30대 청년층의 자살률이 많아요. 60세 이상의 노인 자살도 최근 5년간 가장 많이 증가했고, 80대 이상의 자살률도 20대의 5배나 되는 현실이지요."

이러한 통계 보고가 말하다시피 최근 우리 사회 유명 인사들의 자살도 줄을 잇다시피 해서 사회에 적지 않은 충격을 주고 있는 심각한 현실이고 세계에서 자살률 제1위이니 너무도 슬픈 일이다.

생명은 세상에서 가장 소중한 것인데 어쩌면 귀하게 존중되어야 할 생명이 헌신짝처럼 그렇게 버려져야 하나 마음이 몹시 아파왔다.

교회사에서 출중한 성(聖) 아우구스티누스는 그의 저서 〈신의 도성〉에서 '오직 하나님만이 사람의 삶과 죽음을 결정할 수 있기 때문에 자살은 하나님, 자신, 그리고 이웃을 향한 죄'라고 말했다.

자살의 원인에는 여러 가지가 있겠지만 그중에서도 가장 많은 것이 우울증인데 우울증에 걸린 사람의 경우 자살에 대한 생각은 건강한 사람의 4~5배나 자주 일어나고, 여기에 생활상의 스트레스나 어려운 문제 등이 겹치면 그 위험도는 급격하게 높아진다.

싱가포르에서 선교 사역 중에 주일 예배 후 여선교회 회장이 내게 살며시 다가와서 말했다.

"선교사님, 도와주어야 할 일이 있는데 시간 좀 낼 수 있을까요?"

책임감 강하고 온유한 성격인 그녀는 조심스레 말했다. 그래서 나는 흔쾌히 말했다.

"그럼요, 제가 할 수 있는 일이라면, 무슨 일을 못 하겠어요. 그렇고 말고요. 도와 드려야지요."

우리 두 사람은 뜨거운 햇살을 피하여 교회 건물 옆 공원 야자수 그늘 밑 서늘한 벤치에 앉았다. 그녀는 큰 눈을 더 크게 뜨면서 말을 이었다.

"두 달 전에 말레이시아에서 온 교인이 있는데 자매가 우울증으로 고생하고 있어요. 남편이나 딸도 제대로 돌보지 않고 정신적 문제가 있는 것 같아요. 그래서 선교사님의 도움이 필요해서요."

"나는 사명이니 그렇게 할 수 있겠는데, 그 자매가 나를 모르니까 어떻게 생각할지 모르지 않아요, 나를 싫어할 수도 있고요, 무엇보다 신뢰감이 중요한데……."

"그건 염려 마세요, 선교사님 얘기를 했더니 이미 다 알고 있고 오히려 만나고 싶다고 했어요."

나는 전화번호를 받아 자매와 통화를 하고 약속한 날 그 집을 찾아갔다. 벨을 눌렀다. 개가 먼저 컹컹 짖었다. 문이 열렸다.

40대 중반의 여인은 키가 크고 피부도 하얀 미인이었다. 불안한 표정은 시선을 마주하지 않았다. 웃음을 잃은 우울한 얼굴에는 근심 걱정의 그늘이 덮여 있었다. 말도 별로 없어 약간 서먹하기도 했다.

집안 거실은 넓고 모든 가구들이 그럴 듯 여유 있게 보였다. 준비되어 있는 큰 테이블에 마주 앉아 차를 마시면서 이런저런 대화를 이끌어가다가 조심스럽게 가지고 간 '일대일 제자 양육 성경 공부' 교재 한 권을 그녀에게 주면서 대충 설명을 하고 '이 책으로 함

께 공부하면 좋겠는데 어떻겠느냐'고 물었다

자매는 대답 대신에 나를 보며 고개를 끄덕였다. 나는 굳어 있는 자매의 긴장을 먼저 풀어 주기 위해 그녀를 보고 느낀 대로 칭찬을 아끼지 않았고 격려를 계속하면서 앞으로 공부할 방향을 미리 말하고 이렇게 권했다.

"자매님 잘 들어보세요, 먼저 '나'를 '자아'를 '자존심'을 내려놓고 그 마음의 왕좌에 예수님을 모셔다 앉게 해요. 그러면 예수님이 선장이 되어 자매님 인생의 키를 잡고 순탄하게 항해해 갈 것입니다. 우리가 택시를 타면 기사님이 목적지까지 잘 데려다주듯이……."

그리고 다시 물었다.

"그런데 각 과에 중심이 되는 성경 말씀을 2절씩 외워야 하는데 한 주 동안에 외울 수 있겠어요?"

그녀는 내 말에 뭔가를 느꼈는지 순순히 대답한다.

"네, 그렇게 하도록 노력해 보겠습니다."

"그럼, 이 두 성경 구절을 다음 주까지 암기해 볼래요?"

물끄러미 나를 쳐다본 그녀는 각오가 되었는지 대답한다.

"네 어렵기는 하겠는데 해볼게요."

나는 안도의 숨을 쉬고, '야~이제 되었구나! 사람이 승리하는 비결은 그리스도 중심의 삶에 있고 그분이 우리 삶을 인도할 때 놀라운 삶의 변화가 일어나는 것이니까. 말씀에는 생동력이 있어 마음속에서 살아 움직일 때 치유의 느낌을 스스로 체험해 갈 수 있으니까, 또한 본인 역시 말씀을 외워가는 동안 성취감을 느끼고 승리의 기쁨과 보화를 담은 듯 뿌듯함을 맛볼 테니까…….'라는 생각이 들면서 안도할 수 있었다.

그렇게 동기부여만 그녀에게 남겨 주고, 너무 오래 있으면 지루할 것 같아 다음 주에 만날 약속을 하며 마치는 기도를 함께하고 나왔다. 마음의 문을 연 그녀가 고마웠고 나 역시 시원한 승리의 기쁨이 날개를 달고 창공을 나는 듯 가벼움을 느꼈다.

나는 일주일 동안 그녀를 위해 기도하며 싱가포르 한인교회에서 일대일 제자 양육 성경공부를 희망하는 교인들에게 가르치고 있었기 때문에 교재에 따라 그녀의 상황을 살피면서 준비를 하고 두 번째 찾아갔다.

문을 열어 주는 자매의 표정이 밝았다. 얼굴에 전에 없는 생기가 돌았다. 거실에 들어가니 맞은편 벽에 두 장의 성경 구절을 분홍 종이에 정성 들여 써서 예쁘게 붙여 놓았다. 멀리서 보아도 잘 보일 정도로 복습, 예습 공부하고 있는 흔적이 보여, 나는 너무 기뻐서 물었다.

"어머, 성경 구절을 예쁘게 써 붙여 놓았네요. 다 외우셨어요?"

"네, 열심히 외워도 잘 안 외워지고 자꾸 잊어 버려져요. 그래서 눈에 잘 보이는 곳에 저렇게 크게 써 붙여 놓고 오가면서 읽고 외워요."

공부 시간에 외워 보라 했더니 밝은 목소리로 암송했다.

"내가 그리스도와 함께 십자가에 못 박혔나니 그런즉 이제는 내가 사는 것이 아니요 오직 내 안에 그리스도께서 사시는 것이라 이제 내가 육체 가운데 사는 것은 나를 사랑하사 나를 위하여 자기 자신을 버리신 하나님의 아들을 믿는 믿음 안에서 사는 것이라(갈2:20)"

"나는 포도나무요 너희는 가지라 그가 내 안에, 내가 그 안에 거하면 사람이 열매를 많이 맺나니 나를 떠나서는 너희가 아무것도 할 수 없음이라(요15:5)."

약간 더듬거리기는 했으나 틀리지 않게 잘 암기했다. 교재에 나오는 성경 찾기도 만만치 않는데 꼼꼼히 모두 찾아 기록해 가면서 공부를 해놓았다. 묻는 말에 대답도 잘했다. 믿음의 확신의 싹이 자라날 틈이 보였다.

공부가 끝나고 밖에 나가 식사하자 하여 나가는데 찌는 듯한 열기와 햇빛이 강하여 눈을 바로 뜨지 못하고 실눈 되어 손으로 가리는데 부연베라 꽃들은 난 꽃들과 어우러져 향기를 뿜어댔고 분수의 치솟는 물줄기 뿐만 물보라가 시원스레 얼굴에 뿌려 주었다.

두 번째, 세 번째, 네 번째도 내용은 다르지만 교재에 따라 동일한 방법으로 공부를 했다.

다섯 번째 만났을 때 자매는 먼저 자기가 체험했던 간증을 얘기했다.

"지난 시간 기도에 대한 공부를 했잖아요, 그래서 그 후로 하나님께 감사 기도하니 눈물이 나오고 그동안 내 마음속에 있는 모든 잘못, 서운한 것들이 생각나면서 그치질 않았어요. 생각도 안 했던 잘못들이 계속 꼬리를 물고 나타났어요. 감사한 일도 많았고요. 얼마를 울었을까, 그러고 나니 마음이 시원하고, '너희가 내 안에 거하고 내 말이 너희 안에 거하면 무엇이든지 원하는 대로 구하라 그리하면 이루리라 (요15:7) 아무것도 염려하지 말고 오직 모든 일에 기도와 간구로 너희 구할 것을 감사함으로 하나님께 아뢰라 그리하면 모든 지각에 뛰어난 하나님의 평강이 그리스도 예수 안에서 너희 마음과 생각을 지키시리라.' 이미 외웠던 성경 구절이 나도 모르게 줄줄 나왔어요. 그래서 나는 '옳습니다. 맞았어요. 하나님 감사합니다.'라고 했어요."

그녀는 하나님과 깊은 교제 속에 체험을 한 것 같다. 자매는 울면서 웃으면서 계속 눈물을 닦았다.

우리는 대화를 하는 중에 그동안 살아오면서 인간관계 속에 꼬였던 매듭들, 가슴 아프게 담아 두었던 상처들을 모두 털어놓고 마음에 쌓였던 무거운 짐들을 내려놓으니 문제 덩이들이 풀리고 아팠던 그 자리에 화평을 심어 기쁨의 샘물이 솟고 있음을 느끼면서, 내 기도하는 그 시간 그때가 가장 즐거웠다.

찬송을 하고 있는데, 인도네시아인 가정부 아가씨가 맑은 유리 그릇에 망고, 람부탄, 망고스틴, 키위, 과일로 예쁘게 꽃모양을 만든 과일을 가지고 나와 탁자 위에 놓고 갔다.

그녀는 계속 기도하면서 열심히 공부해 가는 과정에서 치유가 되어가는 모습이 보였다.

그 다음에 만났을 때 그녀는 함박꽃 같이 웃으며 말했다.

"공부를 하면서 성경을 많이 읽었어요. 그 과에서 암기한 말씀을 잊지 않아야 하니까 또 반복하고 책 내용을 읽으면서 찾아 대조하고 공부하니까 마음속에서 예전에 없던 알 수 없는 이상한 새 힘이 생기고 기쁨이 가슴에 꽉 차요."

그리고는 쌩긋 웃었다. 그 웃는 모습이 천사처럼 아름다웠다.

"말씀을 외워야 하니까 다른 생각할 여유도 없고 집에서 일할 때도 중얼중얼, 개를 데리고 산책할 때도 성경이 적힌 수첩을 들고 다니면서 외우니까. 그 말씀들이 위로가 되고 의욕이 생겨요. 성령 충만함도 공부하고 보니, 정말 성령과 함께 살아가는 것 같아요. 시험을 이기는 삶도 공부하니 어려움도 이제는 잘 이길 것 같고요. 요즈음은 건강이 좋아져서 모든 것이 기뻐요. 이제는 무엇이든지 잘 할 것 같아요. 전에는 먹기도 싫고 잠도 못 잤는데 지금은 밥도 잘 먹고 잠도 잘 자요. 밤에 잠자기 전에 누워서 성경 구절을 외우면 어느새 잠이 들어 버리곤 해요. 내가 나를 가끔 돌아보면 신기할 정도로 딴 사람 같아요. 전에는 조그만 일에도 짜증이 나서 화를 내고 물건을 던져버리곤 했는데 지금은 마음이 안정되고 평안해졌어요."

자매는 갑자기 일어서면서 말했다.

"선교사님. 이리 좀 와 보시겠어요? 보여 줄 게 있어요."

나는 일어나면서 '그게 뭐지? 도대체 무얼까?' 몹시 궁금한 맘으로 뒤따라갔다. 창가에 다가서서 고개를 아래로 먼저 내려다본다. 나도 따라서 창밖의 아래를 내려다봤다. 어지러워 도저히 볼 수 없어 고개를 급히 돌렸다. 자매는 말을 이었다.

"선교사님, 내가 여기서 떨어져 죽으려고 여러 차례 이 자리에 이렇게 섰어요, 모든 게 무섭고 두렵고 슬프고 떨리고 괴로워서 전혀 살기가 싫었어요, 몇 번이나 떨어져 죽으려고 시도했는데 실패했어요. 지금 생각해 보면 내가 왜 그랬는지 모르겠어요."

나는 떨려서 그녀의 손을 꼭 잡았다. 7층이어서 어지럽기도 했지만 죽으려고 했다는 말이 더 무서웠다. 그래서 나는 그녀에게 물었다.

"그때 죽었으면 남편과 딸이 어떠했겠어요? 지금도 죽고 싶은 생각이 있으세요?"

"아니요, 요즘은 살맛이 나요. 지금은 모든 것이 즐겁고 재미있어요. 남편도 밉고 싫었는데 지금은 고맙고, 딸도 관심 없었는데 지금은 너무 귀엽고 예뻐요."

그 후 그녀는 종종 정성 들여 맛깔스럽게 김밥을 싸고 과일도 곁들여 교회에 가지고 와서 섬기는 일에 앞장서고 봉사하는 일에도 즐겁게 솔선수범하여 모범을 보였다.

"공부가 끝나가니까 아쉽네요, 성경 22절을 암기하고 나니 즐거움으로 꽉 차고 마음 곡간에 양식이 그득한 것 같아 뿌듯해요. 살아가는데 큰 무기가 되겠어요."

오붓한 가정도 사랑했던 딸도 의지했던 남편도 멀리했던 자매가 예수님 만나 가정이 회복되고 삶을 되찾아 집사 직분도 받았다.

딸과 남편도 교회생활을 하게 되었고, 그녀는 여선교회 회원에서 회계로 서기로 교회 일이라면 좋은 일 궂은일 앞장서서 봉사했다. 재능도 많아서 크리스마스 행사 때는 중요한 배역으로 출연하여 연기는 물론 노래도 구성지게 잘했다.

밝은 표정 환희 담고 눈웃음 짓는 그 집사의 수줍은 어여쁜 모습이 조각되어, 지금도 사랑스럽고, 보고프고, 아름답게 눈앞에 그려진 모습 안고 독서를 하기 위해 시원한 밖에 공원을 찾아 나갔다.

[제32회 광주광역시 미술대전 입선] 유양업 作

한실 문예창작 문우들의 작품집

오늘의 詩選集 Series

오늘의 詩選集 제1권

화장을 지우며
강만순 지음 / 144면

오늘의 詩選集 제2권

또 한 번 스무 살이 되고 싶은 밤
김숙희 지음 / 160면

오늘의 詩選集 제3권

사랑의 빈자리 될까 봐
박완규 지음 / 144면

오늘의 詩選集 제4권

유모차 탄 강아지
김미경 지음 / 112면

오늘의 詩選集 제5권

이 환장할 봄날에
신점식 지음 / 176면

오늘의 詩選集 제6권

작아지고 싶다
주경희 지음 / 176면

오늘의 詩選集 제7권

가을은 어디나 빈자리가 없다
전금희 지음 / 176면

오늘의 詩選集 제8권

쓸쓸함에 대하여
이후남 지음 / 176면

오늘의 詩選集 제9권

바람이 열어 놓은 꽃잎
문재규 지음 / 220면

오늘의 詩選集 제10권

단 한 번 사랑으로도
이호근 지음 / 176면

오늘의 詩選集 제11권

할 말은 가득해도
최승벽 지음 / 176면

오늘의 詩選集 제12권

비밀 일기
박봉은 지음 / 176면

오늘의 詩選集 제13권

꽃만 봐도 서러운 그날
한실 문예창작 동인지 제8집

오늘의 詩選集 제14권

마냥 좋기만 한 그대
최기숙 지음 / 176면

오늘의 詩選集 제15권

풀꽃향 당신
김영순 지음 / 176면

오늘의 詩選集 제16권

유리인형
박봉은 지음 / 176면

오늘의 詩選集 제17권

보고픔이 자라고 자라서
한실 문예창작 동인지 제9집

오늘의 詩選集 제18권

첫사랑
김부배 지음 / 176면

오늘의 詩選集 제19권

나는 매일 밤 바람과 함께 사라진다
박덕은 지음 / 240면

오늘의 詩選集 제20권

오늘도 걷는다
유양업 지음 / 176면

오늘의 詩選集 제21권

내 사람 될 때까지
전춘순 지음 / 176면

오늘의 詩選集 제22권

처음 사랑
한실 문예창작 동인지 제10집

오늘의 詩選集 제23권

당신에게·둘
박봉은 지음 / 176면

오늘의 詩選集 제24권

그 누가 다녀간 것일까
전금희 지음 / 206면

오늘의 詩選集 제25권

한 잔 술에 가둘 수 없어
이후남 지음 / 164면

오늘의 詩選集 제26권

그리움 머문 자리
이인환 지음 / 176면

오늘의 詩選集 제27권

사랑의 콩깍지
김부배 지음 / 176면

오늘의 詩選集 제28권

사랑은 시가 되어
최길숙 지음 / 176면

오늘의 詩選集 제29권

그리움이라서
이수진 지음 / 176면

오늘의 詩選集 제30권

그리움 헤아리다
배종숙 지음 / 176면

오늘의 詩選集 제31권

아직 끝나지 않은 이야기
장헌권 지음 / 176면

오늘의 詩選集 제32권

마냥 좋아서
한실 문예창작 동인지 제11집

오늘의 詩選集 제33권

그리움의 언덕에 서다
김부배 지음 / 176면

오늘의 詩選集 제34권

사찰이 시를 읊다
이수진 지음 / 176면

오늘의 詩選集 제35권

그대는 나의 누구인가
한실 문예창작 동인지 제12집

오늘의 詩選集 제36권

사랑은 감기몸살처럼
박봉은 지음 / 176면

오늘의 詩選集 제37권

그때는 몰랐어요
정주이 지음 / 176면

오늘의 詩選集 제38권

몰래 한 사랑
조정일 지음 / 192면

오늘의 詩選集 제39권

여백의 미학
한실 문예창작 동인지 제13집

오늘의 詩選集 제40권

이 환장할 그리움
김부배 지음 / 164면

오늘의 詩選集 제41권

지금도 기다릴까
유양업 지음 / 166면

오늘의 詩選集 제42권

사랑하기까지
한실 문예창작 동인지 제14집

오늘의 詩選集 제43권

나에게로 가는 길
전예라 지음 / 176면

한실 문예창작 동인지

한실 문예창작 동인지 제1집
『한꿈』

한실 문예창작 동인지 제2집
『한꿈』

한실 문예창작 동인지 제3집
『당신의 쓸쓸함은 안녕하십니까』

한실 문예창작 동인지 제4집
『목련은 흔들리고 있다』

한실 문예창작 동인지 제5집
『그래도 한쪽 가슴은 행복합니다』

한실 문예창작 동인지 제6집
『좋은 걸 어떡해』

한실 문예창작 동인지 제7집
『아직도 사랑인가 봐』

한실 문예창작 동인지 제8집
『꽃만 봐도 서러운 그날』

한실 문예창작 동인지 제9집
『보고픔이 자라고 자라서』

한실 문예창작 동인지 제10집
『처음 사랑』

한실 문예창작 동인지 제11집
『마냥 좋아서』

한실 문예창작 동인지 제12집
『그대는 나의 누구인가』

한실 문예창작 동인지 제13집
『여백의 미학』

한실 문예창작 동인지 제14집
『사랑하기까지』

오늘의 수필집 Series

오늘의 수필집 제1권

그곳 봄은 맛있었다

최세환 지음 / 288면

오늘의 수필집 제2권

바람 따라 구름 따라 별빛 따라

유양업 지음 / 288면

오늘의 수필집 제3권

행복한 여정

유양업 지음 / 304면

개별 작품집

고목나무에 꽃이 핀 사연

김영순 시집

당신만 행복하다면

박봉은 제1시집

시가 영화를 만나다

장헌권 시집

한가한 날의 독백

고영숙 시·산문집

세월이 품은 그리움

김순정 시집

백지 퍼즐

신명희 제1시집

늘 곁에 있는 다른 나처럼

정연숙 시집

당신

박덕은 시집